クトゥルー・ミュトス・ファイルズ
The Cthulhu Mythos Files

ユゴスの囁き

The Hommage to Cthulhu

松村進吉
間瀬純子
山田剛毅

創土社

目次

メアリーアンはどこへ行った

《松村　進吉》
一九七五年生まれ。二〇〇六年、怪談実話のコンテスト「超－1／二〇〇六」に優勝し、デビュー。以後、「超」怖い話シリーズなどで怪談実話作家として活躍。二〇一一年「ブラオメーネ」（『邪神宮』）、二〇一二年「ある週末」（『闇にささやく者』／PHPクラシックコミック）を発表。クトゥルー神話への造詣も深い。

1

「――その時、遥か地球のウルタールから飛来した夢見る猫、その一個大隊があたかも流星雨《りゅうせいう》のように、夜空を埋め尽くした。醜怪《しゅうかい》なる月面人に囚われた靴下猫、憐れなピッチを救うため、急遽《きゅうきょ》談合《だんごう》し開戦の決を採ったのだ。これに対し、極彩《ごくさい》色《しき》の宝石細胞から成る絢爛《けんらん》無比《むひ》にして怪奇千万《せんばん》な肉叢《ししむら》の土星猫どもは中天を見上げ、黒ダイヤの牙を剥《む》き、〈ルウウウウウウゥゥゥゥゥゥゥルルルル〉と聞く者の尾も太るような悍《おぞ》ましい唸り声を上げた。彼奴めらは月面人との協定により、あらかじめ、こういった事態に備え配備されていたのである。かくも周到なる月面人どもの小賢《こざか》しさ。さあ、よってここに千差万別《ばんべつ》の毛並みを持つしなやかな地球猫千八百六十五匹と、悪趣味法外な虹色の土星猫千百二十六匹の対決の火ぶたが、切って落とされることと相成《あいな》った訳だ」

「……きゃあーっ、地球猫がんばれ！　早くピッチを助けてあげて！」

「ん、とまあ、フスーッ。……ここらで一旦ひと休み。そろそろ僕にも休憩させておくれよ……」

「ええっ？　ちょっと、だめよ一番大事なところで！　白猫のララと露西亜《ロシア》猫のクレはどうなったのよ！　戦争に参加したの？　それとも、やっぱりふたりで駆け落ちしちゃったの？」

「さあさあ、どうだろうね。その辺の話は第四次月裏会戦のあとで出てくるよ。とりあえず休憩。僕はもう、何昼夜も喋《しゃべ》り通しでお腹ぺこぺこ」

「ええーっ……。ちぇっ、何よつまんないの。隕石猫のバカ」

「ひどいなぁ、莫迦《ばか》とはなんだよ莫迦とは。そんなこと云うんだったら君を置いて、また飛んでっちゃうぞ。それに僕がいたのは隕石じゃなくて、小惑星だって云ったろう」

「ふん。似たようなものじゃない、どうでもいいわそんなこと。あぁーあ、つまんない。つまんないつまんない……」

「やれやれ……。お嬢さん、君は随分と我が侭《まま》に育てられたんだね。何でも思った通りにならないと気に食わなくて、周りの人たちを心底困らせてきたんだろうね」

「そんなことないわ。あたし、ずっと我慢してたもの。毎日毎日云われたとおりに、やりたくもないことを――やりたくもない、あれっ？　何だっけ。あたし、何をさせられてたんだっけ？」

「シ、シ、シ。僕に聞かれても困るな。お嬢さん、一体自分がどんなことをさせられて、何を我慢してたのか、忘れてしまったのかい？」

「うーん。忘れちゃったのかしら、もう随分と前のことだから……」

「へえ、そうかい。それなのにそんな前のことの、不平不満だけは後生大事に抱えてるのかい？」

「知らないわ――やめてよ、どうしてそんな厭《いや》なこと云うの？　あたしがどんなに寂しい、みじめな思いをしてきたか、あなたにはわからないのよ。毎日毎日あたしは、召使いのように働かされて、どこへも行けずに朝から晩まで何かを、あたしは……」

「……おっと。ごめんよ、泣かせてしまったかな」

「や、やめてよ！　舐《な》めないで、くすぐったいじゃない！」

「シ、シ、シ」

「やめてったら！　……アッハハ、もう、バカ！　きらい！」

「シ、シ、シ。ごめんよお嬢さん。……それで？

ここに来てからは、どうしてたんだい？」

「……ここに来てからは、あたしはひとりぼっち。ずっとお休みが欲しいと思っていたけど、こんどは運動をするか、寝るかくらいしかすることがなくなって。それはもう、退屈で死んでしまうかと思ったわ。本当よ」

「ははぁ、運動ねえ。それは全体どんなものなのかな。ちょっと今、やって見せてくれる？」

「えっ？　ええ、いいけど。……こうして、こうして、こうとか。こう、こう、こうとか」

「シ、シ、シ、シ、シ。こいつはいい。ピコピコ揺れて可愛らしいもんだ。君はそれを、まったく不思議にも思わず繰り返してたんだね？」

「不思議って、何のこと？　運動は運動じゃない。おかしなこと云うのね」

「なるほどねぇ……。あいつらも偶《たま》にはサービスしたりするんだな。まあいいさ、僕はちょっと、この辺をひと回りしてくるよ。帰ってきたら話の続きをしてあげる」

「本当？　絶対よね、隕石猫？」

「ああ、絶対さ」

「もうあたしに、厭なことを云ったりしないわよね？」

「しないよ。昔のことは、もう訊かない」

「よかった。うふふ。なら、待ってる」

「シ、シ。それじゃ、キノコの国の可愛いお嬢さん。ごきげんよう」

「うふふっ……。じゃあね。ごきげんよう」

※

荒野の彼方で季節外れの竜巻《たつまき》が、音もなく佇《たたず》んでいる。

ここからは小指ほどの大きさにしか見えないの

で、いささか現実感に乏しいものの、それはしかし既に人や牛を吸い上げるのに十分な規模にまで発達している。灰褐色《はいかっしょく》の大地と、重い鉛色《なまりいろ》の空とを繋《つな》ぎ、ゆらゆら不穏《ふおん》な身じろぎを続けている。

ジェイムズはカーラジオをいくつか回してみた。が、どの局も現在テキサスに気象異常はないとの報《しら》せばかり。先導してくれている保安官のパトカーも、特に速度を上げたりする様子はない。町を出発した時と変わらず——馬ならば並足といった程度の、ジェイムズの忍耐を試すような落ち着き払った運転を続けている。

もしかすると、夜明け前に電話で叩き起こされた保安官は実はまだ寝ぼけていて、竜巻の存在に気づいていないのかも知れない。それともあの程度のものはこの辺りでは、別段珍しくもないのか。

地の果てを思わせるこの広大な荒れ野で、まるでたったひとつだけの意思を持った存在が遠く離れたところから、じっとその身を隠そうともせず、こちらの様子を伺っているようにジェイムズは感じる。

数日前から続いている鈍《にぶ》い頭痛に加え、喉《のど》にひりつく痛みを覚えて、彼はすっかり冷めてしまった飲みかけのコーヒーに手を伸ばした。

十一月初旬、曇天《どんてん》の午前七時。

被疑者の通信端末《たんまつ》がアスパーモントの町内で使用されてから四時間。その報告を受けたジェイムズは取るものも取り敢えず、三十分後にはダラスから飛び出していた。

つまり彼は昨晩ほとんど寝ていない。

実際のところここ一週間は平均して睡眠時間が三時間以下であり、これはいくつもの規定に反するオーバーワークなのだが、他ならぬ彼自身がそれを望んでいる以上改善の見込みは薄い。

ストーンウォール郡を蛇行《だこう》して横断する、赤茶

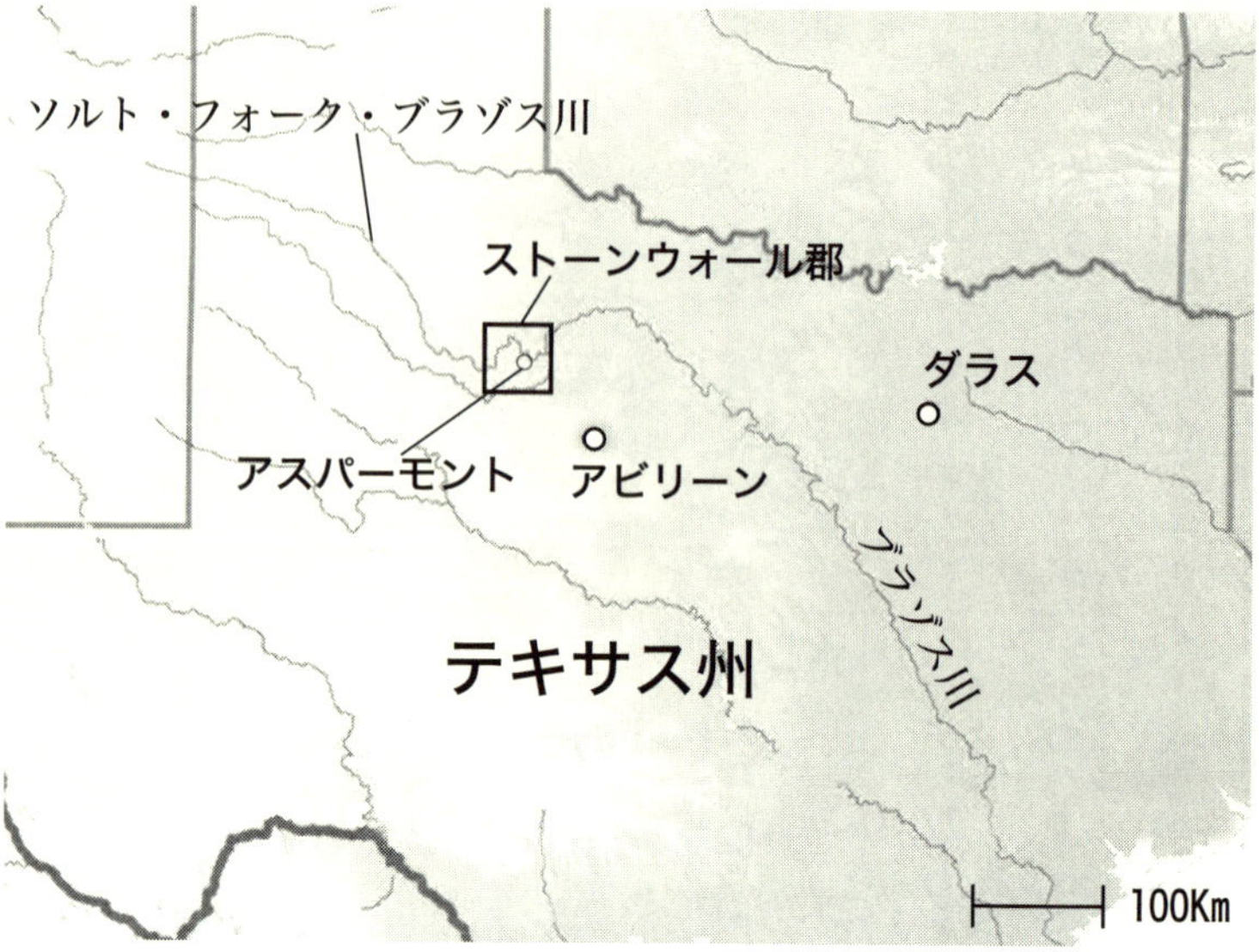

けたソルト・フォーク・ブラゾス川にさしかかった頃、助手席に置いてあった携帯が震えた。ジェイムズは瞼《まぶた》を一度こすり、前を向いたままスピーカーホンのボタンを押した。

『……ハーイ、ジェイムズ。居眠り運転中？　それとも病院の集中治療室？』

「今、八十三号線だ——コーヒーのお代わりを頼む」

『まぁ、かわいそうに。あなた、豆乳は平気だっけ？　私のソイ・アドショットヘーゼルナッツエキストラホイップキャラメルソース・ラテでよければ送るけど。丁度、さっき買ってきたところだから』

ジェイムズは青褪《ざ》めた頬を僅《わず》かにゆるめた。技官のマルロイとは同じ部署になって四年目だが、いつも机に置いてあるタンブラーの中身を今、ようやく知ることができた。と同時に、彼女の立派な体格にも納得せざるを得なくなった。

「嬉しいが遠慮しとこう。それで、奴の動きは」

『あれから接続はないわね。昨夜の、アスパーモント第二中継《ちゅうけい》局が最後』

「そうか。今、現地の保安官の案内でジューディスという集落に向かってる。〈ルイス〉の目的地はそこだった」

『えっ？　……ごめんなさい、追跡中だったのね。切ります』

「いや、カーチェイスをしてる訳じゃない。奴は動画のアップロードを終えてすぐ、町を出ていたんだ。保安官がモーテルに駆け付けた時には、既に、もぬけの殻《から》だった」

『そうなの……。うーん。地図を見てるんだけど、ジューディスなんて洒落《しゃれ》た名前の町は、八十三号線沿いにないわよ』

「半ばゴーストタウンだそうだからな。元は炭鉱町で、現在の住民は十世帯に満たないらしい」

『わからないわ。まだ、自分が追われていることに気づいてないなら、そんな辺鄙《へんぴ》な場所から更に不毛な土地へ、奴が向かった理由は何？』


——チャイルド・マレスター、すなわち小児性犯罪者であるその被疑者は、三十代から四十代前半の白人男性。髪はブロンドで、身長五フィート七インチから六フィート。思春期前の女児を標的とする、誘惑型の嗜好《しこう》的児童性虐待《ぎゃくたい》者に分類される。

姓名、及び顔貌《がんぼう》については未だ明らかでない。

FBIダラス支局の児童虐待担当課は市民の通報を受け、三週間前からこの男を追っていた。

通報内容は投稿型アダルトサイトに、未成年者との性交渉を撮影した動画、及び画像がアップロードされているというものだった。

調査の結果、同一端末から投稿された動画八本と、画像五十二枚を特定。医師の鑑定により、被害児童の数は八名と判明した。つまり被疑者は、毒牙にかけた女児一名につき一本の動画と、画像六枚から七枚を公開していたことになる。

それらはほぼ週に一度のペースで、プリペイド式データ通信端末に接続したパソコンから、アメリカ南部の六つの州を転々と移りつつアップロードされていた。

投稿者のハンドルネームは、すべて〈ルイス〉。極めて計画的、且《か》つ反社会的な犯行である。到底看過《かんか》できない。

ジェイムズは即時捜査に入り、およそ一週間で被害児童をまず一名、特定した。通信端末がウェブに接続された中継局と、動画内で被疑者が囁《ささや》いている児童のファーストネーム、および＊人着《ニンチャク》によって、なんとか探り当てることができたのだが――。

その被害児童はルイジアナ州モンローに住む、十二歳の少女。

ジェイムズが家を訪ねる五日前、彼女の通学路でもあるウォシタ川にかかる橋から、既に身を投げてしまっていた。

残された書置きには「お父さん、お母さん、こんな間抜けに育ってしまったわたしを許して。あいしてる」との幼い字。

憔悴《しょうすい》しきった様子で、娘の自死にまるで理由が見つからないと嘆く両親に、ジェイムズは自らの所属部署を明かさず曖昧《あいまい》な調査協力を求め、彼女が使っていたパソコンを借り受けた。

それをマルロイが解析した結果、少女が自らの非道徳的な「動画」を一度だけ、閲覧《えつらん》した履歴《りれき》が残っていた。

彼女に件《くだん》のアダルトサイトのアドレスを教えた

＊人着…犯人の人相や着衣（警察用語）

のは、一通のメール。

その差出人の名前は、やはり〈ルイス〉。

思春期前の女児との性交渉は、当然ながらそこに至る過程や結末に関わらず、すべて虐待である。たとえ、彼女が動画の中で微笑《ほほえ》み、自らブラウスを脱いでいたとしても。

痛みと羞恥《しゅうち》に赤らんだ顔の奥に、いくばくかの青い歓《よろこ》びが覗《のぞ》いていたとしても。

そんなことは何ひとつ犯人の罪を仮借《かしゃく》するものではない。むしろ少女たちに甘言《かんげん》を弄《ろう》し、思い通りに操りをかけるという卑劣《ひれつ》な所業《しょぎょう》に、悍ましさが増して感じられるだけの話だ。

彼女は、〈ルイス〉に殺されたのだ――。

自分が騙《だま》されたことを知り、全世界に自らの痴《ち》態《たい》が公開された現実に悲観して、彼女は命を絶った。たとえ法がこれを殺人と呼ばなくとも、ジェイムズにとってはやはり、それ以外のものと思えない。

奴は、温室の中の蕾《つぼみ》を摘《つ》み――のみならずそれを汚水の入った花瓶に挿《さ》して、枯れてゆく様までも愉《たの》しみとした。

およそ快楽殺人者にも匹敵する、歪《いびつ》な精神構造の持ち主である。

そんな男を野放しにできない。

「――夜が明ける前から走り回ってもらっていた保安官によれば、昨晩アスパーモントを訪れていた余所者《よそもの》は、三十代後半の白人男性。青のトヨタに乗り、肩からカメラバッグを提げていた。そいつはダイナーで夕食をとりながら、店主にこの近くに、閉鎖された炭鉱があると聞いて来たのだがそれはどこか、と訊《たず》ねたそうだ」

『カメラバッグ……』

「ああ。カメラマンを自称して、あちこちの廃墟《はいきょ》や、古い時代の遺物を撮影して回ってるんだと説明したらしい。店主は妙な奴が来たもんだと思って、あまり相手にしなかったようだが」

『なんてこと――間違いない、それが奴だわ！　それなら犯行が何州にも渡ってる説明がつく。そいつは仕事だか何だかで各地を転々と移動しながら、その土地その土地で新しい犠牲者を……』

「その通り」

『やったぁ！　ついに追い詰めたわね、ジェイムズ！　主任にはもう報告したのね？』

「いや、まだだ」

『えっ、どうして？』

ネクタイをゆるめ、ジェイムズはため息をつく。

どこまでも続く扁平《へんぺい》な荒野と、頭上を埋め尽くす低い雲との隙間《すきま》だけが、今彼のいる世界だ。

そこにはほとんど色がなく、強い横殴りの風がハンドル操作を誤らせようと、常に吹き続けている。

「……ダニエルズ主任は昨日の夜、ここまでの捜査結果を資料にまとめるよう、俺に指示した。提出期限は今朝の八時」

『ワーオ、あと一時間もないじゃない。どうするの？　始末書の方が書きなれてるし短くて済む、って判断？　経過報告をはしょり過ぎたから、業《ごう》を煮やされたんだね』

「君も、主任のデスクがどんな有様かは知ってるな。その彼が、まるでアカデミーの教官みたいに、誤字脱字に気をつけて書式を守れ、とも云った。つまり作られた資料を読むのは、彼じゃない」

『……どういうこと？』

「多分本日付で、捜査権が児童虐待担当課から他のところへ移されるんだと思う。それも、部下には軽々しく名前を云えないような部署へ」

『ハァ……？　何それ、私たちを莫迦にしてんの？　笑えないわ！　何考えてんのよあのハンプティダンプティ！　壁から落ちろ！』

「捜査を始めてから三週間。その間に、更に三人の少女が犯人の欲望のはけ口にされた。残念だがそれは事実だ」

『ジェイムズ、あなたは散々捜査官の増員を要請してたじゃない！　それを無視し続けたのは主任だわ！　私たちは奴を止めるために、出来る限りのことをしてきた。何の落ち度もない。なのに、ここまで来て捜査権移譲なんて――』

「人員不足は主任の責任じゃない。彼は、彼の持てる権限をフルに使ってこれまでバックアップしてくれてた。ダラス一の情報分析官の君を、俺につけてくれたのもそのひとつだ。……けれどそんな彼にも、どうすることも出来ない状況というのはある。きっとそんな苦渋《くじゅう》の思いが、俺に上からの圧力を臭わせたんだ」

『さっさと事案の優先度を上げないからそんなことになるのよ。動画では被害児童たちが、自分から進んで服を脱いでいるように見えるから――だから軽視してたんじゃないの？　これは、単なるローティーンの非行案件とは訳が違うのよ！』

「ああ。そのことは彼も俺も、重々わかってるさ」

尚もわあわあと酷《ひど》い南部訛《なま》りの悪態《あくたい》を吐き続けていたマルロイは、しかしフッ、と途中で口をつぐんだ。

ジェイムズが携帯電話に目をやると、電波状況のアンテナが点いたり消えたりを繰り返していた。

『――ジェ――ズ、もしもし？　きこ――て――』

「そろそろ圏外《けんがい》になるようだ。またあとで連絡する」

『わた――納得できない！　――ムズ、そんなの絶対に納得――』

「……マルロイ」

頭痛は弱まる気配を見せない。

ジェイムズは終話ボタンに指をかけて、独り言のように呟いた。

「……俺たちの仕事で、一度だって納得のいく結末を迎えられたことがあったか？　一度でも子供を救えたことが？」

通話を切った。そして車内におりた沈黙を、冷たい海水のように呑み込む。

視界の左側の端にはずっと、地平線に佇む竜巻が映っている。それはやはり、今日起きるであろう不吉な何かの予兆として、自分の前に現れたのではないかという疑念をジェイムズに抱かせる。

その思いを打ち払うために首を振りたいが、頭の中は水銀で満たされたように重く、碌《ろく》に動かすこともできない。

やがて右側に低い丘が、じわじわと日の出のようにせり上がり始めた。あそこに、目指す集落があるようだ。

果たして突然パトカーが、ウインカーも出さずに国道を逸《そ》れ、獣道《けものみち》と一切見分けのつかない無舗装の道路に入って行く。

「……誰かを救えたことなんて、一度もない。違うか？」

ジェイムズは物云いたげな竜巻を視界から追い出すと、それに続いた。

ジューディスにあるのは枯れ木と、朽ちた家屋の残骸だけだった。

自治体が失われてから三十数年が経過した炭鉱町は、酷薄《こくはく》な大地にしがみついたまま死んでいった枯れ草にほぼ全面が覆《おお》われ、更に寒々しい灰色の木々によって外縁《がいえん》を囲まれていた。その様子はまるで、町全体が薄汚れた巨大な死衣《しい》に包み込まれているような印象を、見る者に与える。

砂利道なのか、それとも粉々に砕けた舗装道なのかも定かでないメインストリートを、保安官のパトカーがじりじりと徐行して行く。

青褪めた板壁の、廃屋群の只中へ。

国道にはずっと一定間隔で、ぽつりぽつりと寂しげに立っていた電柱も、ここへ至る道のどこかで途切れてしまっている。つまりこの集落に、本当に住人がいるとするなら、彼らは今の時代にあってランプに火を灯《とも》し、石炭屑《くず》で暖をとっていることになる。

ジェイムズはずっと周囲を警戒し続けているが、青いトヨタ車の姿はこれまでのところ確認できていなかった。この集落の、どこかの建物の陰にでも駐車しているのだろうか――。

と、ほどなく前方の一軒の廃屋の前に赤錆《さ》びたトラックが停められているのが見えてきて、保安官のパトカーがその少し手前でブレーキを踏んだ。

そこは作りからして、かつて雑貨店か何かだった名残りが見受けられるが、庇《ひさし》の上には看板の土台しか残っていない。

ジェイムズもセダンを停車させた。

「……ああ、ディクソン！　わしだ、ポールだ」

保安官は大声で呼ばわりながら車を降り、ちらりとジェイムズの方を振り返った。目で、まだ車を降りるなと指示している。

何かの合図のようにパンパン、と手を打つ。膝を悪くしているようで、身体を大きく左右に揺らしながらトラックのある家のポーチに向かって行く。

――しかしこれが、廃屋ではないというのか。タイヤが潰《つぶ》れたそのトラックも、ただの打ち棄《す》てられた廃車ではないのか。

建物のスレート屋根は透明な巨人が腰かけてで

もいるように大きくひしゃげ、最後に補修されてからひと世代は経っているように見える。ポーチに吊り下げられたブランコは、片方の縄を補修した跡があるが、そもそもそれを括《くく》り付けてある軒《のき》が腐っている。つまりその家のどこにも、人が暮らしている温度のようなものが感じられない。

が、ジェイムズはえっちらおっちらと歩いて行く保安官を見守りながら、背広の内に右手を差し込み、脇に下げたホルスターのボタンを外した。ポーチの奥――ドアの横の開け放たれた窓に、黒光りするライフルの銃口が二インチばかり、突き出していたからだ。

それは保安官が近づいて行くことでそろそろと家の中に引っ込み、代わりに塗装の剥《む》けたドアが軋《きし》みながら開いた。

痩せ細った老人が半身を覗かせる。

彼は保安官よりひと回りは年上の、七十代前半。禿《は》げ上がった頭に無精髭《ぶしょうひげ》、染みだらけのオーバーオール姿。手にはまだ、先ほどの古いライフルを握っている。

「ディクソン。奥さんの調子はどうだね？」

「……あんたが来るまでは良かったが。エンジンの音で目を覚ましちまった。じきにまた、落ち着かせなきゃならん」

「そうか、それは悪いことをした……。実はちょっと聞きたいことがあって来たんだ」

保安官はポーチに片足をかけ、ベルトに指を差して、ハーッと大義そうなため息を漏らした。

ジェイムズは車のドアを開けた。

「……あれは誰だ」

「あれは、ダラスから来た人だ。なあディクソン、昨晩から今朝にかけて、ここに余所者は来なかったか？　どこか東の方から来たような成りをしてる」

「知らん」

「じゃあ、青いトヨタは見なかったか」

「見とらん」

「そうかわかった。邪魔したな」

近づいてくるジェイムズを横目で見ながら、保安官は帽子を直した。

「なあ捜査官。やっぱりお探しの奴は、脇道に気づかずに八十三号線をまっすぐ、ガスリーまで行っちまったのではないかね。キング郡の保安官事務所には、もう手配を頼んであるんだし……」

「先方から連絡があれば、そちらに向かいます」

手短に答えてからジェイムズはポーチに上がり、躊躇《ちゅうちょ》なく、ディクソン老人の全身が見えるところにまで踏み込んだ。老人は狼狽《ろうばい》して激しくまばたきを繰り返し、ライフルの銃身を握りしめた。

――この土地で何十年バッジをつけているのか知らないが、保安官が事態の緊急性を認識していないのは明らかだった。見せるものを見せて、案内が済み次第さっさと追い払おうという腹が透けている。面と向かって拒絶するより、その方が速やかに余所者が去る、と考えての表面的な協力。

これは最初にきちんと〈ルイス〉の行状《ぎょうじょう》を教えなかった、ジェイムズの落ち度でもある。未明《みめい》の三時半に電話で緊急配備を頼んだ時には、細かい事情を話す余裕がなかったというのはあるが、やはり順を追って説明をし、協力を仰ぐべきだった。絶対に逃がしてはならない相手なのだと知らせておくべきだった。

「失礼。ＦＢＩのジェイムズ・ブレイクといいます。あなたにお訊ねしたいことがあります」

ジェイムズは手帳を開いて老人に見せ、訊ねた。

「……」

「あなたは昨晩何時頃寝て、今朝は何時に起きられましたか」

「……」

「今日、一度でも家の外に出られましたか」

「ブレイク捜査官。ディクソンは何も見てないと云ってる――ご覧の通りこんな場所だ。外から来る車があれば気づかない筈はない」

保安官は通りの向かいに並ぶ廃屋を、たるんだ顎《あご》で示す。

しかしジェイムズはそちらに振り向くことなく、目の前の老人を見詰めた。老人は一歩、ドアから離れて廊下を後ずさった。

今朝は夜が明ける前から分厚《ぶあつ》い雲が垂れ込め、陽の光を脆弱《ぜいじゃく》なものにしてしまっている。しかしどうだろう、このディクソン老人はそれすらも眩《まぶ》しそうだった。白内障なのか。

と、その時。

「――あなた。あなた、どこなの。どこにい・るの」

廊下の先、ほとんど暗闇のような家の奥深くから突然、女の声がした。声の主はディクソン老人を呼んでいるようで、老人はハッとした様子で振り返った。

「ああ、ブレイク捜査官……。その、もう行こう」

保安官が一度咳払いをして、促す。

「あなた……！　あ・なた、お願いよ！　置いて行かないで！　私を置・いて行かないで！　あ・あああああ・あッ！」

錯乱《さくらん》した老女の叫び。

ジェイムズはそれを聞いていささかならず、肌が粟立《あわだ》つのを感じた。

この家の夫人は一体、何の病を患《わずら》っているのか。喉の中に痰《たん》ではない、もっとざらついて乾いたものが詰まっているようなノイズがある。しかもプツプツと頻繁《ひんぱん》に、途中で声が切れている。

今までに聞いたことのない、奇怪な声質《せいしつ》である。

まるで古いレコードか、黴《かび》の生えたカセットテープのような――。

「……竜巻は出ておったか」

こちらに背中を向けたまま、老人が訊ねた。

ジェイムズは咄嗟《とっさ》に返事ができず、訊き返した。

「……なんです？」

「ここに来るまでに、あんたは竜巻を見たか？」

「……ディクソン！　この天気だ、竜巻は出てたよ。戸締《とじま》りに気を付けるんだな」

代わりに保安官が答えて、先にパトカーの方へ戻り始めた。

「あな・た、どこにいるの！　ねえ返事をして！　置いて行かないで！　戻りたいッ……、元に戻・りたいッ！　私を元に戻してぇッ！」

倒壊《とうかい》寸前の家――とっくに寿命を終え、死んでしまっている筈《はず》のそれ自体が叫んでいるのだと云われても、ジェイムズは疑わなかっただろう。

怖気《おぞけ》立つような絶叫。

彼が言葉を失っていると、老人は再び動きだし、重い物を引き摺《ず》るような足取りで廊下の奥に消えた。

2

テキサス州ストーンウォールは、人口千五百人ほどの小さな郡である。郡庁所在地はアスパーモント町。総人口の約六割の人々がそこに暮らしており、細々と農業などを営んでいる。

特に目立った産業や観光施設のない、典型的すぎるくらいの田舎町。ひとつ目を引くものがあるとすれば、それはこの町の規模に少々不釣り合いな、真新しい運動競技場だろう。ここは小さな学生フットボールチームのホームになっていて、露天のコートとそれを囲む四百メートルのトラックが設けられている。地元高校がイベントで利用するのは勿論、チームの試合の際には近隣の町からも学生選手と観客が訪れ、常時吹きつける砂を含んだ風に辟易《へきえき》しつつ、汗を流し、歓声を上げていた。

これが町の発展に寄与できれば良かったのだが、生憎《あいにく》、そこまでの効果は発生していないようだ。むしろ住人の数は一九五〇年代以降、年々減少傾向を続けている。

これは丁度、炭鉱のある丘にジューディスの町が出来た頃にあたる。活況ある産業に惹かれ、そちらへ越した家族も多かった。

そして彼らは閉山後、元のアスパーモントに戻った訳ではなかった。おそらくはまだ、黒いダイヤを掘り続けているであろうどこかの遠くの山へと、移り住んで行ったのだ。

一度手につけてしまった専門職を——たとえそれがどんなに非効率で、危険すら伴うものだったにせよ、簡単に放棄できる者など限られている。

炭鉱は一時的に周辺の町から人々を吸い寄せたが、自らの役割を終えると同時に、彼らを流浪《るろう》の職人に変えてしまった——。

いずれにしても現在、アスパーモントの町はどこを向いても、空き地ばかりが目立っている。

「……ジューディスっていうのは炭鉱を経営していた小さな会社の、社長婦人の名前なんだ。町に自分の名前をつけさせるくらいだから、どんな女だったのかは推《お》して知るべし。住民の鉱夫やその家族たちは、社長の顔は知らなくても、社長夫人の横柄《おうへい》さと冷酷さだけは肝に銘じて、生活していたもんだ」

保安官はコーヒーを勧めながら、問わず語りに話し出した。

荒れ野を渡る秋の風に体温を奪われていたジェ

イムズは、小さく頷いてマグカップを受け取り、その温かさを両手で確かめた。

「人々が何よりも怖れていたのは、月に一度、彼女がアスパーモントから視察に訪れる日だった。万が一彼女の機嫌を損ねようもんなら、その鉱夫は容赦なく、鉱山の一番奥に追い込まれちまう……。あそこの炭鉱はあんたも見たとおり、露天ではなくて坑内掘りだ。チェスの盤みたいに何本もの坑道を交差させながら掘り進んでいた。そして何年かに一度は必ず、奥の方で落盤《らくばん》事故を起こしていた――石炭層っていうのは、思われているほど頑丈じゃないもんでな」

平屋で、煉瓦《れんが》造りの保安官事務所。開拓時代に習った、昔ながらの古めかしい作りである。

通りに面した窓を持つ小ぢんまりしたオフィスの壁には、郡長からの表彰状や州警察からの感謝状などと一緒に、額縁《がくぶち》に入った十数個の蹄鉄《ていてつ》が飾られている。床はリノリウムではなく、年季の入った樫の板材。

ジェイムズは肘掛けのある椅子を借りて座っている。

保安官は大きなデスクの向こうで窓際に立ち、目を細めて、通りの北の方を眺めている。

「……怖い話ですね」

「ああ。まったく、生き埋めほど怖ろしい死に方はない。みんなそれがわかってるから、〈女王陛下〉に勧められた悪趣味な食器を買い、コンロを買い、家具を買ってたんだ。ふざけた話だろう。彼女はいつも、お気に入りの販売員を連れて町を訪れてた――ああ、うん。住人の子供たちはみんな、あの社長夫人のことを女王陛下って呼んでたのさ。勿論、皮肉でね」

「もしかして、保安官はあの町の出身なんですか」

「わしは八つの時にあの炭鉱で親父を亡くして、

こっちに引っ越して来た。さっきのディクソンには、よく遊んでもらってたよ」

「なるほど……」

重ねかけた質問を、ジェイムズはコーヒーで呑み込んだ。

長年荒れ地に暮らしてきた保安官の低く擦《かす》れた声は、疲れ切ったジェイムズにとって少なからず眠気を誘うものではあったが、不快には感じなかった。この饒舌《じょうぜつ》な昔話は、彼が遅ればせながら胸襟《きょうきん》を開いてくれた証、と受け止めるべきだろう。

時刻は正午前。

しかし強い失望を感じており、食欲はない。慢性《まんせい》的な睡眠不足の中、空き地だらけの町を聞き込みに回り続けたので、疲労は当然限界にきている。

それは保安官も同様のようで、別行動中に買ってきたらしいドーナッツの箱は、未だ手つかずでデスクの端に置いたままだ。

——ディクソン老人に話を聞いたあと。

ジェイムズと保安官は廃屋群の中を行き来して、数軒の住人から聴取を行った。

彼らはいずれも先の老人と似たり寄ったりの偏屈な年寄りだったが、保安官を通訳のように挟みながらどうにか訊き出したところでは、最後に町に入って来た余所者は三年前の福祉調査員。それも全戸の住人を訪ねる前に、ディクソンのライフルで追い払われたという。

どうやら〈ルイス〉は、ジューディスを訪れてはいない。ジェイムズは奥歯を噛みしめ、そう認めざるを得なかった。

それは退廃《たいはい》した非協力的な住人たちの証言による結論ではなく、そもそも炭鉱へと続く街のメインストリートの、ディクソン老人宅から先に、枯れた雑草の海が広がっていたことによる。

そこから先のどこにも、轍《わだち》の跡はなかった。

通りの向こうに見えるのは屋根が落ち壁も抜けた廃屋の連なりと、最早《もはや》原形すら留めぬ採掘《さいくつ》機械の残骸。

そしてまばらな枯れ木が骸《むくろ》を晒《さら》す、古い坂道。

その奥に、炭鉱の入口があるのだと保安官は云った。

「錆びついた、莫迦でかい櫓《やぐら》が見えるだろう。あの真下だ。今はもう埋没《まいぼつ》処理されていて、入ることはできんのだが……」

わざわざ確認に行くまでもない。車が入っていない以上、〈ルイス〉はここにいない。

ジェイムズは急ぎ、再度、キング郡の保安官事務所に連絡を入れた。しかしそちらでも今のところ、余所者の車は目撃されていないとの返答。こうなると無駄に走り回っても仕方がなく、被疑者の足取りを失った彼は血が逆流するような苛《いら》立ちを覚えながら、捜査を一旦、アスパーモント町内での聞き込みに切り替えることにした。

それと並行して、ジェイムズは保安官に、昨晩三時に動画と共にアップロードされた画像から被害児童の顔の部分だけを切り抜き、プリントアウトしたものを渡した。これは、ダラスを出る前に一度だけ動画内容と画像を確認して、慌《あわ》てざまに作成したものである。

やはり被疑者を単純な変質者のようにしか思っていなかった彼は、実際の被害児童の顔写真を見せられ、いささかならずショックを受けた様子だった。更に犯行の経緯と、それによる自殺者も出ていることを聞き――ようやく、バッジにふさわしい義憤《ぎふん》をあらわにした。

「……なんてことだ。この犯人は畜生だ」

「ええ。この児童に、見覚えはありませんか。アスパーモントの住人では？」

「いや……、見覚えのない顔だな。町の子ではないと思うが。一応、学校を回ってみよう」

しかしその後——たった三時間で、ジェイムズは町内のあたれる限りの場所をあたり尽くしてしまった。

旅行者が頻繁に立ち寄るような町ではないため、確かに昨晩見慣れない男がいたと証言する者は多かったが、実際に会話をしたのはふたりだけ。

そのうちのひとり、町のダイナーの店主をまず、ジェイムズは訪ねた。しかし彼は、今朝保安官に話した以上のことは知らないと肩をすくめた。

「もう勘弁してもらえませんかね。こっちはメイソン保安官に、朝の六時に叩き起こされてるんですぜ」

禿げ頭の主人はエプロンで手を拭き、彼の身なりを無遠慮に上から下へ観察した。ジェイムズはこの町に来てから、ネクタイを締めている人間とは一度もすれ違っていないことを思い出した。

「何回訊かれたって同じことしか云えねえですよ。仕方ねえじゃねえですか。道を教えちゃいけねえなんて、俺ァ知らなかったんで」

〈ルイス〉が店を訪れたのは、昨晩の午後八時頃。奴はビールと軽食を頼んでから廃鉱への道を訊き、八時半までに会計を済ませている。

この時間、店内には他に三人ほどの客がいたそうだが、すぐに話を聞けた二人にしても店主と同じく、「妙な奴が来たものだ」という印象を持っただけで、それ以上の詮索《せんさく》はしなかったという。

これは〈ルイス〉の身なりや態度に、ある程度の落ち着きがあったからだろう。奇妙な目的を持った余所者ではあるが、不審者という認識にまでは至らなかった。

それから、青いトヨタ車は見るべきものもない町内をぐるりと一周したあと、町にただ一軒だけあるモーテルに入っている。

モーテルの経営者はネルシャツの下に、学生アメフトチームのロゴが入ったTシャツを着た大柄な寡婦《かふ》である。

「試合もないのに客が来るなんてめったにないから、そりゃ驚いて。どれでも空いてるから適当に、お好きな部屋へどうぞって云っちゃったのよ」

支払いは前払いの現金。免許証は確認しておらず、驚くべきことに、宿泊者名簿に記帳すらさせていない。

「……だって、うちに来る客は大抵顔も名前も全部知ってる、どこかのチームの関係者か、その家族なのよ。わかるでしょう。そういう規則があるのは知ってるけど、いちいち知り合いの手を煩わせるだけかと思って、名簿はしまいっぱなしで……」

事前に保安官から聞いていたとおり、リストの最後の記帳は五年以上前のもの。そんな田舎ならではの防犯意識の低さが災いして、当然、監視カメラもダミー。

まるで忌々《いまいま》しい悪運が、ジェイムズを嘲笑《あざわら》っているかのようだ。

〈ルイス〉が借りた部屋はシングルで、既にクリーニングに出してしてしまったシーツ類に、目立った汚れはなかったという。

ジェイムズが確認した昨晩の動画と画像は、真っ暗な部屋の中で、スタンドライトの明かりだけで撮影されていた。その、古めかしいライトの笠の形状は、このモーテルのものとは異なっていた。また被害児童が横たわっていたシーツも、かなり使い古されている印象を受けた。

Ｅｘｉｆ情報はこれまでの画像と同様に全て消

去されているので、解析による撮影日時の特定は不可能だが、少なくとも昨晩、この場所で撮影されたのでないとは云える。

何かしらペナルティを受けるのではないかと不安げな寡婦は、警察の鑑識《かんしき》課がそこらじゅうに粉をはたいているのが気になる様子ではあったが、じっと眺めるだけで文句は云わなかった。

彼らはジェイムズが電話で呼び寄せた、車で一時間ほど南にある、アビリーン警察の署員。四十絡みの精力的なチームリーダーが若いふたりの課員を連れて来ており、午前八時から行動を開始していた。

「……目ぼしいものは全部集めたが、照合はうちの方でやろうか？　それとも、ダラスに送った方が？」

調べを終えたチームリーダーは、手早く機材を撤収《てっしゅう》しながらジェイムズに訊ねた。どうやら幸いなことに、彼がＦＢＩに協力するのは今回が初めてではないらしい。

ジェイムズは、面倒をかけて済まないが、採取した指紋はすべてそちらの警察署でデータ化した上で、そのアクセス権をダラス支局の児童虐待課付き技官に与えてもらえないかと頼んだ。

「オーケイ。それなら多分、今から帰って、昼前までには出来るだろう。取り込むだけなら早いからな。毛髪と繊維《せんい》片については郵送になるが、夕方には届くと思う」

彼らが協力を惜しまないのにも理由はある。

この町ほどではないにせよ、アビリーンも決して大きな町ではない。腕に覚えのある鑑識官ならば精々自動車泥棒の、それも既に捕まってしまった犯人の証拠固めとして、古いセダンから指紋を採るのには飽き飽きしている筈だ。

ＦＢＩが乗り出すような重大犯罪者の指紋は、

彼らに警察官という仕事本来の持つ充足感を与えてくれる。そのことが、満足げな田舎育ちの表情から、否が応にも読み取れてしまう。

　ジェイムズは礼を云ってモーテルをあとにした。彼らが拾い集めた被疑者の指紋――それを残した指が、どんなに卑劣で悍ましいものであるのかは、規定により告げずにおいた。


　午前十一時を過ぎても、ジェイムズの携帯電話は鳴らなかった。

　今の彼の捜査は命令無視、あるいは控えめに見ても無許可の出張であって、何らかの処分を受けても仕方がない。

　なのにダニエルズ主任が電話して来ないのは、マルロイが状況を説明してくれたのと併せて、彼自身ぎりぎりまでジェイムズに捜査を続けさせようという思いがあるからだろう。

　落ちるべき雷が落ちず、自由に行動できるというこの状況自体が、皮肉にも、ジェイムズの予想が当たっていることを証明している。

　まもなく彼は、本件の捜査権を失う――。

　事件を引き継《つ》ぐのが一体何者なのかは、正直な話、ジェイムズには興味がなかった。

　夜ごとフクロウのように目を凝《こ》らして、単独で〈ルイス〉を探し、飛び回っていた三週間が終わる。

　彼は今日敗北する。

　それ以外に今の状況を表す言葉は、ジェイムズの頭には浮かんでこない。

　そして――昨晩の被害児童の確認のため、町の小学校、及び中高併設の学校を訪ねていたという保安官と合流したのが、今座っているこの、保安官事務所のオフィスである。
　この娘はやはりこの町の住人ではないようだ、

と保安官は固い表情で云った。念のため各校の校長に、ジェイムズから預かった画像を見せたので間違いないという。

三十分ばかり前には、八十三号線の先にある小さな村、ガスリーに直接聞き込みに向かわせていた三十代の保安官補が帰って来て、そちらも成果のなかったことを告げた。事件の詳細を知らない彼は興味本位で、保安官に被害児童の顔写真を見せてもらおうとしてひと睨《にら》みされ、今度は国道と並行して走る農道一二六三号をひと回りしてこいと云って追い出された。

それから、ふたりはずっとこのオフィスに座っている。

鑑識が集めた手がかりはおそらく非常に大きなものになる筈だが、その結果を元に、ジェイムズが被疑者を追える訳ではない。

時間切れであることに変わりはない。

彼はまぶたを擦《こす》り、疲れた目を強く押さえた。息を吐くと、自分でもハッとするような重いため息が漏れた。

保安官はそんなジェイムズをちらりと見て、一度膝を曲げ伸ばししたあと、ガラスの椅子にでも座るようにして自分のデスクチェアに座った。

「……わしは、昔は良かったなんて云うつもりはないよ。労働者たちにとって最悪の時代を、この目で見てきたからな。炭鉱が閉まったあともあの集落に残ったのは、余所では働けなくなってしまった者達だ。苛酷《かこく》な労働で足腰を痛め、黒色肺《こくしょくはい》を患い――使い捨てられたトロッコとその線路が錆びついていくのを、ただ眺めているしかなかった連中だ」

「では、ディクソン氏とその奥さんも」

「あ、ああ……。彼は雑貨店をやってたんだが、まあ、同じことだ。とにかくこの国は昔から、人に厳しかった。いつの時代にも必ず虐《しいた》げられる人々がいた。しかしひとつだけ云えるのは、昔は郡内のことは、郡内で片がついてたってことだ。おかしな奴がいれば住人みんなでそいつを見張っていたし、もし間違いが起これば、その日のうちに犯人を縛り上げることができた。本当のことさ。あんたみたいな若い人からすると、年寄りの大言《たいげん》だと思うかも知れんがね」

別に疑いはしない。きっと田舎町ならどこもそうだったのだろうし、今の時代でも、そんなに大きな違いはない。

こんな場所に流れ者の小児性犯罪者が現れること自体が、いわば隕石が落ちてくるよりも唐突《とうとつ》な災難なのだ。

「……どうなんだろうな。その、今までの被害者の少女たちは、犯人に――」

保安官は何かを訊ねかけ、口ごもる。

ジェイムズは黙っていた。

「犯人にその、何というか。痛めつけられたのかね」

「児童への性的接触は、すべて虐待です」

「ああ、勿論そうだ。許されることじゃない。そいつはいずれ刑務所に入って、他の荒くれた受刑者達から、とても言葉にできんような目に遭《あ》わされるだろうよ」

小児性愛者が、刑務所を無事に出所できる可能性は低い。それは警察機構の中にいる人間でなくとも、よく知っている。

しかし保安官が云いたかったのはそんなことではあるまい。そう遠くないうちに引退を迎えるであろう彼が、わざわざこの期《ご》に及んで、何の救いにもならないような話を聞きたいのだろうか。

ジェイムズはふらつかないように両足をきちんと床につけてから、マグカップを持って立ち上がった。

「メイソン保安官……。奴が最も痛めつけたのは、被害児童達の尊厳《そんげん》です。単純な暴力に勝るとも劣らない卑劣な方法で、幼い心を騙し、一生残る傷を彼女達に残した。それがすべてです」

「そうか。そうだな」

「早朝からのご協力に感謝します。私はそろそろ、ダラスへ」

「ああ、わかった。ご苦労だった……」

保安官が立ち上がり、ジェイムズに右手を差し出したので、彼はそれを握った。長い年季《ねんき》を感じさせる大きな手だったが、それにはまるで力がなかった。

「……わしが、もっと早くバートを叩き起こして目的地を訊き出していれば、奴に追いつけたのかも知れん。言葉もない」

「あなたは充分に捜査してくれました。コーヒーをどうも」

「うん。……しかし捜査官。どうだろう、今のあんたの顔色は相当なもんだ。あと一時間でも休んで行っては」

——保安官は何か、気がかりを抱えているのではないか。ジェイムズはそう感じた。

犯人を逃したことを悔やんでいるのは本心だろう。しかしそれだけではない。表情に迷いがある。

「……保安官、もし何か気づいたことがあれば、いつでも私の携帯に——」

ゴオオオォォォッ、と砂塵《さじん》を巻き上げるタイヤの唸りが彼の声をかき消す。ふたりは咄嗟にオフィスの窓から前の通りを見た。

濛々《もうもう》たる土埃《つちぼこり》を引き連れ北から現れたのは、少し前に出かけた保安官補のパトカー。彼は事務所の前まで来ると急ブレーキをかけ、血相を変えてドアから飛び出してきた。

そしてそのままオフィスの窓へと走って来て、ガラス越しに叫んだ。

「……ほッ、保安官！　大変です、飛行場！　飛行場に来てくださいッ！　ぐ、ぐ、グッドマンの飛行場の先に、し、しッ……」

「何だ……、落ち着けピーター」

「しッ、死体がバラ撒《ま》かれ――」

脂汗《あぶらあせ》に光る彼の頬が突然、ボッ、膨《ふく》らんだかと思うと、コーヒーに薄められた大量の胃液が飛沫《しぶき》をあげた。どろどろに溶けたチョコレートドーナツの残骸が窓ガラスに飛び散り、糸をひいて垂れた。

驚いた保安官が悪態を漏らした時、ジェイムズは既に、オフィスから駆け出していた。

※

「――お嬢さん、そんなに小さく丸まって、寝てるのかい？　シ、シ。そのフリルのついた青いヒラヒラを、少しめくってみてもいいかい？」

「……だれ？　んん、何？　くすぐったい」

「シ、シ、シ。ごめんごめん。ちょっと待たせすぎちゃったかな。どこかでガスを食べようと思ったんだけど、この辺りのはみんな凍ってしまっているもんだから、結局木星まで足をのばしてたんだ。君が待っていると思って、途中で寄り道なんかもせずに、一直線に戻ってきたんだよ」

「だれ……、まあ、あなた何？　綺麗。象牙みたいに光って、とっても綺麗」

「おやおや、すっかり呆《ほう》けてしまってるね……。思ってたより不安定なんだな。僕を忘れちゃったの？　あれからまだ、二世紀は経ってない筈だよ？　コツコツ。ノックノック」

「あっ。あっ。やめて、そんな大きい手で。怖い――

でも、やっぱり綺麗。すごく丁寧な透かし彫り。あなた、彫刻なの？　猫の彫刻？　一体、どこのお土産屋さんで売られてたの？」

「僕はどこでも売られてない。君は前にも同じことを訊いたよ」

「そう……？　あなたとは、初めましてじゃないの？」

「初めましてじゃない。まあいいさ、時間はたっぷりある。もう一度最初から話そう。勿論、お嬢さんがよければだけど」

「お話——あなた、お話をしてくれるの？　うん、あたし聞くわ。嬉しい。あたしずっと退屈で、ぼんやり星を見るか、運動するか、あとは寝るかくらいしかすることがなかったんだもの」

「シ、シ。そうかいそうかい。それはそれで悪くない暮らしのようにも思えるけどね。ここから見る星空はシナプスのように煌《きら》めいて瞬《またた》いて、とっても綺麗じゃないか。たとえばほら、あの、遠くに輝いている赤い星。あれは何だかわかるかい？」

「さあ、何かしら……。あっ、そうだわ、あの星。あたし前から気になっていたの。ほかの星は全部ゆっくりゆっくりと流れていくのに、あれだけはいつもあそこにあって、ひとつだけ動かないのよ」

「なるほど。それはじつに不思議だね」

「ええ。きっと、ものすごく頑固《がんこ》な星なんだと思うわ。何だか睨まれているようで落ち着かないから、たまにはどこかに、遊びに行ってくれないかしらと思う日もあるくらい」

「シ、シ、シ。それはいい。今度あそこに住んでいる猫に会ったら、伝えておいてあげるよ。怒るかも知れないけど」

「えっ、怒られるのは厭だわ——ううん、待って頂戴。なあに？　あの星にも猫がいるの？」

「そりゃあいるさ。この星系内の目ぼしい星には、猫、ないし猫の属性とでもいうようなものをそなえた存在が、必ずいるんだ。お嬢さんが知っているのは、柔らかい和毛《にこげ》を持つ地球猫だけだろうけど、全体で云えば毛の生えている猫なんて珍しいんだよ」

「まあ、本当？　そんなのあたし、全然知らなかった」

「シ、シ、シ。これを君たちは、収斂《しゅうれん》進化と呼んでいたよ。全然別の土地に、全然別の系統から発生・進化した生物が偶然にも、似た器官や生態系内での役割を持つことがある。それは当然地球上だけの話ではないし、太陽系だけの話でも、この宇宙だけの話でもない」

「よくわからないけど、とにかく猫は宇宙にいっぱいいるのね？」

「そうそう。あらゆる生物は一本の巨大な樹、あるいはヘラジカの角の形をなぞるようにして進化し、増えていく。これは全宇宙、全次元に共通する設計図みたいなものだ。……たまに、ある種の形而上的《けいしじょうてき》な作用によって、枝から枝へピョンと飛び移ってしまうものもあるけど。そうすると虫なのに花そっくりに咲いたり、花なのに虫を食べたりするようになる」

「まあ、気味が悪い……」

「普通は、一度枝に乗ればずっとそのままなんだよ。そしてまた、同じ枝にいるからといって仲が良い訳じゃあない。むしろ直接利害関係がない筈の相手であっても、対面すれば大抵喧嘩になる。一種の同族嫌悪とでも云うか、この枝は自分のものだというような本能が、あらわになりやすいのかもね」

「へーえ、なんだか心が狭いのね。みっともないわ」

「シ、シ。これぱっかりは仕方がない。たとえばお嬢さんが蛇《へび》を怖がったり、鼠《ねずみ》を嫌がったりするのとは訳が違う。もっともっと根源的な、自分は今ここにいていいのか、本当に存在を許されているのか、もしかしたら自分は誰かの、質《たち》の悪い偽物なんじゃないかという疑念を突きつけられるんだ。だから猫達はいつも、戦争をしている」

「……えっ、戦争を？」

「戦争。殺し合いだ。たとえば——身体が七色の宝石で出来ている土星猫は、そりゃあ相当に綺麗なもんだけどやっぱり悪趣味だし、自分達を猫の中の猫、エリートだと思ってる。一方金星猫はちょっと見ただけでは、土くれと見分けがつかない。一年のうち九割を地表にうずくまって暮らしているから、ものすごく怠惰《たいだ》で魯鈍《ろどん》な印象だ。土と金、名前が反対じゃないかと思うかも知れないけどこの二者が出会えばそれはもう、さあ、大変なことになる」

——土星猫はちんくしゃの鼻先をぴかぴか光らせながら、

『おや何だろう。これは土かな、石かな？　それともガグの糞かな？』

なんて聞えよがしに云う。スマートな足を優雅に交差させて、勿体つけた態度でね。返事がなければちょいちょい、と突っついてみたりもする。

すると金星猫は、ヒゲの代わりのヒレをもそもそ広げながら、

『……クッサ！　これ何だべ、クッサ！　あクッセエぞこれ、何だべ？　マジで何だべ？　アンモニヤ？　アンモニヤだべこれ？　なーんでアンモニヤの臭いがすんだべ？　まさか猫じゃあるまい？　何食ったら猫の身体からこんな臭いがすんだべ？　あクッサ！　オラもう鼻がヒン曲がっちまった！　元に戻らねえ！』

さも不快そうにパッタンパッタン、とヒレで辺りを扇《あお》ぐ。

途端にぎらぎらぎらっ、と土星猫の顔色が変わってルビーの色に輝いたのは、彼にとっては恥ずかしくってたまらない、一番云われたくないことを云われたからだ。

土星の雲の下では、液化したアンモニアの霧がびゅうびゅうと渦を巻いているんだけど、彼はそれを主食にしているおかげでいつも、身体中からうっすらと、漏らした尿が股の間で乾いてしまったような臭いがしてる。根っからのスタイリストである土星猫の唯一の弱点が、この体臭問題って訳。

カーッ、と黒光りする牙を剥き、土星猫は横っ飛びに距離をとる。金星猫はじりじりとお尻を持ち上げていって、地摺《じず》りの正眼《せいがん》で対決の姿勢。両者睨み合っての秒読み開始。

『……ミャーオ』

『……マーオ』

『ビャーオ』

『ンマーオ』

『ミャ、……ゥゥウウウウウウルルルルル』

『ガアアアアアッ』

『ピェー』

『『フガバブフフビベシャシャガブ！』』

グシャグシャグシャッ、ともつれ合い絡み合い噛みつき合いながら、遥か彼方《かなた》まで転がっていく二匹の猫。土くれと宝石のかけらをバラ撒きながら、何年も何十年も荒野のただ中を、ゴロゴロゴロゴロゴロゴロゴロッ、とどこまでも、どこまでも――。

「……アッハハハッ！　もうまるっきり、普通の猫と同じね！　あたしそれとそっくりなのをどこかで見たかも」

「普通の猫、って表現には賛同しかねるけど、まあ大体どこの星の奴も似たようなもんさ。僕だって連中を前にすれば、今みたいに落ち着いてはいられない。どっちかが死ぬまで戦争をすることになる」

「まぁ……。あんまり想像できないけど、あなたも案外怖いのね――そんな綺麗な細工をしてるのに。それは、ペイズリー？」

「んん、どうかな。云われてみるとペイズリー柄にちょっと似てるかな。これは勝手にそうなったんだ、僕がこの星系に来てから。さっき云った、ある種の作用が働いて」

「……？　それは、どういう意味？　じゃああなた、花に似た虫や、虫を食べる花と同じようなものなの？」

「話すと長くなるな。でも、そうだね。僕は猫になってしまった、別のものということになるね」

「あら面白そう。だったらその、あなたが猫になる前のことをお話して頂戴。長くなっても構わないわ、時間はいくらでもあるもの」

「シ、シ、シ。わかったわかった。それじゃあ、お嬢さん。憚《はばか》りながらこの、火星軌道横断小惑星猫の一代記を、語らせて頂きましょう……」

「ストップ。ストップストップ。あなたの名前、もう一度云って」

「えっ？　……火星軌道横断小惑星猫だよ」

「なぁにそれは、長ったらしい。火星猫と呼んではだめ？」

「うわあ！　あんなのと一緒にしないでおくれよ、僕は火星の猫じゃない！　火星の軌道を、こう、シューッと横切りながら回っている星に住んでるんだ」

「なるほど、隕石みたいなものね。じゃあ、隕石猫って呼ぶわ」

「……やれやれ。やっぱりそうなるのか」

「……なぁに？　やっぱりって」

「いや、何でもないよ。もうそれで結構。それじゃあ気をとりなして――不肖隕石猫の生まれ故郷、遥か深宇宙のとある銀河のお話を、お聞かせ致しましょう」

「わーっ。ぱちぱちぱちぱちぱち」

3

ジェイムズは現在の部署に配属されてから、今年までに三回、死の現場と遭遇《そうぐう》している。

本来は直接荒事に関わるような職場ではなく、たとえ牽制《けんせい》に銃を抜くことがあっても、彼がそれを実際に発射したことは威嚇《いかく》射撃を含め、一度もなかった。

が――業の深い犯罪を捜査している以上、やはり、人の死は避けて通れない。

一度目は六年前のダラス市内。

ネット上で五歳になる我が子の写真を公開し、「もっとあからさまな」写真を所持している旨をにおわせて、第三者との児童ポルノ交換を目論《もくろ》んでいる男がいた。囮《おとり》捜査を命じられたジェイムズがチャットルーム内で接触したところ、男は現にネット上にアップしていた、我が子の性的な画像へのリンクを彼に示した。

児童虐待担当課はその日のうちに捜索令状を取り、男の家と、勤務先である歯科医院から、都合四台のハードディスクドライブを押収した。男の身柄は勾留《こうりゅう》され、数百枚に及ぶ全裸の写真を撮られていた娘は福祉局に預けられた。

そしてそれまで、自分の夫の犯罪事実を知らなかった妻は――事情聴取を受けた翌日の朝、自宅キッチンで刃渡り十インチの包丁を根本まで、肺に刺し込んだ状態で発見された。

その胸には十数か所に及ぶためらい傷が残されており、中には半インチほど刺せている穴もあったのだが、結局彼女は自力で押し込むことを諦めたようだ。刃先を左肺にあてがい（おそらく、本人は心臓のつもりだったのだろう）柄《つか》を握ったまま、うつぶせに、床に倒れ込んだものと思われる。

ジェイムズが現場に駆け付けた時、彼女は鼻と口から吹き出した濃厚な動脈血で顔の下半分を真っ赤に濡らし、窒息死していた。

――ふたつ目の遺体は、五年前のシーガビルでの事案。

ジェイムズは地元警察に協力して、自分の息子に常習的に暴力を振るっていた父親の逮捕に向かった。既に証拠集めは終わっており、彼は割り振られた鑑どり*の結果、被疑者が馬術用の鞭を何種類も購入している事実を掴《つか》んでいた。

被疑者が暮らしていたのは、溜《た》め池の近くのトレーラーパーク。父子家庭であり、無職の父親にも小学校を休み続けていた息子にも、乗馬の趣味はない。

パトカー一台とFBI車両一台が現場に到着すると、それに驚いて、土まみれの被疑者が自分の住んでいるトレーラーの下から這い出してきた。

彼の十一歳の息子はまさにその時、腰から臀部、太腿の裏にかけての隙間ない長年の鞭打ちの痕と共に、埋葬されようとしていた。

死後一週間が経過していたその遺体には、ビニル袋が何重にも巻かれ、中からカサカサと甲虫の這い回る音が聞こえていた。

「折檻《せっかん》に慣れて、もう痛いとも辛いとも云わなくなったから効果がないと思い、首を絞めて殺した」


*鑑どり…容疑者や被害者の周辺を聞き込みする事（警察用語）

と、被疑者は無表情に話した。

そして三つ目の死が、一昨年の冬。

児童虐待担当課に配属されて一年目の若い女性捜査官が、ダラス郊外のある男の家を訪ね、事情聴取しようとした。

すると男は突然散弾銃を持ち出し、制止しかけた彼女の顔面を、僅か二フィートという至近距離から撃った。

同行していた警察官が即時応射。男の腹を撃ってどうにか制圧したものの、彼もまた、左膝を吹き飛ばされる重傷を負った。

アカデミーを卒業したてだったその女性捜査官は、ジェイムズとは違い、自ら児童虐待担当課を志願した者だった。

一体何が彼女に、これほど不愉快な職務への献身を決意をさせたのかは、最早知る由もない。ジェイムズは元々同僚達と必要最低限の交流しか持たなかったため、彼女についても経歴以上のことは承知していない。

ただ――毎年数十人という単位で殉職《じゅんしょく》していくFBI職員の中にあって、彼女の犠牲はひときわ深刻な損失のように、彼には思えた。

そしてそんな風に感じている自分自身に、戸惑いもした。

人の心を摩耗《まもう》させ、感情の厚みを日々削り取っていくこの部署の仕事が、心底忌まわしいことに変わりはない。怪物じみた大人達を止めても止めても、捕まえても捕まえても、被虐待児童の数は一向に減らず、あとに残るのは涙も枯れた子供達と、絶望的な徒労《とろう》感。

このようなことを続けて、一体何になるというのか――。

冷たい海の水を、むなしくかい出しているだけではないか。世界はもう、とっくに終わってしまっている。俺達の国は自分では気づかないだけで、既に滅んでいる。そうじゃないか。

君はどう思う。

ジェイムズはそう、殉職した彼女に訊ねたかった。

――毎年、時季が来れば必ずダニエルズ主任に提出していた転属願いを、彼はその年から書かなくなった。

いや――自らの職務を呪わない日は、やはり一日たりとてないので、「書けなくなった」という方が正確かも知れない。

「……耐えられない。こんなこと許されない、絶対に――クソッ！　一体どこの誰が、俺の町で、こんな……！」

保安官補はしきりに鼻を擦り、口元を押さえて、自分のパトカーの周りを歩き回っている。不安なのか何度も腰のホルスターを握っては離し、握っては離しを繰り返している。

携帯電話の電波を確認していたジェイムズは、それを目障《めざわ》りに感じ彼の傍《そば》から離れた。

すると保安官補は、まるで迷子を怖れる子供のようにぴったりとうしろからついてきた。

一二六三号農道。あまり質の良くない舗装道の左右に、砂色の大地とまばらな灌木《かんぼく》が広がっている。

この路線はガスリーへと続く国道八十三号線と並行に伸びており、蛇行する川を越えた辺りで小さな変電施設に突き当って左に折れ、国道へと合流している。ジューディスの集落があるのは更に、その先になる。

農作業シーズンならまだしも――この季節になればほんの数軒の家の者を除いては、ほとんど通る者もない。

途中、コヨーテの出るエリアがあるからだ。

「……畜生、まだウロついてやがる。忌々しい」

保安官補が舌打ちした。

その視線の先、ジェイムズ達から数百メートル離れたところに、発育不良の狼のような姿が数匹。いつまでもいじましく輪を描き、こちらを伺っている。

ジェイムズが黙ってそれを見ていると、保安官補は突然リボルバーを抜いた。

「……おい、何をする気だ」

「何って、追い払うんですよ。俺が発見した時、あいつら、死体の腕をくわえてたんだ――」

「そういう問題じゃない。まだ鑑識も来てないのに、現場で発砲するな。何を考えてる」

厳しい口調で諌めると、保安官補は何故か裏切られたような表情を向けた。ジェイムズは嘆息《たんそく》してまた歩き始めた。


「……もう州警察に無線は入れたんだな？　なら君は、パトカーで応援を待っててくれ。助けが必要なら呼ぶから」

朝に吹いていた風は幾分か弱まったようだが、相変わらず空は分厚い雲に覆われ、太陽を隠している。

ジェイムズは真新しい轍が路肩を崩しているところから荒れ野の中に入って行く。握りこぶし大の岩や小さな段差があちこちにあるため、セダンでは乗り込めない。

タイヤの跡は二十ヤードほど続いてから終わり、そこに呆然自失といった態で立ち尽くす保安官。

――大丈夫だろうか、とジェイムズは不安を感じた。

どう考えてもあまり長時間、正視すべきものではない。保安官補は死体発見後、都合三回も嘔吐し、時間の経過と共にパニックに陥《おちい》り始めている。

なのに保安官はもう五分以上、じっと表情を失った顔でそれを見下ろし続けている。

硬い地面を踏み、彼の方に近づくにつれ、重みと湿り気のあるまだ新しい血の臭いが漂ってくる――そしてそれを打ち消すくらいの、どこかシナモンに似た、奇妙な刺激臭も鼻をつき始める。

ジェイムズが今までに嗅いだことのない、不自然な臭いだ。人工香料だろうか。

死体の臭い消しに？

だが、現場から見てコヨーテに処分させる意図で死体を遺棄《いき》したのではないのか？

野生動物達は何度となく新鮮な好餌《こうじ》を食らおうとしたようだが、結局はこの異臭に耐えかね、諦めたらしかった。

「……保安官。少し向こうに行きましょう」

ジェイムズは声を掛けた。自分の視線が彼の見ているものの方へ向かないようにしながら、ハンカチで口元を隠す。

「これが〈ルイス〉の可能性がある以上、私は上司に連絡を入れないといけません。今から一旦、携帯の電波が入るところまで戻りますので――」

「これで終わりだ」

「――えっ？」

保安官の無感動な目には、この凄惨《せいさん》極まりない死体がどう映っているのか。

まるでその血だまりの底にある、深い深い奈落を見下ろしているかのような顔つき。

「……こんなことになっては、町は終わりだ。きっと、いつかはそうなると思っていた。遅かれ早かれ……」

「保安官、大丈夫ですか」

思わずその背中に手をあてようとしたが、ためらう。

彼に去来《きょらい》している失意の大きさ。それは文字通り、余人が触れてはならないもののように感じる。保安官補が死体を見て混乱しているのとは訳が違う、もっともっと深刻な喪失感。やはり彼は、何かを抱えている。

昨晩〈ルイス〉がこの町を訪れるより、遥か以前から——。

三十分前。パトロール中だった保安官補が、飛行場主のグッドマンに呼び止められたのは、町を出てすぐのことだった。

あとから聞いたところではグッドマンは、壊れてしまった工具の代わりを取りに、偶々《たまたま》飛行場のガレージへ寄っていたのだという。今はオフシーズンで農薬散布の依頼もないため、エンジニアでもある彼は飛行機を降り、いくつかの町を回りながら修理工として働いている。

「……おーい、ピーター！　いや、保安官補！」

彼はしつこく腕を振り、保安官補のパトカーを停めた。

「この先でまた、コヨーテどもが群れてるぞ。動物保護だか何だか知らないが、いつまで奴らをのさばらせておく気だ？　町の子供でも襲われたらどうする？」

やれやれまたか、と保安官補は正直うんざりした。

この辺りのコヨーテは人に慣れていないので町には近寄らないし、誰かが襲われたなどという話は生まれてこの方三十数年、一度も聞いたことがない。精々が畑に穴を掘られ、糞をされたというようなもので、それも本当にコヨーテの仕業なのか定かではない。

大した実害のない野生動物を過剰に目の敵にしているのは、このグッドマンなど、町の外縁部に住む少数の住民達だけだった。

が――立場上、寄せられた相談を無視する訳にもいかない。わかりました、どうせ行き道なので確認しますよと答え、保安官補は更にパトカーを走らせた。

そして町から十二マイルほど走ったところで、彼はグッドマンの云う通り、農道の近くをウロつく獣の一団を見つけた。

――もし事前にひと言、奴らをどうにかしろと云われていなければ、保安官補はきっと素通りしていただろう。群れになっているのは珍しいなと感じたかも知れないが、走行しながら横目に見るだけでは、そのうちの一匹が人の腕を咥《くわ》えていたことなど、気づかなかったに違いない。

保安官補はまず自分の目を疑ってから、「悪い冗談はやめてくれ」と呟いた。そしてパトカーを停めて、ゆっくりとヨコーテの群れの横までバックした。

コヨーテらはほんの二十ヤードの距離に車が停まったことを警戒し、すぐにパッ、とその場から散った。腕をぶらぶらと咥えていたものも、それを口から落として逃げた。

保安官補は荒野へと進入している轍の痕を見つけた。

そしてその先に、遠目にも明らかな人間の四肢と、果物の色をした沢山の柔らかい器官が散乱しているのを見た。

頭が爆ぜるような混乱の中、彼はついにコヨーテが人を襲ったのだと思ったが、数分後、血とシナモンの臭いが立ちのぼる死体の傍で最初の嘔吐をしながら――。

「――服を着てないと気づいたのは、あいつにしては上出来だった。昔は、鼻血を出しただけで泣いちまうような小僧だったのに」

「保安官、やはり向こうへ行きましょう。ここにいては、鼻が莫迦になる……」

ジェイムズは悪心《おしん》を覚え始めていた。

冷静になるよう努めてはいるものの、ずっとおかしな動悸《どうき》が収まらない。

FBIのアカデミーには検視解剖《けんしかいぼう》の研修もプログラムに入っており、彼も頭の切り替えは学んでいる。たとえば轢《れき》死体を見たからと云って、ところ構わず吐いてしまうようなことはない。

しかし今、彼を慄《おのの》かせているのは、まずこの正体不明の臭い。

そして死体を解体したのがどうやら、コヨーテではないという事実である。

「差し出がましいようですが、応援が到着する前に近辺で初動《しょどう》を行うべきです。私が見たところこの遺体は、白人の成人男性。前腕部に真新しい火傷と、手首に縛られた痕があります」

つまり、拷問《ごうもん》を受けている。

「また、四肢の切断面が非常に鋭利です。腹腔の開き方も、野生動物によるものとは思えない。きっと別の場所で処理を行ってから……」

手足も胴体も、内臓も血液も、全部一緒くたにしてブチ撒けたということになるだろう。

偶然転がったものか、コヨーテが運んだのか。それとも犯人がそこへ置いたのか。被害者の頭部は他の部位から少し離れた、平らな石の上に寝かされている。

そしてその顔には、皮がない。

赤い筋肉と歯を剥き出しにし、青い目で宙を睨み——うつろな頭蓋骨の内側の、白い繊維質の膜を晒している。

被害者の頭部は眉の上から耳の後ろを通って後頭部まで、頭蓋骨の上半分が大きくカットされ、そこにあった筈の中身が失われている。

明らかに人為的な処理であり、且つ他に類を見ない凄惨さだ。到底、まともな精神状態の人間に出来る行為とは思えない。

しかも。

ここに散らばる残骸、すべてから――。

「……まだ湯気が立っているんですよ、保安官。この男はついさっき、私達がオフィスで話をしている時には生きてたんです」

今すぐ犯人を追わなくて、どうするのか。

手当たり次第に聞き込みを開始するべきだ。

だが保安官は、自分の立場を忘れてしまったように死体を見下ろすばかり。

どうやらこれ以上説得しても無駄なようだ、とジェイムズは判断した。

「とにかく、私は町の方へ戻ります。電話が通じ次第戻って来ますが、保安官も至急――」

――ぱしゃっ、とその時足元で、小さく血がはねる。

ジェイムズは一瞬呼吸を止め、思考も止める。

何の音だ――。

ゆっくりと視線を下ろしてゆけば、そこには皮膚の切れ端や臓器と共に、血だまりに半分浸《つ》かった左足。

その膝が、数インチばかり。

じり、じり、じり、と曲がってまた元に戻った。

しばらくその足を見詰めてから、ジェイムズは隣に立つ保安官の方を向く。

保安官は眉ひとつ動かしていない。

筋収縮――死後硬直、か。

勿論そうだ。他に何が考えられる?

理性をフル回転させ、昔学んだ死体現象の知識を総動員させようとするジェイムズの視界の下端で沢山の、じり、じり、じり、と、チリスープの具材をかき混ぜるような動き。

一部分だけをミクロに見たのでは気づかない。

しかし視線を動かさず、全体を捉えれば、それらが蝸牛《カタツムリ》の群れよりもゆっくり、ゆっくりと動き続けているのがわかる。今の水音は、その動きによって左足の上から、小腸の一部が滑り落ちた音だったらしい。

保安官はこれを見ていたのか。

白い湯気をたてる死体の断片が、微動する様を。

しかし——死後硬直というのは、本当にこんな風に起きるものだったろうか。まったく莫迦げた話だとは思うが、まるでこの残骸は。

まだ、まるで。

生きてでもいるかのような。

——ザアアアアッ、と背後の農道に車が停まった音がして、ジェイムズはハッとする。

いつの間にか額に冷たい汗が噴き出ており、彼はハンカチでそれをひと拭いして振り返る。

保安官らのパトカーの後ろに停車していたのは、黒塗りのＳＵＶ。素早く、ふたりのスーツ姿の男が下りてくる。

保安官補は慌てた様子で彼らに話しかけようとしたが、まるで犬の子のように無視され、道端に捨て置かれる。

ふたりはまっすぐ轍の上を、ジェイムズの方へ歩いて来た。

彼は静かに息を吐いてから、顔を逸らさずにそれを待った。

「……ジェイムズ・ブレイク特別捜査官。君は事件番号ＣＡ—一三四五八の捜査の任を解かれた。ダラス支局に戻って上司の指示を受けたまえ」

会話を始めるにはまだ少し遠い距離で、短髪の元軍属かと思しき長身の男が立ち止まり告げる。

硬い、有無を云わせぬ声。

もう一方の横分けの男は、保安官のすぐ傍まで近づき、小声で何かを話し始める。

曇天だというのにふたりともサングラスだった。

「身分証を見せてもらいたい」

ジェイムズは表情を変えずに云った。

短髪の男はそれに返事をせず、まるでジェイムズに、自分の言動についてよく考えろと云わんばかりの沈黙を投げ返した。

「……聞こえないのか？　まずは君の名前と、所属を明らかにしてくれ」

男はサングラスを外し、尚も数秒ジェイムズを威圧するように凝視してから、渋々手帳を出した。

見慣れた黒皮の表紙。それをパッと一瞬だけ開いて示し、またすぐに仕舞う。

ほんの一秒にも満たない動作だったが、ジェイムズはそこに記されていた部署名を読み取り、狼狽する。

「どういうことだ――NSB？　何故、公安が」

「今、持ち歩いている捜査資料はあるか？」

「公安が何故、児童虐待犯を追う？」

「プリントアウトした画像などがあれば、すべて渡してもらいたい。君の車のタブレット端末と、フォルダもだ」

「ちょっと待ってくれ。見ての通り、〈ルイス〉かも知れない死体が出たんだ。状況を一度、上司に相談してから――」

かさかさと紙の音がするのでそちらを見ると、保安官がもうひとりの捜査官に、ジェイムズから預かっていた被害児童の画像を渡していた。

その捜査官がこちらを向き、ジェイムズに訊く。

「この児童以外の被害者の画像を、プリントアウトしたことがあるか？」

「いや……」

「紙媒体《かみばいたい》で残っている画像は、他にあるのか、ないのか」

「車の中のフォルダに、入れてあるのが全部だ」

NSB捜査官は凄《すさ》まじい有様の死体をちらりと一瞥《いちべつ》したが、しかし顔色ひとつ変えずに農道の方、ジェイムズのセダンが停まっている方へ戻って行った。

「以後の捜査は我々が行う。そこの死体を、遺棄した者についてもだ……。君は、帰りたまえ」

ぐい、と短髪の元軍属が顎をひねる。

そしてもうジェイムズの姿など目に入っていないように、保安官の方へと近づいていく。

NSBとは連邦捜査局国家保安部、すなわち米国内での防諜《ぼうちょう》を任務とする機関である。

これは元々FBI内にあった公安部が九・一一を契機に拡大増強されたもので、情報公開という重い足枷《あしかせ》をはめられたCIAに代わり、隠密裏《おんみつり》に様々な諜報《ちょうほう》活動を行っている。

勿論その基本は、対テロ活動。だが諜報機関の常で、彼らがそれだけの組織ではないことは、FBIにいる者なら誰でも知っている――。

現場を追い出されたジェイムズは、NSBの捜査官が自分の車からフォルダなど資料一式を、まるで押収するように持ち出すのを黙って見ていた。

それから運転席に乗り込み、呆然とこちらを眺める保安官補に目で挨拶をしてから、車を発進させた。

ハンドルを握る指先は氷のように冷たかった。

正午を過ぎてから急速に、気温が下がってきている。空の雲は少しづつインクを混ぜていくように、黒の濃度を増している。

ジェイムズは黙って暗い目で、ただ前を向いて車を走らせる。

農道をまっすぐ、アスパーモントに向けて引き返すこと数分。

　がらんとした飛行場の横を通り過ぎようとした時、つまり町の電波圏内に入るや否や、ずっとそれを待ちかねていたように携帯が鳴った。

　きっとダニエルズ主任だと思ったが、そうではなかった。

『……ジェイムズ！　もう、何してんの？　全然繋がらないじゃない電話！　大変なことになってんだよこっちは！』

　マルロイが金切声で喚き出したので、ジェイムズはだらだらと車を減速させ、その場に停めた。

「頭が痛いんだ。叫ばないでくれ……」

『あのねえ、もう滅茶苦茶だよ！　あたし、パソコンの前から追い出されて、今どこにいると思う？　総務のスージーのデスクよ！　彼女、インフルエンザで休んでるから！』

「……部署外でウロウロしてると、また権限を取り消されるぞ——と云うより、どうやって総務に忍び込んだんだ。始末書で済むのかそれは」

『さあ？　とにかく、いけ好かないスパイの連中があたしから何もかもを奪ったんだから、仕方ないんじゃないの？　どうせスージーのパソコンじゃ大したことは出来ないし。今もアスパーモントの町についてググッてたけど、なんか、フライングヒューマノイドを撮影したとかいう学生の投稿を、ユーチューブで見てたくらいで——』

　ジェイムズはしばらくこめかみを押さえ、少し思案していたが、結局はグローブボックスに手を伸ばした。中から封の開いた、古いラッキーストライクを取り出す。

　また、禁煙セミナーに逆戻りになる。

　しかし鼻の奥に染みついてしまった妙な臭いを取るには、これしかあるまい。

『もしもし聞いてる、ジェイムズ？　奴らはＮＳ

Bよ！　あの技官の名札には所属が書いてなかったけど、それを書いてない技官なんて、NSB以外にいないもの！』

「知ってる。こっちにも来たんだ。身ぐるみはがされて、現場から叩き出されたよ」

『畜生ッ……。でもね、あなたが手配してくれた被疑者の指紋。あれだけはきっちり追い出される前に、割っておいたわよ』

——ルイス・キャリントン。

ペンシルバニア出身のプロカメラマン。

普段は報道写真などを撮影しているが、ネイチャー系、つまり風景写真での受賞歴も一度ある。

デビューから間もなかった七年前に、彼は人物写真の個展を開いており、その中で展示した一枚が児童福祉局によって問題視されていたことで、記録が残っていた。

「待て、ルイスってのは本名なのか」

『ええ、ふざけてるわね。歪《いびつ》な自己顕示《けんじ》欲。アップされてた被害児童の写真も、歴とした自分の作品、ってアピールかしら』

「その、児童福祉局が調査した事案というのは」

『それは、データベース上の記録しか見てないから概略のみなんだけど。着衣の状態が猥褻《わいせつ》な想起を促す惧《おそ》れあり、みたいな感じだったわ』

「つまり半裸か」

『まあ、そうね』

芸術と猥褻の境界線は、常に社会の気分によって振り回されてきた。その程度のことは、いくら情緒《じょうちょ》に乏しいジェイムズでも理解している。

が、奴に限ってはその写真が、本当に十割純粋な芸術作品だったのかどうか怪しいところだ。

前科とまでは云わずとも、ルイスの中に前々から、そういった小児性愛の傾向があったと考えるには充分な証拠ではなかろうか。

『で、当然奴にはサイトもあって、それを見てみたら山だの川だの、ビルだの廃墟だの、色んな写真が置いてあったんだけど。一枚だけ、女の子のポートレートがあったの』

ジェイムズはすぐに自分のタブレットに手を伸ばしたが、それはもうない。彼は苛立ち、煙草の煙をフーッと強く吹いた。

「君の云うとおり、携帯をスマートフォンに変えておけばよかったな……」

と、云い終わる前にピィン、と鈴の音がして携帯が震える。

『わかってもらえればいいのよ。メールしといたわ』

通話状態のまま、ジェイムズは慌ててメールを開く。そこに添付されている画像。

「……この子は」

『ポートレートのタイトルは、〈メアリーアン〉。その子の名前かも知れないし、違うかもしれない。奴を捕まえて聞いてもらいたかったけど、それはもう、NSBの連中の仕事なのね』

「さあ、どうだろうな。彼らも聞けるかどうかわからない——実はさっき、死体が出たんだ。それもまともな状態じゃないやつが」

『……えっ、どういうこと？　どういう意味？』

マルロイの問いかけに、ジェイムズは煙草をくわえたまま口をつぐむ。

携帯の小さな液晶からまっすぐにこちらを見詰める、少女の写真。何かを諦めたような微笑。

胸から上だけのモノクロ写真だが、彼女が癖《くせ》のない金髪と透き通った青い目をしていることを、ジェイムズは知っている。

昨晩投稿された、動画の児童だ。

「……この画像の更新日時は？」

『それは、ええと——丁度半年前。あの動画も、その頃撮影したのかしら。ねえそれより、死体って何？　そっちで何があったの？』

その時。ジェイムズの目の端で何かが小さく動き、止まる。

顔を向ければそれは、真っ平らな滑走路の彼方——今いる農道から、グッドマンの飛行場を挟んで半マイルも向こうにうっすらと伸びる、国道八十三号線上。そこに、一台のトラックが停まっている。ここからではオレンジ色の豆粒にしか見えないものの。

……ハッ、とジェイムズは再びグローブボックスに手をやり、小さな双眼鏡を掴み出した。煙草を窓の外に投げ捨て、それを覗き込む。

白い靄《もや》のような砂埃《すなぼこり》が地表を這い、邪魔をするが、確かに見覚えがある。

車体が傾いた——錆だらけの。

ディクソン老人のトラック。

間違いない。

「マルロイ、またあとで電話する」

『えっ？　……何よ、隠し事はなしよ！　こっちは処分覚悟で色々調べたんだよ！　もうッ、ハンプは何だかお偉方のところをずっと行ったり来たりしてるし、誰もあたしにご苦労様なんて——』

「ダラスに帰ったら、何とかラテをガロンでおごるさ」

終話のボタンを押し、ジェイムズはアクセルを踏み込む。

そして飛行場の敷地内に向かって、急ハンドルを切った。

何か確証があっての行動ではない。

しかしあまりにもタイミングが良すぎる。

今の段階で、まるで国道からこちらの農道の様子を伺っているような駐車は不自然にすぎる。

あの常軌を逸した死体が発見されたことは、まだアスパーモントの住民には誰ひとり伝えておらず、ましてやジューディスに隠棲《いんせい》する老人などに知り得る筈がない。

なのに何故、こんなところに居るのか。

職務質問をするに充分な違和感を、ジェイムズは感じていた。

彼のセダンは、フェンスすらない地均《じなら》しをしただけの飛行場を一直線に横断する。

ここの出入り口が上手い具合に、農道側だけでなく、国道の方にもあるかどうかというのは半ば賭けだった。朝に八十三号線を通った時には、そこまで注意を払っていなかったため記憶にない。もしないなら、この車で荒れ地をつっきることはできない。

ジェイムズが近づいて来ることに気づいたのか、ディクソン老人のトラックはじりじりと動きを始め、その場でUターンをしだした。ジューディスに引き返そうとしている。

ジェイムズは更にガーッ、と車を加速させる。

幸運なことに、飛行場の西側は無舗装ながらも国道の脇道に接続されていた。

彼がその、ゲートもない出口を猛スピードで抜けた時。色褪《あ》せた古いトラックはゴトゴトと車体を揺らし、不器用に逃走を開始していた。

ダッシュボードのスイッチを押し、ジェイムズはフロントガラスの内側にある警告灯を赤と青に光らせる。数回、サイレンを鳴らす。

だがトラックは停まらない。

動揺しているのか、あるいはハンドルが歪んでいるのか、潰れたタイヤを右に左にきしらせながら蛇行を続ける。いつエンジンが黒煙を吹いてもおかしくないような、およそ走っているだけでも感心するような年代物である。逃げおおせるだけの速度など到底出せない以上、どう考えても無意味な逃亡の筈なのだが、老人は諦めようとしない。

地平線の先まで荒野を分断する国道には、彼らの他、後続車も対向車もなかった。ジェイムズはハンドルを切り、対向車線上で加速して逃走車の横につけた。

助手席越しにトラックの運転席を覗き込む。

——そこに待っていたのは、銃口。

「クソッ！」

ガーンッ、とくぐもった炸裂音がして、ジェイムズの車の窓にバッ、と白い蜘蛛の巣が走る。

急ブレーキを踏み、どうにかハンドルを戻しながら無線を取る。幸いチャンネルはまだ、このアスパーモントの保安官事務所共通に合わせたままだった。

「……保安官補！　八十三号線だ、応援に来てくれ！　五十年から六十年式と思われるトラックが北へ向かって逃走、ライフルを持ってる！　前から回り込んでくれ！」

すぐにガアガアと雑音混じりの返答が聞こえたが聞いている余裕はない。ジェイムズはフロントガラス越しに、トラックのキャビンを睨みつける。

その小窓から覗く、運転手の後頭部。

「どういうことだ……。誰だ、あれは」

銃口の奥に一瞬見えた運転手は、老人ではなかった。

精々が四十代後半。髪は薄く、服も薄汚れていたので印象は似ているが、明らかにディクソン本人ではない。

トラックはそれから尚も、十分以上逃げ続けた。

少しづつ周囲の地形が変わってゆき、そろそろ川に差しかかるのではないかと思った頃。

前方に小さく、回転する警告灯が見えてくる。

保安官補のパトカーだ。彼は指示通り、変電施設の方から回り込んでくれたようだった。

これで挟み撃ちの恰好になった上、どうやらパトカーは橋の上で腹を見せて停車し、道を塞《ふさ》いでいる。もうトラックに逃げ場はない。

ライフルを持つ相手をどう制圧すればよいか、ジェイムズは緊急時の対応を必死に思い出す。まずは説得が必要だ。奴がトラックを停め次第、こちらも車を下りて、車体を盾に――。

が、案の定現実は想定通りには進まなかった。

トラックはパトカーが封鎖する橋のすぐ手前まで来て突然、急ハンドルを切った。

ノーブレーキのままUターンをするつもりだったようだが、空気の抜けたタイヤがそんな無理に耐えられる訳がない。ズバッ、とゴムが裂け、散る音が後続車内のジェイムズにも聞こえた。

完全にバランスを崩したトラックは大きな風に煽られたように、ふわり、と身体を持ち上げ――横転、路上に火花を散らせながら滑り、路肩を外れ、荒野に転げ込んだ。

ジェイムズは慌ててブレーキを踏むと、銃を抜いて車から飛び出した。パトカーの向こうで隠れていた保安官補も、緊張した顔で走って来る。

煙を上げるトラックは横倒しになっていて、錆と泥にまみれた腹を晒している。中を見るにはフロント側に回らねばならない。

ジェイムズは訓練時の足取りを意識しながら、上体を動かさず、素早くそちらへ回り込んだ。

ひび割れたフロントガラスの中に、男がいた。

頭を割ったようで出血が酷い。ライフルはどこかに落としている。

保安官補が駆け寄ってくる。

「ぶ、ブレイク捜査官！　大丈夫ですか！」

「ああ、救急車を呼んでくれ——おい、こっちに銃を向けるな。何なんだ君は」

リボルバーの銃口が何故かこちらを睨んでおり、ジェイムズはギョッとする。頼りになるのかならないのかわからない保安官補は、慌ててパトカーに引き返して行った。

ジェイムズはその後ろ姿に舌打ちしてから、銃把でフロントガラスを殴った。

とてもまともな生活をしているとは思えない、垢染《あかじ》みだらけのシャツを更に血で汚した運転手の身体からは、あの、シナモンに似た異臭が漂っていた。

「……頼む。娘が待ってるんだ、俺の可哀相な娘が……」

肺を損傷したようで、男はゴホゴホと血混じりの咳をした。

「お前は誰だ。何故、ディクソンのトラックを運転してる？」

「もう、……もう俺には耐えられない。穴倉の中でずっと、十年もあんな連中の面倒を——気が狂いそうだ。俺は娘を連れて、出て行く……」

「名前を云え。お前は誰だ」

「……別れるべきじゃなかった。すまない許してくれ、俺は、親父とお袋の為に仕方なく。お前を見捨てた訳じゃないんだ、決して」

意識が混濁《こんだく》している。

今は会話にならないと判断し、ジェイムズは銃を仕舞ってから彼の身体を掴み、トラックから引き摺り出した。

そして、車内に転がる古いライフルと、黒い革のバッグを見止めた。

カメラバッグだ。

「……おい、これはルイスのカメラか！　ルイス・キャリントンというカメラマンの物か！」

ぐいッ、とジェイムズは地面に横たえた男の肩を掴む。男は咳き込んで、血の飛沫を撒く。

返答は期待できない。しかし、やはりこいつが――と確信しかけた時、橋の上のパトカーの脇に、またしてもあの、黒いSUVが到着した。

ジェイムズは条件反射的に、奴らに取られる前に車中のバッグを掴み出そうとした。

が――その手は宙で止まり、数秒の緊張の後、ぐったりと脇に垂れる。

歯軋《はぎし》りが漏れる。

もう、ジェイムズの捜査は終わったのだ。

彼はルイスを追う立場にない。あの、当分は夢に見そうな悍ましい死体が奴本人であるかどうかも、きっと確認することはできない。

NSBが動いているということは、事件そのものが、人の目に触れない場所へ隠されるという意味に他ならないからだ。

自分を落ち着かせるために、ジェイムズはゆっくりと息を吐いた。

NSB捜査官のひとりが、太いアンテナのついた衛星電話でどこか連絡をしている。やはり児童虐待担当課などとは、装備が違う。

元軍属の方の捜査官は手錠でもかけるつもりのような勢いで、こちらに向かって走ってくる。

ジェイムズは数歩トラックから離れた。

そして足元で血を流している姓名不肖の男の顔が、みるみる青褪めてゆくのに気づいた。

やはり肺だけではなく、いくつもの内臓を損傷している。およそ助かるまい。

異常殺人の嫌疑濃厚な男ではあるが、ジェイムズの中に、何故か仄《ほの》かな同情心が芽生えかける。

自分が追跡した結果、こいつは死を選ぶことになった。何か大きな気がかりを抱えたまま。

彼は少し考えてから、最後にひとつだけ訊ねた。

「——お前の娘の名前は、何というんだ」

するとと娘、という単語に男は反応した。血まみれの歯を剥き、うつろな目でジェイムズの方を向く。

「……ぐ、くそっ。俺の娘。あんな奴に、どうして……。あいつは当然の報いを受けただけだ。そうとも畜生。……頼む、すぐ行くから待っててくれ——メアリーアン。……メアリーアン……」

※

——と、こんな具合にして彼らは、宇宙の地図を手に入れた。それから彼らの大躍進《やくしん》が始まったんだ。まずは自分たちの銀河の中で、お目当ての品が埋蔵《まいぞう》されている星を訪れ、調査を開始した。

かつて一定量以上の炭素系生物が存在していた星というのは、実はそんなに多くない。きっと地図がなければ探し出すのに途方もない時間がかかったことだろうね。でも彼らは、それらを次から次にどんぴしゃで探り当てることが可能になった。

狭い洞穴の中で、おっかなびっくり概念的存在のご機嫌を伺っていた信仰者のグループとは、ここでクッキリ明暗が別れた訳。後にその宗教集団は、焦りが元で種族全体を危機に晒してしまうんだけど、それはまた追々話そう。

ともかく彼らは星から星へと渡り歩き、まるで働きアリのようにこつこつと、滋養《じよう》のある石を掘り出していった。その石に着床《ちゃくしょう》させた菌糸《きんし》はじつによく育ち、それまでとは比べ物にならない頑強《がんきょう》な身体が獲得できた。わかりやすく云えばマッシュルームと、ポルチーニくらいの差はあったよ。

で、そのポルチーニ達はますます遠方にまで足を伸ばして行けるようになり、豊富な資源を利用してどんどん個体数も増やし、遂には自分たちの銀河を出て外宇宙にまで、その版図《はんと》を広げた。

後に彼らはこの頃のことを振り返って、こう云ってる。

『祈りをひとつ捧げる暇があれば、穴はふたつもみっつも掘れる』
シ、シ。もっともだ。
彼らが勤労意欲のないものに対して使う侮蔑《ぶべつ》、『おねだりキノコの衰弱死』という云い回しも、この頃生まれたそうだよ。


さて。それでまあ、そんなポルチーニ達が宇宙の地図を読むのに使っていた装置っていうのが、この僕だ。正確には僕の元になった、ある種の演算用菌類。

あまりにも巨大で、一種の思想体系とも云えるこの宇宙の地図は、簡単に物理に落とせるものではなかったから、専用の読み取り機が必要だったんだね。

僕は特別な装飾が施された直径五インチほどの金属球の中に、滋養石の欠片と共に密閉され、栽培された——ってことはきっとどこかに親株がいた筈なんだけど、彼女がどんな姿をしていたのかは、残念なことに覚えてない。まだほんの赤ん坊の内に、外宇宙に連れ出されたもんだから。

僕と同様の装置は、探索に出ているすべての調査団に支給されていて、つまり僕には多分数億個もの兄弟がいたんだよ。

つやつやした球の内部の、どこにも継ぎ目がない鏡の中で、僕は毎日毎日彼らの指示を受けて地図を読んだ——。

星から星へ。

星系から星系へ。

銀河から銀河へ。

——ある火星型の惑星では、真っ黒な光沢《こうたく》を持つ蛭《ヒル》に似た種族が、地表の全面を覆っていた。

ぎっしり隙間なく敷き詰められたままぴくりとも動かないから、どうせ原始的な生物だろうと思ってポルチーニ達が近づいたんだけど、それに触れた瞬間、触ったポルチーニも一瞬で黒い蛭に変わり、ベトン、と地面に落ちてしまった。

傍にいた仲間が驚き、バランスを崩した足先が蛭を掠《かす》めてしまって、またベトン。ベトンベトン、ベトンベトン、と連鎖的に七、八体のポルチーニが蛭に変わって、一切の知性を失い、ぬめぬめ光りながら層を成した。

それはもう、彼らの混乱ぶりといったらなかった。調査の結果、瞬間変態は生体磁気の汚染による一種の強制退化らしくて、この生物に由来する地下の滋養石もまた、汚染されている可能性が高いと推測された。……結局、その星での採掘は諦めたよ。

またある地球型の星では、先住種族はいないみたいだったんだけど、不定期的に空に巨大な目玉がビコンッ！ と現れてまばたきをする。その目に睨まれると、ポルチーニ達の身体は一斉にズバッ、と粉を吹いて砕け散ってしまう。これはまったく原理不明で、防ぎようがない天災のような力だ。

目の大きさは、そうだな——空全体の、八分の一くらいだったかな。色は人間の血のように真っ赤で、黒々とした奈落のような瞳を持っていた。

ポルチーニ達は必死に考えた。ここの地下には潤沢《じゅんたく》な滋養石が眠っていると僕が云うもんだから、どうにかしてあの目を避けつつ、採掘を行いたかった。でもね、その出現周期がどうしても読めないんだ。自転公転や気温湿度、地磁気に宇宙線量にエーテル濃度など、あらゆるデータと照らし合わせてみたけど、まったく統一性がない。本当に、奴の気まぐれで出たり消えたりしてるとしか思えない。

　何年もかけて何千体もの仲間を失い、ああ、もう諦めるしかないのかとガックリしかけた頃――僕はふと気づいた。することがなくて暇だから、球の中で鼻歌を歌ってた時だ。フンフンフフフ、フフンフフフン。フンフン。フンフフンフフフンフフフフ。これが、その日直近の目玉の出現間隔とぴったり一致してた。自分でも吃驚《びっくり》したよ。

　僕が歌ってたのは、素数のリズムの出だし部分。どうやら奴は、素数列の任意の部分を切り出して、その上を音符のようになぞってる。

　となると、長い時間は無理にしても奴が選んだ楽譜、つまり素数の範囲が終わるまでの間なら、ぴったり秒単位で出現を予測できる。そしてパターンが変わったら、またどの部分を切り出してるか探せばいい――。

　結果、採掘は大成功を収めた。地下の滋養石は、物凄い埋蔵量だったよ。

　ポルチーニ達は大いに喜んでいたさ。シ、シ。

　――さあ、そんな風に旅を続けてきた僕だけど、悲しいかな自分自身の運命とやらまでは演算できない。遥か遠宇宙から辿り着いたこの星系で、大きな災禍《さいか》に巻き込まれることになる。

　ここの星系には、滋養のある石を貯め込んだ星が、なんと三つも集まっていた。これは素晴らしいということで、彼らはまず、一番多大な貯蓄量を誇る星に向かうことにしたんだ。

　そこはほら、ここからは見えないけどあの方向にある、木星の、ひとつ内側の星だったんだけど――嗚呼《ああ》、残念なことに。その時丁度その星では、原住種族達が、取り返しのつかない深刻な事態を引き起こそうとしている真っ最中だった。

僕は到着するなりこれはおかしい、と感じた。数学的に存在しえない力場が、星の反対側にある原住種族の集落から発生している。何か重大な、予測不能の事態が起きようとしている。

僕はポルチーニ達に訴えたよ、今すぐ逃げよう、と。でもまるで聞き入れてもらえない。今までに類を見ないくらいの滋養石が眠っているのに何を云ってるんだ、少々の危険は覚悟してる、なんて。

駄目だ駄目だ、逃げないと駄目だ、ここにいては駄目だ。少々の危険どころの話じゃない、こんな力は形而下の式で対処できない。これはきっと生まれ故郷の洞穴の中で、ブツクサやってた連中が微量ながら生成していた未知の力の、根源とも云えるものだ。

――つまりこれは、連中の云っていた、神だ。この星に、神が降りようとしている――。

僕がそんな風に云ったせいか、ポルチーニ達は余計意固地《いこじ》になって、お前どこかバグッてんじゃねえのみたいな態度で、一笑に付してしまった。

その結果。

木星と火星の間を回っていたある巨大な惑星は、ひと晩の内に、木端微塵《こっぱみじん》に砕け散ってしまった。

あの時――何が起こったのかは、正直僕自身よく覚えてないんだ。

断片的な記憶しかない。

大地が割れ、空が砕けた。

星そのものが巨大な別の何かに乗っ取られて、内側から炸裂《さくれつ》したような印象がある。

爆発する採掘機械。

撒き散らされる滋養石。

ズタズタになって宙を舞うポルチーニ――。

――次に気がついた時、僕は繊細《せんさい》な細工の殻を失い、冷たい宇宙に生身を晒して、小さな隕石の表面にしがみ付いていた。

惑星は無数のアステロイドになってしまって、今はもうない。

僕は隕石と共にこの星系をしばらく漂ったあと、火星軌道を周回するコースに乗った。

そこでゆっくりゆっくりとエーテルを吸い、繁殖して、今の姿になったんだ。

話を始める前に云った、形而上的な力が働いたんだと思うけど、何故か次第に四肢だの尻尾だのが形成されて、僕は歩いたり、エーテルを泳いだり出来るようになった。

おそらく、爆発した惑星の原住種族の中に、猫の神性を崇めている一派があったようだから、それも関係しているのかも知れない――僕が気を失っている間に、何らかの作用が働いたのかも。

大きな衝撃のあと、遠い昔に離れ離れになった母株に、抱きとめてもらったような気もするよ。あれが、ある意味では女性的な側面を持つ、気まぐれな猫の神性の顕現《けんげん》なのかな。
シ、シ。球の中にいるときはそんな非科学的なこと、これっぽっちも信じちゃいなかったんだけど。実際に自分がそうなってしまうと、僕らの宇宙にはそういった力が干渉し得るんだって、認めざるを得ないさ。
僕の菌糸は守ってくれる殻がないから精々数千年しかもたず、やがて外側から順に死んでいって、繁殖が止まった。お嬢さんはこの身体を象牙と云ったけど、だからどちらかと云えば、珊瑚《さんご》に近いものだね。

死んだ組織でもシナプスは通るし、僕としては別に不自由はないよ。ただ、この身体が壊れてしまうともう再生できないから、そこで終わり。

惑星爆発からどうにか逃げ延びたポルチーニも少数いたんだけど、もう地図を読む装置から逸脱《いつだつ》した存在になってしまってる僕に、お呼びが掛かることはなかった。

とまあそんな訳で、製造時の目的を失った僕は、この星系の色んな場所に出かけて、何か面白いものがないか探し歩いてるのさ――。

4

奴は死にましたよ、と保安官補がジェイムズに告げた。帽子を取って、年の割に随分と薄くなっている頭をがりがり掻《か》く。

保安官のオフィス。逃走車両の追跡終了後ここに戻ったジェイムズは、もう丸二時間以上も独りきりで、軟禁状態におかれていた。

「トラックの運転手のことか」

「ええ……、病院に運ばれてすぐ。仕方ありません、あんな無茶な運転したんだから」

保安官補はポットのコーヒーを入れ替えに来てくれたようだった。

ジェイムズが黙っていると、何やらもじもじした様子でカップに一杯つぎ、自分でそれを飲み始めた。

「……何て云うか、あの人たち、ブレイク捜査官とは随分雰囲気が違いますね。まるでメン・イン・ブラックみたいだ。とっつきにくいにも程がありますよ」

「そうかい。まあ、FBIにも色々いる」

どういう訳か懐《なつ》かれてしまったようだなと、ジェイムズは内心肩をすくめる。自分も決して、人付き合いが好きな方ではないのだが。

――ここで指示を待てと云われ、携帯電話まで取り上げられたあと。

保安官事務所には更に三名のＮＳＢと思しき捜査員が到着し、机と椅子のある事務室を占拠《せんきょ》して、どこかへ電話をしたり地図を広げたりしている。ジェイムズが隣室にいることは承知していながら、目もくれない。

この待機《たいき》命令に懲罰《ちょうばつ》的、ないしは嫌がらせ的な意味が含まれていることは明白だった。

野盗のアジトにでも囚われたような気分で、ジェイムズは彼らを、オフィスのガラスドア越しに眺め続けるしかなかった。

「捜査官、まだ帰らせてもらえないんでしょう？　まるで参考人扱いじゃないですか。そんな権限があるなんて、あの人たちは一体何者なんですか――本当にＦＢＩ？」

「何を疑ってるんだい。これは俺が、まあちょっとした成り行きで、捜査の引き継ぎにしくじったせいだ。仕方がない。何ごとにも領分というものはある」

「はあ。まあ、そうなんでしょうが。ブレイク捜査官の追跡に違法性はないって、自分は何回も証言したんですよ。大体、パーカーは以前から相当な変人でしたから、いつか何かやらかすんじゃないかと――」

「……待ってくれ。あの、トラックの運転手の身元を知ってるのか」

「えっ……？　ご存知なかったんですか。あれはジューディスに住んでる、デビッド・パーカーですよ。ディクソン爺さんの息子です」

ジェイムズは混乱した。

「……保安官は今、どこに？」

「メイソン保安官は、先に来てたあのふたり組を、ジューディスまで案内しに行きました。半時間くらい前ですかね──そろそろ着く頃かと」

保安官補は腕時計を見る。

老人に息子がいることを、保安官は話してくれなかった。必要ないと思ったのだろうか。

しかしまるで、隠していたようにも感じられる。

「そのデビッド・パーカーは、頻繁に出歩いてたのか？　ジューディスの外を」

「ええ、そりゃあ。十年位前までは、このアスパーモントに住んでましたからね。今でも週に何回かは、ビールを飲みにダイナーへ来てましたよ」

「ダイナーへ……」

──ジェイムズは慌てて、背広の中のメモを取り出した。

店の主人からは、ルイスの訪れていた時間帯には三人の客がいたと聞いている。そのうちふたりまでは話を聞けたものの、「家がこの辺ではない」と主人が云うので後回しにし、そのままになっていた男が、パーカーという名前だった。

「ということは……」

彼は昨晩の時点で、既にルイスと会っていたことになるのか。

「……昔は、消防署で働いてましてね。まあ陰気なところもあるけど普通の人だったんです。それが突然、ジューディスの両親と同居するって云い出して、奥さんと子供を置いて出て行っちゃって」

「彼はジューディスで、何をして暮らしてたんだ」

「さあ、それがわからないから変人なんです。一応畑仕事なんかもしてるみたいでしたけど、普段は年がら年中、石炭屑を集めたりしてたようで」

「石炭屑？」

「はい。ダイナーのバートが、いつも怒ってました。

あいつがグラスを持つと、真っ黒になるって……」

古いストーブで暖を取るためだろうか。しかし一年中ということは、煮炊きにも使っていたのか。

わざわざそこまでして電気もない廃集落で暮らすとは、やはり彼のみならず住民達全員、相当な偏屈である。

「足腰が弱った父親の代わりに、そういう役をしてたんですかね。なんで両親をこっちに呼ばなかったのか、本当に訳がわかりませんよ」

「奥さんと子供がいたと云ったな。そっちは」

「そっちは、パーカーが出て行ってからも四、五年は町で暮らしてたんですが。やっぱり仕事もないしで、確かアビリーンかどこかに引っ越して行きました。奥さんのエメリンの実家があるから」

「娘は、ストレートの金髪で目がブルー？」

「ええ、そうですが」

「名前は、メアリーアン……」

「ええ。……えっ？　なんでご存じなんです？」

保安官は、昨晩の動画の少女を知っていた——。

五年前と云うから、この町を出て行った時には六、七歳だったようだが、まだあどけなさの残る顔に見覚えがない筈はない。

今朝、ジェイムズがプリントアウトした画像を渡した時、保安官はそれを受け取るや否や突然、犯人に対する怒りをあらわにした。それは自分の町の、かつての住民が被害にあったのだという衝撃も大きかったのではないか。

彼がルイスを恨んだことは確かだろう。児童虐待犯に対する怒りに偽りはないと信じたい。

しかしならば余計に、何故、この事実をジェイムズに伏せたのか。あまつさえ学校で聞き込みをしてきたと、虚偽報告までして。

そこまでして隠さねばならない何かが、彼女の父親のパーカー、あるいはジューディスに、あるということか。

――町は終わりだ、と、死体を見詰めながら保安官は呟いていた。あれはもしかするとアスパーモントではなく、自分が生まれたジューディスのことではなかったのか。

長年田舎町を守ってきた、昔話の好きな古い男、という印象に不穏な影が差す――。

彼は一体、何から、俺を遠ざけようとしたんだ。

「……ジェイムズ・ブレイク特別捜査官。君はダラスへ戻り、上司の指示を受けたまえ。以後事件番号CA―一三四五八への一切の関与を禁止する」

オフィスの戸を開けて、NSB捜査官が告げた。

ジェイムズは湧きあがる戸惑いを表情の奥に仕舞い、ゆっくりと椅子から立ち上がった。

「携帯電話は返却するが、データが保存されていたSDは抜かせてもらった。タブレットについては、新しいものを支給してもらってくれ」

捜査官はポン、と彼の手に携帯を渡した。

数歩後ずさった保安官補は、複雑な表情でFBI同士のやりとりを見詰めている。

「あの遺体はルイスで間違いないのか」

「……」

「指紋の照合ぐらいとっくに済んだだろう。あれは、ルイスだったのか」

「……」

捜査官は返事をしないまま背を向け、オフィスから出て行った。

ジェイムズは携帯電話を開いて、メールなどの一切が削除されていることを確認してからポケットにしまった。

「あの、もし自分に出来ることがあれば……」

保安官補が近づいて来ようとしたので、ジェイムズはオフィスのガラス戸に向かう。

「いや大丈夫だ。ご協力に感謝する、保安官補。パトカーでの応援は見事だった。保安官が戻ったら、彼にも宜しく伝えてくれ」

物云いたげな彼を残し、また、事務所で作業を続けるNSBらを一瞥することもなく、ジェイムズは足早に保安官事務所から出た。


時刻は午後四時になろうとしていた。結局一度も陽光が差さないまま、日は暮れようとしている。

その後彼は自分の車に乗り、エンジンも掛けずに目を閉じて、シートにもたれていた。

何度かマルロイの携帯に電話を入れようとしたが、彼女も昨晩は碌に眠っていない筈だ。既に打ち切られた捜査についてあれこれ話すのは、ダラスに帰って、明日になってからでも遅くはないだろう。

ダニエルズ主任も今ごろ――おそらくは自分と同じような想いで、ぐったりとデスクに座っているような気がする。

彼が、FBI内のあちこちを行ったり来たりしている、とマルロイは云っていた。

それは多分、文字通りの奔走《ほんそう》だ。

基本的にダニエルズ主任は、決して話の分かる男ではないし、部下から搾《しぼ》り取れるだけのものを搾り取ろうとする、つまりFBIにおける典型的な中間管理職の特性を持っている。

が、同時に現場上がりでもある彼は、すいすいと組織内を泳ぐようにして階級を上げてきた他の上司達と違い、自らのデスクに一度でも置かれた書類、及びそこに記されている進行中の事件を絶対に、途中でキャビネットには仕舞わせない。

そんな主任がとうとう、今回の出張では一度も連絡をして来なかった。

つまりもう本件について、彼からは話すことがないという意味だ。ジェイムズにはそれがわかる。

こちらの行動など全部筒抜けになっている筈なのに、一切指示がないのは、出せる指示が彼にないから。

鳴らない携帯に、彼の無念を感じる――。

マルロイにそう云えば、きっと眉をしかめるだろうが。

自嘲めいた薄い笑みが、ジェイムズの口元に浮かんですぐに消える。

――終わりだな。

図らずもしばらく休憩を取らされたことで、身体の緊張は幾分ほぐれたようだが、今度は低血糖による目眩《めまい》を覚え始めている。考えてみれば最後に食事をしたのは、昨晩の十時だった。

当然ながら食欲などない。しかし何か口に入れておかないと、長距離移動はこたえるに違いない。

この町で飯が食えそうな場所は限られていた。

彼は身体を起こすと、早くも影の色が濃くなり始めたアスパーモントのメイン通りに目を向け、イグニッションを回した。

再度訪れた町に一軒のダイナーで、コーヒーと朝食のようなプレートを頼んでみたものの、案の定半分も食えなかった。

店主のバートは何か云いたそうな顔でずっとジェイムズを見ていたが、彼が灰皿を貸してくれと頼むと焦げ跡だらけのプラスチックの皿を投げて置き、首を振って裏に下がった。

静まり返った店内。

客は他に、小声で囁き合いながらこちらを伺っている高校生くらいのカップルがひと組と、労務者風の五十代の男がひとり。

ちびちびとビールのグラスを舐めているその男には、午前中に一度、話を聞いている。確かバセットとかいう名だった。

ふーっとジェイムズが煙を細く吹き、指で目頭を圧迫してから再び瞼を開けると、そのバセットが席を立って、こちらに歩いてきていた。

ジェイムズは顔を上げた。

「……なあ、ＦＢＩさんよ。さっきうちの妹に聞いたんだが、今日、パーカーの奴がおっちんじまったってのは本当かい？」

怪訝《けげん》そうな、よく陽に焼けた無精髭の顔を数秒見詰めてから、ジェイムズは目を逸らす。指先の煙草から立ちのぼる煙を追う。

「……なあ。あんたのお仲間もいっぱい集まって来てるみたいだし、この町で何が起きてるんだ？　グッドマンの飛行場の向こうで警察がテント張ってるのは、一体何が見つかったからなんだ？」

「俺が云えることは、ここで何かが起きていたにせよ、それはもう終わったということだ」

「終わったって……。そりゃあつまり、パーカーが死んだからかい？」

ジェイムズは返事をする代わりに、ゆっくりと煙草をもみ消した。

バセットはしばらくその様子を、ぽかんと口を開けて眺めていたが、やがて溜め息を吐いて自分の席に帰った。

すると今度はカップルの方が立ち上がった。

「……やっぱりＦＢＩだよ。飛行場の先のエリアのことも、あの人は知ってる筈だ」

「ちょっとやめなって、ロイ……」

「莫迦、こんなチャンスめったにないだろ。これを見せれば、本当のことを教えてくれるかも知れないんだぞ」

「あたし、あなたのそういう子供みたいなところ、ホントに嫌い」

「うるさい。嫌ならあっち行ってろ」

小声で云い争いをしながら近づいて来るふたりにジェイムズは嫌気がさし、伝票を掴んで席を立った。

「あのッ……」

「失礼」

「いやあの、おねがいします、捜査官。僕はレックス・ウイリアムズといいます。高校二年生」

「なるほど。それでは、ウイリアムズ君。会えて良かった」

カウンターの端のレジへ向かう。

「いや、ちょっと。一回で良いんで、僕が撮ったこの動画を見てください。大事なものが映ってるんです」

ちらりと目をやれば、その学生は手に小型のビデオカメラを持っている。

それは今、一番見たくないもののひとつだ。

チン、と呼び鈴を鳴らす。

「いいですか、再生しますーーお願いしますから、見て下さい！　これにはバッチリ映ってるんですよ！　あなた方がずっと存在を隠してる、フライングヒューマノイドが！」

ーー激しく揺れる灰褐色の大地と、水色の空。

ブレが酷く、どうやら車で走りながら撮影したらしい。音量を絞っているので聞き取れないが、何かを叫ぶ声もする。

と、やがて揺れ続けていたカメラが空中に向けられ、ギューッと一点に向かってズームされる。

何かが宙に浮かんでいるーー。

画素がみるみるうちに粗くなり、その黒っぽい影の輪郭が滲む。翼のようなものを動かしているようにも見えるが、どう考えても鳥の形ではない。

萎《しぼ》んでしまった気球だろうか。比較対象もなく、大きさすらわからない。一応、それ自体が空中でもぞもぞと動いているのは確からしい。

そして今度はギューッ、とズームアウト。丁度それにピントの合う位置を、懸命に探しているのは伝わるが、中々うまくいかない。

「……もうちょっと見ててください。もうすぐです。次、ハッキリ映りますから。いいですか」

ズームイン。

ズームアウト。

ズームイン――。

その、一瞬。

時間にして〇・五秒ほど。

黄緑色の風船のような頭と、赤黒い筒状の胴体。

そして到底空を飛べるとは思えない、しおれた羽のようなものが、そこに映った。

――ピントはまたすぐに崩れ、もやもやと変形しながら水平移動する、黒い滲みに戻る。

「こいつは飛んでるっていうよりも、空中をもぞもぞと這ってるみたいに移動してたんです。どうですか捜査官、これでもまだ、フライングヒューマノイドなんかいないって云えますか」

ヒューマノイド。

それは確かに、どこをどう取っても人間と共通する部分など見つからない形状ではあったが、ヒューマノイドという言葉を連想させ得る何かを具えていた。

おかしな話だが、それが動物よりも人間に近いものだという、妙な確信を抱かせる何かがあった。

端的《たんてき》に云えば、気味が悪い。

いや――虫唾《むしず》が走ると云った方が正しいか。

うまく言葉では表現できない、本能的な嫌悪感を覚える。何故いきなり、こんなものを見せられなければならないのか。

ジェイムズは突然浴びせられた不愉快さに顔を歪め、黒い滲《にじ》みに戻って一時停止されているそのビデオカメラの液晶から、自分の視線を引き剥がした。

「……なるほど、よく出来てるな。テレビ局に売るといい」

「捜査官！」

「俺は疲れてるんだ。悪戯はもう少し寛容な相手を選んでやってくれ」

チン、チン、チン、と苛立ち紛れに呼び鈴を押す。店主は何故出てこない？

「だって、僕がこれをユーチューブにアップしたから、FBIが来たんでしょう？　飛行場から先の農道を、立ち入り禁止にしてるんでしょう？　何もかも隠蔽してしまうために！」

「……ロイ、もうよしなって。そんな気持ち悪いもの見せびらかすの、ホントやめて」

「気持ち悪いからってほっとくのか！　こんなのが、あの農道の先を——あの、薄汚い廃集落の上を飛び回ってるんだぞ！　今にきっと、この町にだって……」

はあああーッ、と深い深い溜め息をジェイムズが漏らしたので、ふたりの学生は一瞬ギョッとなり、口論を止めた。

まったく、莫迦げている。

こんなにも消耗する事案は、十年余りのキャリアの中で初めてだ——。


事実を整理しよう。

ジェイムズは連続児童虐待犯を追って、こんな辺鄙な田舎町まで来た。

自殺者まで生んだ忌むべき小児性犯罪者は、しかし気味の悪い老人達が隠棲する集落に向かったところで唐突に、その足取りを晦《くら》ませてしまった。

――直後に発見された、壮絶なバラバラ死体。

あれはやはりルイス本人と考えるべきだろう。近辺の住人に該当者がいれば、とうに判明している筈である。

そしてルイスを殺害したと思《おぼ》しき男は、奴が向かった先の廃集落の住人であり、且つ、最後に投稿された動画の被害児童の父親でもあった。常軌を逸した犯行ではあるが、およそ娘を襲われた復讐と見れば、辻褄は合っている。

その父親も、無茶な逃亡の末に死んでしまった。

どのような道を辿ったのか見えない部分は多々あるが、ルイスの罪業《ざいごう》はこの田舎町で、ふたつの死というゴールに行き着いた。

地下を這い回っていたモグラは突然現れたウサギによって噛み殺され、そのウサギは、農夫から逃げようとして転んで死んだ。これが結論だ。


ジェイムズはいつものように事件に幕を下ろし、新しい事案のファイルが渡されるのを待てばよい
――己の無力さに絶望して、この世を呪いながら。

それが、分相応の筋書きなのだ。

だが。

只でさえ落胆し疲れ切っている彼の神経に、いくつかの不吉なサインが毛虫のようにしがみつき、噛みついて、痛痒い傷跡を残していく。

廃屋の中で救いを求める、ノイズ混じりの声。

蠢《うごめ》き続ける温かい残骸。

保安官が抱える秘密。

NSB――。

そして今度は、集落上空の怪人だと。

いい加減にしてくれ。

俺はそんな、気味の悪い断片を拾い集めに来たんじゃない。俺には俺の領分というものがある。

狂った大人に蹂躙《じゅうりん》され、暗闇の中で膝を抱えて

いる子供達。

俺は彼らを、彼女らを、いつもいつも駆け付けるのが遅すぎたと悔やみながら、それでも探し続けなければならないんだ。それが俺の仕事なんだ。目障りな、訳のわからない横槍を入れて俺の捜査の邪魔をするな。

——そうだ。

犯人が、既に殺されたと云うのなら。

次は彼女の安否を確認するのが、俺の為すべき役割ではないのか。


「……メアリーアンという少女を知っているか」

ジェイムズはロイの顔を正面から見て、訊ねた。

学生は一瞬虚を突かれ、何を云っているのかわからないという表情になったが、やがて「ええ、まあ」と小さく答えた。

「……確か、パーカーさんの娘でしょ？　何年か前に引っ越して行った」

「最近彼女を見たか？　この町の近くで」

「あー、いえ。今は母親のエメリンさんと一緒に、どこかに住んでるって——」

ゴン、とグラスを置く音がした。

そちらを見るとバセットが自分の席で、一度小さく息を吐いた。

「見たよ。……確か三、四日ぐらい前だったかな。パーカーがトラックの横に乗せて、ジューディスに連れ帰るところだった」

ジェイムズは振り返り、彼の方へ歩み寄る。

バセットは席に座ったまま、とうに泡も消えたグラスの中身を見詰めている。

「エメリンはあいつと別れてから、酒を飲むようになってて——気の毒に、アビリーンでも何度か問題を起こしてたって話だ。だから俺は昨日、パーカーに訊いたんだ。お前さん、メアリーアンを引き取るつもりなのかいってな」

「それで」

「そしたらあいつ、こう云った。あの女は、自分の娘で飲み代を稼いでたんだぞ、って」

「どういう意味だ」

「さあね。勿論、いかがわしい意味じゃないとは信じたいが。あの娘は前から大人しくて、親の云うことをよくきく子だった。エメリンに云われたなら、何でもするだろう」

ジェイムズは背広からメモを取り出した。

「具体的に彼女が何をさせられていたか、パーカーは話さなかったのか」

「云わなかったね。云いたくなかったんだろう。だから俺もそれ以上訊かなかった。……でもな、FBIさんよ。パーカーの奴がおっちんじまったんなら、メアリーアンはあの電気もねえ集落で、学校も行けずに、体の不自由な年寄りの面倒をみて暮らさなきゃなんなくなる。俺はそれは、あんまりに不憫《ふびん》な気がしてよ……」

云われるまでもない。

ジェイムズは自分の中で、ひとつの意思が固まるのを感じた。

——被害児童の保護は、我々の職権だ。

NSBの職域ではない。

自分はこの事件で——いや、どの案件でも常に、児童虐待犯を追うことだけを考え、職務を遂行してきた。この両目はいつも犯人に向けられ、児童へのケアは同僚や福祉局の連中に任せてきた。

それは勿論そのような任務を上司に与えられていたからではあるが、自らその役割を望んでいた面も大きかったと認めざるを得ない。

その方が、楽だからだ。

逃げた犯人を追跡するという態で自分自身、無惨な傷口を晒す子供達から、その現実から、逃げていたのだ。

今、向き合わなくてどうするのか。

全てを隠匿《いんとく》してしまうＮＳＢの連中に渡してはならないのは、事件ファイルや、犯人ではない。

被害児童だった。

――俺は厭世《えんせい》に耽《ふけ》り、自分の仕事本来の目的を見失っていた。

ジェイムズは手の中で、メモ帳を握りしめた。

「……パーカーはいっつも悩んでたさ。エメリンを飲んだくれにしちまったのも、娘に不憫な思いをさせちまってるのも、全部自分の所為《せい》だってわかってたからな。奴は変人ではあったが、決してマヌケなんかじゃなかったんだ」

「彼はどうやって、娘と連絡を？」

後ろにいたロイがジェイムズの隣まで来て、入口横の壁を指差した。

「パーカーさんはよく、その公衆電話を使ってましたよ。あの集落には電話なんてないから、ここへ来てかけてたんです」

店内の壁に据え付けられたスチール製の本体と、黄色い受話器。それにはいくら拭いても落ちそうにない、炭に似た黒い汚れがこびりついている。

バセットが頷く。

「大体最初は、エメリンと口論。で、うまい具合に娘が家にいたなら、代わってもらえることもあったようだ」

「なるほど。……ご協力に感謝する、バセットさん。ウィリアムズ君。最後にもし知っていたら、エメリンの旧姓を教えてくれ」

5

『……眠いわ、ジェイムズ。ディナーに誘うならもう少し早く電話して欲しかった』

「すまない。ちょっと寄り道をしてた」

『ええ、そうなんでしょうね。あたしも夢の国を散歩しかけてたところ。やっぱり徹夜明けの日は、ご飯食べちゃうと眠気を――ああッ、ほっぺたにキーボードの跡が！　やだもう、今何時？』

「午後九時を回ったところだ。マルロイ、まだ支局にいるのか？　総務のデスクに？」

『うー……。いいえ、課の情報室に戻してもらったわ。主任が呼びに来てくれたの。ついでに色々と状況を教えてもらったけど、あなたには帰ってきてから話せばいいかと思って。……もうダラスに着くの？　今どこ？』

「今は、八十三号線だ。コーヒーのお代わりは、もう要らない」

『……変ね、デジャヴかしら？　あなた八十三号線って云ったの？』

「アビリーンを出て、北に。アスパーモントに戻ってる……。君の云いたいことはわかってるよ」

『何も云ってないわよあたし。あなたが自分の上司に似て仕事熱心なのは、大変素晴らしいことだと思う。連邦捜査官の鑑《かがみ》と云っていいんじゃないかしら？　……もう二日も家に帰ってない、このあたしの身を度外視すればね！』

「こちらには、君のデスクに何とかラテのサーバーを置くよう、備品課と交渉する用意がある」

『ふん！　あなた、絶対に出世できないわ。それに長生きも！』

「そうかい。いっぺんにふたつも願いを叶えてもらったら、最後のひとつに悩むじゃないか」

ジェイムズはシガーソケットを抜いた。

暗闇の中でボウ、と赤い火がともり、煙草の煙が車内を漂う。

窓の外を流れる闇は、一マイル進むごとに冷たく、深くなるようだった。しばしば現れる国道沿いの看板照明が、深海の提灯鮟鱇《ちょうちんあんこう》のように彼を覗き込み、一瞬だけ車内を照らして、また流れ去っていく。

『――で？』

「色々とわかったことがある。……アビリーンで、メアリーアンの母親に会ったんだ。今の彼女には自分の娘を養育する資格がない。完全なアルコール依存症の上、娘を碌に学校にも通わせていなかった」

『まあ……』

「彼女から、ルイスのことを聞いた。半年くらい前、町を訪れていたカメラマンがメアリーアンをひと目見て気に入り、モデルにしたいと云ってきたそうだ。彼女はそれを許可し、謝礼を受け取っている。それからも断続的に関係は続いていて、奴は何週間かおきに写真を撮りに来ては、娘を連れ出していたという」

『……それって、本当に写真だけ？』

「さあな。しかしいずれにせよ、ある日を境にメアリーアンが、写真を撮られるのを厭だと云うようになった。母親は、強く叱ったに違いない。一度の謝礼で、半月分の酒代にはなっていたようだから」

『もうやだ、聞いてらんない。ねえ、当然その母親はしょっぴいたのよね？』

「残念だが今は、親権の一時剥奪《はくだつ》しかできない。まずはメアリーアンの身柄を保護するのが先だ」

『……そう。そっか』

「……マルロイ、パーカーのことは？」

『知ってる、主任に聞いたわ。ルイス殺害の容疑者で、あなたから逃げようとして、事故死した』

「母親のエメリンは数日前、娘を元夫のパーカーに攫《さら》われたと云っている。突然拉致されたと。しかしどうやら実際は、パーカーは彼女に助けを求められて、内密に連絡を取り合い、自分の集落に連れ帰ったんだろう」

『つまり。だからルイスは、彼女を追ってジューディスに』

「そういうことだな」

薄ら寒くなるような執着心――。

大の大人がひとりの少女を追いかけて、あんな鄙びた田舎まで。

「彼女が撮影を嫌がり始めたのは、およそ三か月から四か月前。そして我々が認知しているルイスの連続犯行も、丁度その頃始まった。推測の域を出ないことだが、もしかするとメアリーアンに関係を断られたルイスは、その代替となる相手を探して、何人もの児童を次々に籠絡《ろうらく》していったんじゃないだろうか」

――半年前。

ルイスはメアリーアンと出会ったことで、以前から自分の中にあった仄暗い衝動を抑え切れなくなった。

哀れな少女は母親に命じられるままルイスの要求に従っていたが、やがてその境遇に耐えかね、奴を拒絶。

ルイスは代わりの少女を求めて、彷徨《さまよ》い始める。

『つまりこの一連の事件のそもそもの切っ掛けが、その子だったということね』

「断言はできないが。そう考えれば筋は通る」

『そして彼女を保護して証言が得られれば、呪われたアル中の母親は死ぬまで刑務所にブチ込まれて、一件落着と』

「……俺達にとっては、そうだ」

が。

云うまでもなく、メアリーアンの人生はこれからも続いていく。ジェイムズ達より遥かに先まで。

「事実上身寄りを失うことになる彼女には、慎重且つ長期的なケアが必要だ。境遇の裏が取れた今、俺は事態を緊急と判断し最優先で本件の被害児童、メアリーアン・パーカーを保護する。この職権にはNSBと云えど、正当な理由を示さなければ逆らうことはできない」

『NSB……。そうだわ、ジェイムズ。主任が今日一日走り回って、奴らの狙いを探り当ててきたのよ』

ほう、とジェイムズは感心したような声を出したが、そこにあまり感情は籠《こも》っていない。

彼らへの反発心は——やはり、追い続けた犯人を横から奪われることに対してだった。

今のジェイムズにはもうルイスという、既に死んでしまった男のことなどどうでもいい。

メアリーアンを無事保護できれば、それでいい。

「連中は今回、結構な人数を割いてるみたいだが——おいマルロイ。頼むから、フライングヒューマノイドの隠蔽が目的だなんて云うなよ」

『ははッ……。そっちの方が良かったかも知れないけど。生憎現実ってものは夢物語じゃなくて、政治とやらで動いてるの。何ごともね』

二日前。与党所属のある下院議員が、FBI上層部の人間に接触した。

彼は一度ウェブ上にアップロードされた動画の再アップロード阻止、つまり自動追跡による継続的な消去を依頼すると同時に、その撮影者の速やかな逮捕を要請したのだという。

『……何か昨日から、ウェブ監視プログラムが盛んに動いてるなとは思ったのよ。あれはNSBの連中が、ルイスの動画がロリコンどもの間で拡散しないよう、必死に動いてたのね』

「そんなこと——一時的には可能でも、継続するとなれば尋常な予算じゃ無理だろう。その議員はそれだけの金を引っ張って来れるのか?」

『まあ、それが出来る議員、あるいはそれが出来る人を動かせる議員、となると限られてくるでしょうけど。そのくらい形振《なり》り構わずに、事態を収拾したがってるってことよ。……理由はもう、わかるでしょう?』

確かに、NSBの捜査官はジェイムズに訊ねた。

メアリーアン以外の被害児童の画像を、プリントアウトしたことはあるか、と。

『で、その方面で局内のデータベースを検索してみたら――ちょっと予想外ではあったんだけど、ある下院議員の十四歳になるお嬢様が、これまでに家出で三回、軽微な非行為で七回、警察のお世話になってるみたいなの。親に内緒のSNSには、派手なメイクで盛り場を出入りしてる写真を、自分でアップしてたわ。まったく絵に描いたような駄目セレブのローティーンで……』

「その顔に見覚えが?」

『ええ。ルイスがアップした動画の、五人目の少女に間違いない』

――そういうことか。

被害児童のひとりが議員の娘となれば、それは確かに、国家権力の出番なのだろう。後々脅迫などに繋がる惧《おそ》れもあると判断して、防諜機関が動き出したのだ。

「その議員は一体どうやって、娘の被害を知ったんだろう」

『さあ、大方娘の方から親に泣きついたんじゃないの? ルイジアナ州の子みたいに、メールか何かで動画のアップロードを知らされたのかも知れない。で、パパ助けてぇッて』

「マルロイ。その議員の娘だって被害者だぞ」

『ええ、わかってます。そりゃそうよ。でもあなたもきっと、あの子のプロフィールを確認したら、まぁそんな目に遭っても仕方ないかなって思うかもよ。タトゥーだらけのクラブＤＪにしがみついてる写真だってあるんだから』

「マルロイ」

『はいはい。じゃあこれだけは云わせて。セレブの不良娘の後始末にはＦＢＩの予算が別枠で組まれて、スパイまで総動員。でも、母親の酒代を稼がされてた可哀相な子を、遠路はるばる迎えに行くのは、あなたひとり』

「だから何だ。本件の被疑者はもう死んだ。今は、奴がとっちらかした事態の後始末をすべき局面だ。ＮＳＢがそのお嬢さんをガードしてるように、俺はメアリーアンを保護する。それでいい」

『でも』

「それでいいんだよ、マルロイ。どのみち俺達の仕事は、最初から全部手遅れなんだ。既に起きてしまった事件を無に帰すことはできない。俺はずっとそれを、無意味な仕事に感じていた」

ヘッドライトが暗闇の中に次々と道路を生み、伸ばしていく。ジェイムズはその夜の先へと続く道の、彼方を思い描きながら小さく息を吸う。

「だが――今回捜査権を奪われたことで、漸《ようや》く気づいた。被害者は、犯人を捕まえるための手がかりなんかじゃないと」

『ジェイムズ……』

「俺はとんでもない考え違いをしていたよ。……みっともない話だが、実は俺は三年前まで、毎年ダニエルズ主任に――」

その時。

バン、と電話の向こうで一度大きな音がした。

ドアが開く音だ。

『主任……、えっ？　いえ、ジェイムズは今、八十三号線で。えっ、どういう意味？』

ガウガウとマスチフが吠えるようなダニエルズ主任の胴間声《どうまごえ》が、慌てた様子のマルロイの声をかき消す。

そして、ガチャガチャと携帯電話を奪う音。

一瞬の沈黙――。

『……ブレイク、今すぐ帰って来い。捜査は終わりだ』

今まで一度も聞いたことがないような、ゆっくりと云い聞かせる調子でダニエルズ主任は告げた。

様子がおかしい。

何だ、この緊張した声は。

「主任、私はこれからメアリーアン・パーカーの保護に――」

『ジューディスに向かったNSB課員五名、及び現地の保安官事務所職員二名、つまり本件の捜査関係者全員と、三時間前から連絡が取れなくなってる。アスパーモントを出てからの足取りが、不明なんだ』

俄《にわ》かには、彼の話の意味がわからない。

ジェイムズの首筋に、何故かスーッと冷たいものが下りてくる。

それと相対して、ハンドルを握る手の中は突然熱くなり、汗が滲む。

『午後六時四十九分にあった最後の報告では、先発した課員二名と保安官が無線に出ないので、念のため保安官補に案内を頼み、残り課員三名も応援に向かうとのことだった。しかしそれから、一切音沙汰がない』

「あそこは、埋められた炭鉱があるだけの廃集落です」

『それは知ってる。だが現に、何か深刻な問題が発生している。二時間半前、ダラスから緊急の部隊がワゴン二台で出発したらしい。もうお前の出る幕はない、今すぐ戻って来い』

キイコ、キイコ、と頭の中で何かが軋み、揺れた気がした。

真っ暗な廃屋の町。

崩れかけた、ディクソン老人宅のポーチ。

片側の綱を直してあるブランコ。

そこに、メアリーアンは座っていない。

——どこへ。

「主任、私は」

『ブレイク。既に状況は開始されているんだ。迂闊《うかつ》に近寄ると拘束されるぞ』

「だとしても——いえ。だったら尚更、あの集落のどこかにいる筈の被害児童を、放置できません。事態に巻き込まれている可能性もあります。せめて迅速《じんそく》な保護のため、アスパーモントで待機する許可を下さい」

『その児童のことは、私から連中に頼んでおいてやる。わざわざお前が引取りに行く必要はない』

「今一番現場の近くにいる連邦捜査官は私なんですよ、主任」

『ええい、黙れ！　何が起きているのかもわからない、NSB捜査員ですら帰って来れないような場所へ行って、お前に何が出来ると云うんだ！』

「俺は、あの子を救いたいだけです。そのための児童虐待担当課では？」

『減らず口を叩くな……、この、偏屈めがッ！』

サーカス団長の鞭のような、鋭い舌打ち。

情報室の隅で口元を押さえ、震えあがっているマルロイの様子が目に浮かぶようだ。

ジェイムズは深呼吸をした。

いつの間にかあのしつこかった頭痛が、霧のように消えていた。

「これでも、上司に似ていると評判なもので——申し訳ありません」

たっぷり十秒以上の沈黙があってから、ゴトン、と机に携帯を置く音がした。

主任は何か短い言葉をマルロイに云い、そのまま、部屋から出て行ったようだ。

ジェイムズは電話を耳にあてたままじっと待っていた。

やがて、マルロイの震える吐息が聞こえた。

『……あたしの携帯、握り潰されるんじゃないかと思った』

「悪かったな。大丈夫か」

『あたしは平気だけど、あなた、本当に現地へ戻る気なの？　本当に大丈夫？』

「間もなくアスパーモントに到着する。心配要らない。すぐにメアリーアン・パーカーを連れて、ダラスに戻るよ。……なあマルロイ、主任は去り際に何と云ったんだ？」

『……彼はあなたを、自分の後釜に推薦するそうよ』

「何だと？　クソッ、縁起でもない……。今のは聞かなかったことにしよう。また連絡する」

——夜の田舎町は静まり返っていたが、思っていたよりも明るかった。

アスパーモントにはそもそも商店というものが数えるほどしかなく、民家と民家の間も寒々しいほど離れている。だがそのぶん、ひとつひとつの灯りが広い範囲まで届き、町のあちこちで白く滲んでいる。

都市よりも、光と影の境界があやふやだ。

大きなスポーツバッグを提げた学生が、自転車で家路を急ぐのとすれ違った。

今日二度訪れたダイナーでは、むっすりした主人が店仕舞いをしようと、窓のブラインドを下ろしかけていた。

やがて保安官事務所の前まで差し掛かかり、

ジェイムズは車を減速させた。

周辺にNSB車両やパトカーは見当たらない。

オフィスの灯りはついている。

ゆっくり前を通り過ぎると、六十代くらいの女性がこちらに背を向け、壁の額縁を拭いているのが見えた。保安官の夫人だろう。掃除をするには遅い時間だが。

隣の事務室にも電気はついており、数人の民間人が不安げに歩いたり、椅子に座ったりしている。こちらは、保安官補の家族かも知れない。

今の時点では掛ける言葉も見つからないので、ジェイムズは再び加速し、そのまま町を通過する。

国道を一路ジューディスへと向かう。

飛行場の建物を過ぎて以降、荒野を挟んだ東の農道に注意していたが、ルイスの遺体発見現場付近に非常用車両の類は見えなかった。

アビリーンから来ていた州警察がもしかすれば、まだ何人か残っているのではないかと期待していたのだが。彼らは用を済ませ次第、速やかに撤収してしまったらしい。

主任の話を聞いた限り、どうやらNSBは取り急ぎ近辺の警察に状況確認を依頼するなどといった、常識的な手を打っていない。

組織の機密性が――あるいは犬の餌にもならないようなプライドが、それを許さないのか。

ジェイムズは緊張が高まってくるのを感じ、くしゃくしゃのパッケージから煙草を振り出した。

最後の一本だった。

呼吸を整え、それをくわえる。

――ルイスは何故、一番最後にメアリーアンの動画をアップロードしたのだろう。

勿論本人は、それで終わりになるなどとは思っていなかったかも知れない。しかしわざわざこんな場所まで彼女を求めて来て、その日の夜に投稿したのには、何か意味があるように思う――。

ジェイムズはシガーソケットを押し込んだ。

前方の夜空には星の河が光っている。

真っ黒な分厚い雲に亀裂《きれつ》が入り、そこだけぎっしりと星々を詰め込んだように、遮るもののない宇宙が覗いている。闇の深い荒野なので、もし晴れてさえいれば、きっと眩いばかりの満天の星空が覆うに違いない。

昨日の夜は、晴れていただろうか。

ルイスはあの星々を、フルスクリーンで見たのだろうか――。

「……もう、要らなくなったからか」

そうに違いない。

本人としては歪な自己表現のつもりもあったにせよ、表現者を気取るには、それなりの余裕が必要だった筈である。

明日になれば生身の彼女が、再びその手に入ると思えばこそ、動画と画像をリリースした。

これまでの被害児童についても同じことが云える。新しい標的が見つかった時点で、その前の被害児童の動画は不要になり、順次ウェブに捨てていったのだとは考えられないか。

ジェイムズは煙草に火を点け、少し窓を開けた。凍りつくような風が滑り込んで来て頬を打つ。

車が橋を渡る。

――だとしたら奴が、ここへ来れば彼女が自分のものになると確信していた理由は何だろう。

彼女の母親に、何か卑しい約束でも取りつけていたのか。それとも異常な性的嗜好者に特有の、無根拠な思い込みか。

どちらにせよ、今となってはもう――。

「……テキサスへようこそ、ルイス」

ここは因果応報《いんがおうほう》の地だ。

荒野はお前の血を吸って、いくらか溜飲《りゅういん》を下げたかも知れないな。


夜風の姿を陰画で示す枯れ草。

朽《く》ちて折れた電柱が道端へ寄せられている。

ジェイムズのセダンはじりじりと、無舗装の道路に残された轍をなぞって進む。

ジューディスは本物の闇の塊だった。

もしこの仄かな星明りがなければ、黒くうずくまる集落は夜に溶けて消えている。

崩れた家々の不揃いなシルエット。それはまるでどこか遠い星の遺跡のように余所余所しく、意思疎通の不可能さをジェイムズに感じさせる。

運転席の窓を全開にしてみたが、聞こえてくるのはいくつかの廃屋の戸板が風に打たれ、暴れている音だけ。

いくら祖父母が一緒とは云え、こんなところに十二歳の少女を置いて行ける訳がない。

もっとマシな環境はいくらでも用意できる。やはり今すぐ、連れ出さねば。

「……チッ」

今朝、ここを訪ねた時――彼女はあの、忌まわしい声で叫ぶ病床の老婆と、同じ家にいた。知らなかったとは云え、自分はみすみすその目の前を素通りしてしまった。

悔やむジェイムズの前の道路を、黒いSUV車が塞いでおり、彼はブレーキを踏む。

ヘッドライトや非常灯はついておらず、その前には保安官補のパトカーも停まっているのだが、そちらもSUV同様死んだように真っ暗だった。

ジェイムズは自分のセダンを二台の真後ろにつけてから、助手席に出してあったマグライトを掴んだ。


――さて。

道中あえて考えないようにして来たが、ここで起きている問題はやはり、単なる通信障害などではないらしい。

パーカーの件でディクソン老人を訪ねたと思しきＮＳＢ二名と、保安官。そしてその後を追ったＮＳＢ三名と保安官補。

彼ら全員がこの、真っ暗な集落のどこかにいる。何時間も連絡が取れない状況におかれている。

異常としか云いようがない。

たとえば住民達が結託して、彼らを拘束しているなどとは考えにくい。ＮＳＢの連中は火器の使用を躊躇しないし、そもそもここの住人はジェイムズが見た限り、皆七十を超えているような老人ばかりだった。

では突発的な事故の可能性はと云うと、それも推論としては都合が良過ぎる。テロでも起きたのなら別だが、まさかこんな悪目立ちする僻地にテロリストの工場などある訳がない。

現時点でジェイムズに云えることはひとつ。

とにかくここは、気味が悪いということだけだ。

「……ウィリアムズ君。君が俺にしたことは、端的に云って捜査妨害にあたる可能性がある」

ジェイムズはグロックを抜いた。

そしてそのまま数秒、運転席の中で自分の足の力を確かめていた。

「クソッ。何をビビッてるんだ俺は」

銃を握る自分の手が僅かに震えていることに気づき、苛立つ。

その勢いに任せてドアを開ける。

タッ、とジェイムズは走り出した。

ＳＵＶとパトカーの横を駆け抜ける。

その少し先に、保安官のパトカーともう一台のＳＵＶ。

駐車したジェイムズの車のヘッドライトが届く

のはその辺りまでで、そこから先は闇だ。

無論躊躇が許される状況ではない。彼は拳銃とマグライトを交差させて構え、速度を緩めずに道の端を走った。

口の中で何度か悪態を吐きながら、ディクソン老人の住居の前まで来る。

すると、キイコ、キイコと硬いものが軋む音がした。ジェイムズは咄嗟に足を止めた。

薄っすらと星明りに照らされて、ポーチで何かが揺れている――。

素早くライトを向けたが、ブランコには誰も乗っていない。だが、風にしては振り幅が大きい。

「……誰かいるのか」

彼の声は一切反響せず、暗闇に吸い取られるようにして消える。

返答はない。

ポーチ周辺を照らしてみても、人の姿はない。

ジェイムズはゆっくり踏み段を上がり、ディクソン老人宅のドアが全開になっているのを見る。中の廊下を照らす。

暗闇の奥から僅かな――ほんの僅かな、衣擦れの音。

「FBIだ。メアリーアン・パーカーはいるか」

数秒返答を待ってから、ジェイムズは家の中に突入した。

丸いライトの光が、古めかしい壁紙や磨り減った床板を次々に照らしていく。

居間――クリア。

台所――クリア。

廊下を挟んだ反対側へ移り、ひとつめの寝室、クリア。内装はどの部屋も五十年以上使い込まれており、柱や壁のあちこちに、まるで炭を塗ったような濃い汚れがこびりついている。

ベッドの上の枕も、シーツも同様だ。普通に生活していてついた汚れではない。おそらく日常的に石炭を触っているせいだろう。

絵画や装飾品の類《たぐい》はどこにも見当たらなかったが、ただひとつだけ、部屋の隅に象牙色をした動物の置物がこちらに尾を向けて転がっている。

その寝室の、奥の扉。

ジェイムズは壁に背中をあてて耳を澄ませる。

自分の呼吸がほとんど止まっており、こめかみに汗が伝っていることを認識する。

中にいるのはディクソン夫婦か。それとも、メアリーアンか。

「……ぐッ」

苦痛に歪む、男の呻き声が聞こえた。

ヒュッと息を吸い、ジェイムズは一気に扉を開け放った。

「動くな、ＦＢＩだッ」

ペイズリー柄のカバーが埃をかぶる、骨董品のようなベッド。その脇に座り込んでいる人影。

「……保安官！」

真っ暗な室内をぐるりと一周照らしてから、ジェイムズは慌てて彼に駆け寄った。

「保安官、一体——」

ライトの中に浮かび上がるその姿を見て、喉の奥が詰まる——両足と、右腕がない。

いや、正確には衣服ごとよじれた細いロープのようなものが、それらのあるべき位置に渦を巻いている。

——何だこれは。どういう外傷なんだ。

布地の下はどうなってる。

「メイソン保安官、ブレイクです。しっかり」

真っ青になって震えている彼の顔がこちらを見上げ、虚ろな視線をよこす。脂汗が酷い。

「……捜査官。捜査官か」

「その両足と腕は、どうしたんですか。一体何が

起こったんです」

「駄目だ……、何故来た。この町は終わりだと云っただろう」

「他の者はどこへ。保安官補やNSBの課員は」

「早く出て行け、捜査官。〈彼ら〉に捕まったら、君も只じゃ済まんぞ……」

「保安官、お願いします。順を追って話して下さい。まずその足と腕はどうしたんですか」

会話の調子からして、命に別状はないかも知れない。しかし明らかに欠損してしまっている部位から出血が見受けられず、制服のどこにも汚れがないというのは、どうしたことか。

まるでそれらは衣服ごと細く細く雑巾のように捻《ねじ》られ、根本まで丸まってしまったようだ。正直なところ、普通の傷口よりも正視に耐えぬ異様さがある。

「これは――彼らに。彼らに光線を浴びせられて。黒服の奴らを招き入れたのは許しがたい裏切りで、最早保存にも値しない、と」

「……わかりません。彼らとは誰です」

「彼らは、彼らだよ。もう何十年も炭鉱の中で暮らしていた、畏ろしい連中だ……。私は彼らに怯えるあまり、デビッドの娘を探そうとしなかった。あんたに彼女の写真を渡されたのに、ここに捜査の手が入るのを怖れて、知らんと嘘をついた――これはその報いだ。どうか許してくれ」

「メアリーアンのことは調べました。彼女は今、この集落にいるんですね？」

「……さあ、どうだろうな。まだ発送していないなら、炭鉱の奥に、いるかも知れないが」

「発送？」

やはり混乱しているのだろうか。

保安官がぜいぜいと荒い息を吐き始めたので、ジェイムズは一旦聞き取りを中止し、部屋を出ようとした。

その時、羽音が聞こえた。

分厚いカーテンの掛かった窓の外——建物のすぐ裏を、何かが飛んでいる。

怖ろしく低い位置だ。

しかも信じられないくらい、大きなものだ。

ジェイムズの頭に一瞬人間大の蝿が連想されて、そんな莫迦なとは思いながら、彼は咄嗟にライトを消した。

び、びび、びびび、と不規則で耳障りな振動音。

宙を這うような速度でゆっくりと移動していく。

——こいつは飛んでるっていうよりも、空中をもぞもぞと這ってるみたいに移動してたんです。

——こんなのがあの農道の先を、あの薄汚い廃集落の上を、飛び回ってるんだぞ！


ジェイムズは強烈な目眩を感じた。

尋常でないほど激しく心臓が打つ。

莫迦な。

そんな莫迦なことが。

視線を落とし、ただこの時間が早く終わることだけを暗闇に祈った。自分がまるで立ったまま気を失っているように感じた。

頼む、夢なら醒めてくれ。

誰かこれは夢だと云ってくれ。

「……捜査官。早く行くんだ」

やがて声を掛けられ、ジェイムズはハッと顔を上げる。

羽音は止んだのか。

まだ小さく聞こえるような気がするのは、耳に残る幻聴か。

「彼らは君を探している……。きっと車の音に気づいて、炭鉱から出てきたんだ。見つからずに逃げることは、まず無理だと思え。彼らはうまく飛べないから、全力で走れば人間の方が早い。決して立ち止まらずに、急いで車に乗って逃げろ」

「保安官、私は」

「早く行けと云っとるんだ。ルイスの隣に並びたいのかッ」

——全ての元凶とも云える男の名前を聞いて、ジェイムズの心がプツン、と身体から離れた。

彼の中にあった怯えと覚悟がその名に反応し、まるで水と油のように分離した。

「……俺は、メアリーアン・パーカーを保護しに来たんです。彼女は炭鉱にいるんですね？」

がくがくと震える膝頭を他人の物のように見下ろし、左手で太腿を揉んだ。

転ばないよう順番に足首を回す。

揺れる腕時計を見る。

「おそらく、あと三十分もしないうちにダラスからの応援が到着します。保安官はそれまでここに居て下さい」

「何だと……。駄目だ、君は何もわかっとらん」

「ええ、わかりません。わかろうとも思わない。何らかの妨害があるならそれを排除し、児童を保護する。私の仕事はそれだけです」

「駄目だ、駄目だ駄目だ……。いいか、この世には死よりも怖ろしい事というのがあるんだ。彼らは一切の殺生を行わない代わりに、人間から死そのものを奪う。それが連中のやり方なんだよ」

「あなたは外傷によるショックで混乱しています。もう無理に喋らない方がいい」

「ブレイク捜査官、聞け。ディクソンの奥さんがどうなったか教えてやる、そのベッドの上を見てみろッ」

ジェイムズは既に歩き始めていたが、ドアノブに手を掛けながら振り返り、保安官の云うものを照らしてみた。

　そこには無造作に捨て置かれた、数本のコード。何に使う器具だかわからない奇怪な形状のものが、それぞれの末端に繋がっている。

「ディクソンは長患いで苦しんでいた彼女を見かねて、彼らに頼んで生かしてもらった。その結果彼女は、永遠の牢獄に繋がれてしまったんだ。自分で歩くことも、物を持つことも――視線を動かすことすら出来ない、只の筒に変えられたんだ。それがどんなに怖ろしいことか、君も彼女の悲鳴を聞いたなら、わかるだろう」

　ジェイムズはグロックの装填《そうてん》を確かめて、深呼吸をした。まるで泣いているような怯え切った息が漏れた。

「もう行きます」

「ディクソンは彼女を抱えて、連中について行ってしまった。他の住人達も一緒だ。今ごろは、メアリーアンもきっと――」

「きっと、助けを待っているでしょう」

小さく呻いた保安官を残し、ジェイムズは部屋を出た。


　ライトを点けず、建物の陰から陰へと移動する。雑草の生い茂るかつてのメインストリートに目を凝らせば、朝にはなかったいくつかの筋が出来ているのがわかる。

　全戸合わせても十名に満たない住人達、そしておそらく保安官補とＮＳＢ課員達が、草を踏み分けながら歩いた跡だ。

　ジェイムズは短い距離を進んでは立ち止まり、耳を澄ませた。

　やはり先ほどの羽音が、そう遠くないどこかでずっと続いているように思われる。

　自分が一体何から隠れようとしているのか考え

ないよう努めながら、且つ警戒を続けるという矛盾した行為は、当然相当な労力を要した。

——保安官は俺に、何の話をした？

「筒に変えられる」とはどういう意味だ？

ぐるぐると黒い恐怖が頭の中を駆け巡り、今にも座り込んでしまいそうなのに、足は止まらない。感情と行動が乖離している。

そこまでして俺はあの児童を助けたいのかと、どこか他人事のようにジェイムズは諦める。

やがて、彼は坂道の頂上に行き着いた。

廃屋の壁に隠れながら、錆びついていても尚その威容を誇示する、鉄製のアングルを見上げる。何かを吊るための巻き上げ機や、錆びて千切れたワイヤーなどが、夜空に奇妙な尖塔《せんとう》にも似たシルエットを作り出している。

その下に、ぼんやりと白く浮かんで見えるのがトロッコ線路。丘の中へと続いている。

煉瓦造りの口は開いている。

炭鉱は埋められてなどいない。

ここからの道には廃屋がなく、道端に点々と採掘機械の残骸が置かれているだけなので、ジェイムズは一気に坂道を駆け下りた。

海原を行くボートのような音を立てながら数十メートル走り、ひと際大きな残骸の傍まで進んで、素早く草むらにしゃがんだ。

フウ、フウ、フウと野犬じみた呼吸を必死に整える。鉄の塊に身を隠し、周囲を警戒する。

そんな彼の顔の、すぐ傍で——丸い、トヨタのエンブレムが星明りを反射している。

ジェイムズはそれをしばらく見詰めてから、両手を地面についた。

身体を低くしたまま数メートル後ろに下がる。

遠目に何かの作業用機械だと思って駆け寄ったその物体は、ほぼ真球形に丸められた、真新しい

ＲＶ車だった。

「なんだ……。何だこれは」

ゾッと全身に鳥肌が立つのを感じて、最早彼は何も考えられずに立ち上がると、全速力でレールに沿って走った。

黒々と口を開ける丘の穴。

マグライトを点け、その中に飛び込む。


――ジェイムズはそれから十数分、地面の下を走り回った。

坑道は抱いていたイメージよりも天井が高く、横幅も広い。地面に転がる大きな石に何度かつまづき、転んで膝から血を流したが、あまり痛みは感じなかった。

オフィスで保安官から聞いていた通り、坑道内部は格子状に掘り広げられたらしく、至る所に交差点があった。

どの角をどのくらい曲がったのか、ふと気がついた時ジェイムズは、荒々しい掘削跡を晒す行き止まりに背中を預けて動けなくなっていた。

全身ずぶ濡れになるほどの汗をかいていた。

肺は悲鳴を上げ、呼吸をするたびに小さな組織が剥がれて口の中に撒き散らされ、血の臭いをさせる。

その暗闇で更に、五分か十分――。

自分が恐慌状態に陥っていたことに漸《よう》く気づき、彼はじわじわと膝を曲げてその場に座った。

落ち着け――落ち着け……。

仕事をしろ。

俺は、俺の仕事をするためにこんな穴倉まで来たんだろう。だったらパニックになるな。

ここに何がいて、どんな危険が潜んでいるにせよ、今はメアリーアンを探すことだけ考えろ。

……ふーッ、と静かにジェイムズは立ち上がる。

右手のグロックと、左手のマグライトをもう一度握りなおす。

すると、一瞬鼻の先を刺激臭が掠めた。

シナモンに似た臭い。

これだと思い、彼は何度か屈伸運動をしてから、そろそろと坑道内の探索を開始した。


坑道はおよそ十ヤードごとに四つ辻に出る。

どこをどう走って今の位置にいるのかわからない以上、脱出時にはどこか三叉路になっている地点ないし行き止まりの地点を探し、それを外縁と仮定して、この迷路のフチをなぞる様に歩き続けるしかない。

万が一、出口が迷路の端ではなく中央に近い位置にあった場合、その解法では脱出できないことになるが、それは今考えても仕方がない。

まずは児童を確保してからだ。


暗闇の中で唯一の手がかりである、異臭の濃度が強い方、強い方へと歩みを進める。

石炭屑を踏み割る足音はざりざりと反響し、どんな風に歩いても消せそうにないので、ジェイムズは慎重さよりも迅速さを優先することにした。

五つ目の辻を過ぎる頃には、彼はほとんど駆け足になっていた。

「……どこだ、メアリーアン」

臭いはどんどん濃くなっていく。

そのうちに、三叉路に出た。

坑道の端と思われる。そこから壁に沿って進むと、いくつかの三叉路を経て突然、まっすぐ続いていた壁側にアーチ型の入り口が現れた。

その横穴から流れ出す強烈な異臭を浴び、ジェイムズの鼻は完全にきかなくなった。

マグライトの光芒の中に、細かい霧のようなものが踊っている。これが臭いの元らしい。

ハンカチをあてたいが両手は塞がっていた。

深呼吸をしてから、彼はその脇道に侵入する。

通路はすぐに平坦な床を失い、完全な筒状に変化した。直径八フィートほど。まるで巨大な蚯蚓《ミミズ》の内部のようで、歩き辛いこと夥《おびただ》しい。

その石炭混じりの黒い横穴は、十数ヤードごとに左右にうねり、高度も上下していた。

ジェイムズはまた目眩を感じ始めた。平衡《へいこう》感覚がおかしくなってきたのだ。

この穴は、人間が利用する通路としての何かが根本的に欠落している。

単に歩くだけで凄まじく消耗する。

――そうだ。まるでこれは、歩行の必要がない物の為に掘られたようではないか。

そのまま、数十ヤードも進んだだろうか。

前方に更に横穴が幾つか並んでいるのが見えてきて、ジェイムズは銃把《じゅうは》に力を込めた。


ここまで来ると、異臭の霧に薄っすらと緑の色がついているのもわかる。そのくらい濃度が高い。横穴のどれかから絶えず流れ出しているらしい。

加湿器を顔の前に置かれているような息苦しさを覚え、浅い呼吸に努めながら、ジェイムズはまず、最初の横穴に突入する。

素早く内部を照らす。

小部屋、いや物置だ。広さは十フィート四方。床が平らになっていて、どうやって運び込んだのかもわからない幾つかの機械、ないし現代アートのようなものが壁際に並んでいる。

形状が奇怪に過ぎるので、単に屑鉄《くずてつ》を出鱈目《でたらめ》に積んでいるだけなのかも知れない。ジェイムズは細かく観察する余裕もなく次の穴へ向かう。

そこも、物置。同じ広さ。

こちらの床には三十本少々の缶が隙間なく、整然と並べられている。

缶の高さは約一フィート、直径八インチばかり。アルミと銅が複雑に混ざり合ったような、見慣れない金属光沢がある。

一体、何が入っているのか。

ジェイムズは引っかかるものを覚え、それらを少しの間ライトで照らしていた。

そして、いくつかの缶に、血と思しきものが付着しているのに気づいた。

「これは……」

奥へ行くほど血痕《けっこん》は古い。しかし一番手前にある一列は、どれもまだ光っている。

ここ一、二時間内についたものだ。

「……」

ジェイムズは三つ目の穴に向かった。

緊張は限界に近づいている。

自分の心拍音がうるさいくらいに、耳元で響いている。ライトの光の細かな痙攣を抑えようと、グッと左手を握り込んだつもりなのだが、うまく力が入らない。

今更、引き返すことは不可能だ。

進むしかないのだ。

顔中にじっとりと緑の雫《しずく》を垂らしながら、バッ、と飛び込んだ三つ目の部屋は、霧の発生元だった。

広い――真っ赤な手術室。

石の手術台。

それには金属製の両袖が張り出しており、見たこともない針金の束のような器具が、何十種類も並べてある。

壁際のパイプオルガンじみた機械からは、真緑の太い霧がぶわぶわと吐き出されている。

床には何本ものチューブ。

この二十フィート四方ばかりの室内にあって、血を浴びていないものはひとつもない。

何もかもが赤い。

「……そうか。なるほど」

ジェイムズを責め苛んでいた不安感、非現実感が突如として砕け散り、確信に変わった。

「そういうことなんだな……」

――ここは、地獄なのだ。

自分はいつの間にか人の世を抜け出し、地獄の門をくぐってしまっていた。

「……メアリーアン！　どこだ、メアリーアン・パーカー！」

半ば自棄になり大声で呼ぶと、顔の前を漂っていた霧が慌てたように渦を巻いた。

「いるなら返事をしろ、君を迎えに来た！」

ジェイムズの声は手術室からわんわんと通路にまで木霊《こだま》し、闇を震わせる。

すると。

ざらざらしたノイズ混じりの音が一瞬だけ、ジジッ、と手術台の向こうで鳴った。

彼はそれを聞き逃さず、部屋の中に踏み込んだ。

室内には霧を吐く機械の他にも、異様な形状の構造物が沢山置かれているが、それらのどの陰にも人の姿はない。

音がしたのはこの辺りだった、と、歪んだ金網で構成された棚らしきものを照らしてみたところ、先の部屋で見た缶がひとつ、丁度ジェイムズの顔の高さに置かれている。

缶には何らかの器具の差し込み口が三点あり、その内のひとつに、一本のコードが半ば抜けかけた状態で刺さっている。

……ジジッ、とまた、コード末端の筒が鳴った。

少し考えてから、ジェイムズはそれを根本まで押し込んだ――。

「ヴァアアアアアアッアアアアッアアッアアアアやめてくれやめてくれやめてくれやめてくれもう許してくれ許してくれ許してくれ俺が悪かった俺

が俺が俺が俺が悪かった俺が悪かったこんなこんなひどいこんなひどいこんなこんなこんなひどいこんな目にどうかどうかどうかもう元に元に元にもともともと助けて、助けて、助けて、助けてくれ俺を騙したのかメアリアアアアアアアアアアアアアアッヴァッ」

——ドッ、と冷や汗をかきながらジェイムズはコードを引き抜いていた。

なんだ、この缶は。

レコーダーのようなものだろうか。スピーカーらしき筒のついたコードは、これは確か、ディクソン宅のベッドで見たものと同じだ。

「……どうなってるんだ」

今、引き抜く寸前に——スピーカーは最後に、メアリーアンと云いかけた気がするが。

いずれにせよ、もう触れない方がいいだろう。

フーッと嘆息して視線を落としたジェイムズの目に、唐突に、人間社会の物品。

ビデオカメラだ。

同じ棚の金網に、小型のハンディカムが置かれている。彼はそれを素早く掴み、背広のポケットに突っ込んだ。そして部屋の奥にライトを向けた。

突き当りに、入って来たのと同じような通路への出口がある。そこは元来た横穴よりも傾斜がきついようで、上方に反り上がっている。

靴が血で滑らないよう注意しながら、ジェイムズはそちらへ歩いていく。

……すると今度は右側から、もちゃもちゃと何かを咀嚼《そしゃく》しているような音が、ほんの幽《かす》かに聞こえてくる。

照らしてみると、右の壁際の床に深い竪穴が設けられていた。

直径五フィートほど。どことなく、ダストシュートを連想させる穴だ。

その縁に枯れ草色をした布が引っ掛かっており、

それに、血で汚れた保安官のバッジが光っていた。

ジェイムズは一度元来た通路を警戒してから、その穴に近づいて、中を覗きこんだ。

――咀嚼に聞こえた音の源が、底で動いていた。

筒状の穴にぎっしり詰まった、肉が。

何人分もの腕や足。鮮やかな色の臓器。

腹腔を開かれた胴体と、皮を剥がれた顔。

そして、毛髪のついたボウルのような頭蓋。

何もかもがゆっくりと身じろぎするように、穴の中で互いを押し合い、血で滑り合いながら蠢動《しゅんどう》していた。

脱ぎ捨てられた黒い背広やベルト、靴などといった物も、そこに一緒に投げ込まれている。

こんなものが――。

こんなことが許される訳がない。

「死を奪われる」とはこれを差しているのか。

ジェイムズは一瞬、気が遠くなるのを感じた。

まるで自分の中にある大切な何かが、その肉の渦の中に巻き込まれて溶けて行くようだった。

「……何もかも終わりだ」

真後ろで、しわがれた男の声。

ハッ、とジェイムズが身体を強張らせるより早く、鋭いものが彼の脇腹に突き立つ。

「邪魔をせんでくれ。彼らはもう行ってしまう」

「……ディクソン・パーカー」

体の中でボッ、と炎のように激痛が広がる。

ふらつき、どうにか壁にもたれたが、その右手はわななないて銃を取り落とす。

一体、いつの間に後ろに――いや。

迂闊《うかつ》にも俺はこの穴を覗きながら、放心していたらしい。

捻じれたナイフのような器具を持つディクソン老人の後ろでは、いくつかの腰の曲がった影が佇《たたず》んでいる。集落の、残りの住人達か。

「……わしらはもう、この穴倉で死ぬことにした。使役《しえき》されることに疲れてしまった。しかし家内だけはどうあっても、彼らに連れて行ってもらわなけりゃならん。哀れなあいつがいつまでも安らかに眠っていられるように、眠りにふさわしい場所に連れて行ってもらわなけりゃならん。最早それだけがわしの望みで、この長年の労働の、報酬なんだ。どうか邪魔せんでくれ」

「クソッ、あんたは……。あんたの孫はどこにいるんだ」

「……」

「答えろ、彼女をどこへやった――メアリーアンはどこだ！」

「何の話だか、わからん」

ドン、と出し抜けに枯れ枝のような腕がジェイムズを突いた。

彼は落下した。

※

――闇に囁くものがある。

幼い忍び笑いを漏らしながら、甘い声で。

……どうして震えてるの？

あなた、ずっとこうしたかったんでしょう。

莫迦ね、そのくらい最初からわかってるのよ。

どうせ子供だと思ってなめてたのね？

パチン、とベッドサイドの灯りがつく。

安モーテルに相応の、年代物の笠を通した赤味を帯びた光が、彼女の横顔を照らす。

……ねえ、約束して。あたしをこんな場所から連れ出すって。迎えに来るって。

あんな人と暮らすの、もう御免なの。あたしに計画があるから、あなたはそれまでお金を貯めて、準備しておいて。

大丈夫、誰もあたしを探さないように、きちんとやるから。頭の抜けてるもうひとりの方を使えば、そのくらいどうにでもなる。


彼女は細い小さな指で、自分のブラウスのホックを外す。そして、ゆっくりとそれを広げる。


……さあ、いらっしゃい。

撮りたいなら撮ってもいいわ。カメラマンの奥さんになるんだから、そのくらい平気。

でも、ちゃんとあとであたしにも見せてね。

うふふ。うふふふ……。


止まらない指の震えは、期待によるものか。それとも彼女への怯えによるものなのか。

自分でも判断がつかぬまま、彼は一度ごくりと喉を鳴らし、撮影開始のボタンを押す。

6

「さて。それじゃあ少し、散歩に行こうか」

「えっ。散歩って――」

「お嬢さんがどのくらいここに置かれてたのか知らないけど、退屈してるんだろう？　このくらいの寸法なら、僕の中に容れて運んであげられる」

「まあ……、えっ、本当？　本当に？」

「本当さ。この網目の中は空洞だから。ほら、よいしょ――」

「あっ。うわ」

「シシ。おっと、頭を縮めて。いや頭じゃないのか、その身体——缶から生えてる茸《キノコ》のところを」

「……？　まって、こわい」

「大丈夫さ。前に見せてくれたみたいに、ピコッと身体を折ってごらん」

「うーっ……」

「シ、シ、シ。上手上手。よし。それで、このケーブルが目だな。これが口で、こっちが耳……」

「こわい——こわい！　こわいわ隕石猫！」

「大丈夫だって」

「ぐるぐるしてる！　ぐるぐるしてる！」

「ぐるぐるするのはちょっとの間だ……。ほら、これでオーケイ。どうだい？　目線が上がっただろう」

「……」

「……お嬢さん？」

「……どうしよう、こわい。あたしなにか、大事なことを思い出しそうな気がする」

「ふむ？　何百年かぶりに動かされて、刺激が増えたからかな？　脳の機能が回復してきた証拠だよ、まあゆっくり思い出せばいい。ぐらぐらするようだったらその茸で、僕のどこかを掴んでいるといいよ」

「……なんだろう。あたしの身体、どうなってるんだろう」

「お嬢さんの身体は、その茸だよ。ご覧、ずっと一緒に並んでいた沢山の、千はくだらない缶を。そんなのが生えてるものはひとつもない。お嬢さんは何かの理由で特別に、彼らに身体を与えてもらったんだ」

「わからないわ。あたし、こんな」

「不安がることはないさ。別に、今の今まで違和感はなかったんだろう？　見たところ全神経が缶の蓋を通って、丁寧に接続されてる。これじゃあ自分が元はどんな身体をしていたのかも思い出せない筈だ」

「わからない……。あたしは、何？」

「お嬢さんは、お嬢さんさ。それじゃ、出発だ」


——ここはね、さっき話した彼らが築いた都市の、廃墟なんだ。

惑星爆発の後、生き残った少数の菌糸生物達はどうにかこの星まで逃れて来て、再起を図った。

もう別の星系へ移動するだけの資材もなく、ここで一旦腰を落ち着けるしかなかったからね。

何万年かかけてある程度まで個体数を戻し、何とか採掘を再開できるようになると、彼らはエーテルを羽ばたいて地球に向かった。

数が戻ったと云ってもそれは元に比べれば微々たるもので、遥かに文明の劣る原生種族、つまりお嬢さんのお仲間方にすら、到底敵《かな》わない。また、種としての戒律で如何なる知性の抹消も禁じられている彼らと違い、お嬢さんのお仲間方は異種族を見つけると、問答無用で殺しにかかる。

まともに採掘を開始したのでは、皆殺しにされてしまう。

だから彼らは、非常に慎重に、隠密裏に行動を開始した。

人間に見つからないように、見つからないように——殺さないように、殺されないように。

でもやっぱり、何年かに一度は地球に侵入していることがバレて危害を加えられ、逃げ出したり、あるいは大雨だの台風だの地震だのといった災害で事故死したり、してたようだ。

気の毒な話だね。

辛うじて掘り出すことが出来た滋養石は、空にトンネルを通してここへ送っていたよ。

そんな風にして彼らはこの都市で、かつての栄華の見る影もなく、細々と暮らしていたんだよ――。

「……お嬢さんが置かれていたのは、地球から持ち帰った知性の部屋だ。もうとっくに天井も落ちているから、中には瓦礫《がれき》の下敷きになり、缶が潰れて死んでしまったお仲間もいたようだけど。ご覧。その隣の部屋は先に話した、爆発した惑星の、原住種族の缶だよ。……この廊下にずらっと並んだ部屋全部が、そういった色んな星々の種族の知性の、保管室になってる」

「……おそろしいわ」

「シ、シ。まあそう感じるのも無理はない。彼らはお嬢さん方と、姿かたちはまるで違うけど、同じ枝の先に立つ種族だから。本来は戦争になって、どちらかが絶滅するまで闘うところさ。でもそれを、あの菌糸生物は理性の力でグッと堪えて、相手の無能力化までに留めていたんだよ――僕も結構長い間生きてるけど、彼らほど異種族のことを思いやる連中は、他に知らない」

「……こんなこと、許される訳がない。あたしたちを散々脅迫して、利用して。最後にはこんな、怖ろしい目に遭わせて」

「この通路には窓がないから、暗いね。ちょっとその亀裂から外に出ようか」

「こんな怖ろしい、地獄のような……。そうだわ。地獄よ、ここは」

「ほら、すごい尖塔だねぇ。あれは彼らの、故郷のシンボルだよ。その向こうに深い深い穴があるんだけど、そこは流石の僕でも危ないから、街の反対側を見に行こう」

「地獄だわ……。それともこれは、全部夢なの？　あたしは怖くて終わりがない、長い夢を見ているの？　もういやよ、戻りたい。あたし――私、元に戻りたい。お願、戻して。私を元・に戻して頂戴――ぁぁぁああ・あああ・ああ！　いやだいやだいやだいやだいやだ！　あなた！　あな・たどこにいるの！　私を置ぃ・てどこへ行ってしまったの！　あなたあ・あああぁ・あぁぁッ！」

「ああ、しばらく来ないうちにあの辺も崩壊が進んでるなぁ……。結局この星も放棄してしまった彼らは、今ごろ宇宙の、どの辺りを飛んでいるんだろう――」

※

「それでは、この報告書をジェイムズ・ブレイク特別捜査官による最終報告として認め、この場で受理する。以後指示があるまで自宅待機。君には引き続き、専門医による治療を継続する義務があることを忘れないように。……以上だ」

ばさばさと書類をまとめ始めた幹部らに背を向け、会議室を出る。

不器用に松葉杖を突き、ギプスで固定された左足が揺れる様を見ていると、彼の頭の中でまたあのブランコが揺れる。

エレベーターで一階まで降りて、ジェイムズは一度自分の課に寄った。

そこに主任の姿はなく、課員たちもほとんどが捜査に出かけているようだったが、秘書官の女性が手元の書類をこなしながらテレビをつけっぱなしにしており、必死の弁明を続ける男の声を聞き流していた。

『……もう一度申し上げますが、現在一部ゴシップ誌などで噂されている痛ましい児童は、私の娘ではありません。しかし私はそれを、幸運だったなどと云うつもりもない。このような事件は常にインターネットの裏側で、今この瞬間にも、起き続けているのです。私は断固として、これらの憎むべき犯罪と闘って行きます。そしてまた、以前から私が力を入れていた児童福祉分野にも、一層の――』

ちらりと秘書官が顔を上げ、ジェイムズを見た。

彼は自分のデスクに積まれた封筒を幾つかより分けてポケットに入れ、黙って課を出た。

ダラス支局の正面入口で待ってくれていたマルロイが、歩いて来る彼の姿に気づき手を振った。

「……ハーイ、お疲れさま。家まで送るわ」

じゃらじゃらと余計な物が沢山ぶら下がったマルロイのルノーは、町を北に向かって走る。

ジェイムズは足を伸ばせるよう後部座席に座り、窓から十二月の慌ただしい街路を眺めた。

「……結局駄目だったみたいね、あの議員。予算追加の見込みがないって分かった瞬間ウェブ監視を切り上げるんだから、FBIも冷たいものよ」

「迂闊に温情を見せると、私物化の批判を免《まぬが》れない。仕方ないさ」

「まあねー。一応、平常通りの違法動画の警戒は続いてるしね。そんな爆発的に拡散する内容でもないし――例えばほら、グロとかに比べればさ」

ジェイムズは返事をせず、窓を開けて煙草をくわえた。

確か彼女は結構な嫌煙家だった筈だが、運転席に座ったまま黙っている。

「見たのか」

「……そりゃあ、見るでしょ。あの動画、今何十万回再生されてるか知ってる？ もう潰しても潰しても拡散が止まらなくなってる。犯罪捜査課はあれがフェイクかどうか調べに入ってるし、多分、二、三日の内に医師の鑑定結果も出る」

「ほう」

「前に別の動画を投稿した、アスパーモントの学生のところまで捜査の手は伸びてるの。……ねえ、ちゃんと教えてジェイムズ。お願いだから本当のことを話して。そうじゃないとあなた、被疑者になってしまう」

「くだらないな」

ジェイムズは煙草の煙を吐いた。それは窓から風に吸われ、あっという間に町に溶けていく。

「くだらないって、何が？　現役のＦＢＩ捜査官が、炭鉱に迷い込んで大怪我をした翌月に、スナッフ動画の被疑者になるって事態が？」

「それも含めて、何もかもがだ。マルロイ、君はあの動画を見てどう思った」

「……」

「ルイスの顔を知ってる君なら、あれが奴だとすぐに気づいた筈だ。そして彼を殴りつけ、尋問している男がデビッド・パーカーだということも」

「ええ。それは、すぐに」

「じゃあ、その後は？　寝台に寝かされたルイスを、生きたまま解体していく化け物どもについてはどう思った？」

「……やめて、ジェイムズ」

「あんな生物が本当にいると思ったか？　まさか。どうせ性質の悪い悪戯に違いない――けれど皮を剥がれ、四肢を落とされ、頭蓋の蓋を開けられている男は確かに、君が調べ上げた小児性犯罪者、ルイス・キャリントン」

「やめて！」

ズズズとタイヤが滑り、車は路肩に急停止する。マルロイはハンドルに頭を押し付け、身体を震わせる。何台かの車がクラクションを鳴らし、横を通り過ぎて行った。

ジェイムズは煙草を窓の外に投げ捨てた。沢山の傷が残るその指の何本かには、爪がない。

「俺は、竪穴を必死に這い上がりながら思った。この事実をみんなに伝えなければと。……だが地獄のような坑道から一歩外に出てみれば、そこは見渡す限りの瓦礫の山――」

粉々に破壊されたジューディス。

ジェイムズが真っ暗な炭鉱を彷徨っている間に、集落は突如発生した竜巻によって蹂躙され、粉砕されていた。

――まるで、ルイスの遺体のように。

「俺が坂道から呆然とそれを見下ろしていると、今度は背後の炭鉱から、真っ白な煙が立ち始めた。多分ディクソン達が火を放ったんだ」

「何ですって……？　あそこの炭鉱火災は、未だに鎮火してないのよ。下手をするとそのまま放棄される可能性も――」

「それを狙って、放火したんだ。〈彼ら〉の棲家《すみか》だった場所は、これから先何十年も延々と、地下で燃え続けるだろう」

ジェイムズはその後、瓦礫と化した町の捜索を開始していた、ＮＳＢの突入部隊によって保護された。

その際、彼は持ち出したハンディカムを捨て、中のテープだけを抜いて靴下の中に隠した。

「持ち出したビデオがもし連中の手に渡れば、まず間違いなく、世間に公表されることはない。そしてこのビデオがなければ、俺の話なんて、まともな人間は誰ひとり信じちゃくれない。炭鉱に迷い込んだ恐怖で気が変になったと思うだけだ。違うか、マルロイ」

「ジェイムズ……」

「俺はＮＳＢにも全てを話したんだ。すると連中は何ひとつ疑ったり、否定したりしせずに、ただ聞き零《こぼ》しがないか何度も何度も喋らせ、地図やスケッチを描かせた。その後、一切の他言を禁止した――これが何を意味しているか、君ならわかる筈だ。もしこの件を外部に漏らせば、単なる失職では済まないとも云っていた」

「……まさかそんな、ちょっと待って。連中は、前からあの化け物のことを?」

「君は、あの動画の内容以上のことまで無理に知る必要はない。あとのことは主任に任せておけばいい。彼にも、見舞いに来てくれた時に全部話してある」

ジェイムズはドアを開けた。

マルロイはハッとして振り返る。

「お迎えが来た。そろそろ行くよ」

彼は車体に肘《ひじ》をつき、身体を後方に向けた。松葉杖はもう不要だとでも云うように、車内に置いたままだ。

その視線の先には、今まさに停車しようとする黒いSUV。

「ジェイムズ!」

マルロイが運転席を飛び出す。

はあーッと重い重い溜め息が、何故か微笑に似た形に歪んでいる彼の口から漏れた。

「……彼女は、あの炭鉱にはいなかった」

寒空に覆われたダグラスの町並みを見上げ、ジェイムズは呟く。大切なことを諦めたような、しかしどこか満足げにも感じられる声。

つまりそれは、まるで遺言のようだった。


――頭までぐっしょりと血に濡れながら、何十分も、何メートルも。ジェイムズは蠢動を続ける生温かい保安官補らの死体の残骸を掻き分け、掘り続けた。マグライトを口にくわえ、全ての死体をひとつひとつ確認していった。

掘れば掘るほど、底に近づくほど溜まった血は熱く、残骸も激しく動いているように感じられた。

途中何度か物凄い力で、肉の中を泳ぐ腕に手首を掴まれたり、爪をたてられたりした。

もしかするとあの、肺の奥深くまで吸い込んでいた緑色の霧が、死体に何かの作用を及ぼしていたのだろうか——だから腹を刺され、足首を折っていたジェイムズ自身も、穴の中で動き続けられたのだろうか？

いずれにせよ。

あの穴の中に、子供の身体はなかった。それは彼に断言できる、数少ない事実のひとつだ。

メアリーアンは、きっと——。


「きっと、彼女は無事だ。俺はそう信じる」

「ジェイムズ、行かないで！　お願い！」

「……君との仕事は楽しかったよ、マルロイ」

元気でな——と小さな声で、最後にジェイムズは囁いた。

全身黒づくめの男がふたり、真っ直ぐにこちらへ歩いて来た。

※

炭鉱火災の前日、八十三号線を北に向かってとぼとぼと歩く少女が目撃されている。

場所は、ガスリーの北十五マイルの荒野。

彼女とすれ違ったトラック運転手は、それが真夜中であったため、すわゴーストではないかと怯えて声を掛けなかったという。


また、その十二日後にはアビリーンに程近いスウィートウオーター市で、警官が十二歳前後の家出少女を保護したのだが、移送中に逃げられてしまっている。

彼女はサイズが合っていないぶかぶかの男物の

服を着ており、炭か何かで真っ黒に汚れたバッグを背負っていたらしい。

姓名、人相等は不詳。

――ジェイムズと連絡が取れなくなってからの半年間で、マルロイが調べることが出来た情報は、以上の二点である。

本件の被害児童メアリーアン・パーカーの所在は、未だ、掴めていない。

羊歯の蟻

《間瀬 純子》

一九六七年東京生まれ。一九九六年、別名義にて初めて雑誌に中編小説が掲載される。二〇〇五年「新しい街」が『アート偏愛《フィリア》　異形コレクション』公募の最優秀作品賞を受賞。以後、同シリーズを中心にホラー、幻想短編を発表。クトゥルー作品としては「オーロラの海の満ち干《ひ》」（『ナイトランド』4号掲載）がある。

青塚食品工場
油鹿川道（カワミチ）
沼
水羊歯村道旧道
窪田家、澤田家らが
住む地域
新地区
横田川
水羊歯村道新道
新里山
水羊歯寺
千沢山（西南）

水羊歯谷案内

油鹿塔山〔東
黒油羊歯群生
油鹿川
青塚家
青塚山裏
青塚山(里山)
東吉神
東
北
南
西
旧地区
小美野家らが住む地域
Y
学校、役場、農
駐在所、郵便局
横田川
トガリ岳
水羊歯村道
の部分は山地
東吉桜
↓馬門峠へ

一章　青塚一視の帰郷

一

その手紙が、私の仮住まいである愛知県豊橋市《とよはし》の単身者用下宿に届いたのは、昭和四十四年、西暦でいうと一九六九年の六月下旬であった。金曜日の午後である。

翌日の土曜日にも、私は出勤した。勤務先は豊橋市内の高等学校だ。

私は職を得て二年目の数学教師であった。何ごとも人と話すより自分の頭の中にしまっておき、対話するのが苦手な性分であったのだが、教師という大勢の若者を相手に語らねばならない職業についたのは、故郷の村に戻ってきて、人口の少ない地で必要とされ、また人に尊敬される地位を得て欲しいという父の考えからだ。大学教育を受けさせてもらう条件は、医師か教師になることだった。

私は、父の最初の子供である。私が生まれたとき、父はすでに四十を過ぎていた。私は大学に入るまで、父に逆らったことはまったくなかった。

生まれてはじめて、父の希望に反することを敢えてしたのは四年前だ。

四年前、大学生だった私は教育学部から理工学部物理学科への移籍試験を受け、奨学金の申し込みをした。私は物理学科の大学院に行きたかった。

進路変更へのあがきは、ふだんは温厚であった父の逆鱗《げきりん》に触れた。以来、私はまともに故郷に帰っていない。理工学部への移籍試験には落ちた。

その後一度、郷里へ足を運んだが、父は決して家の戸を開けさせなかった。しかしそれでも、教育学部を続ける学費は出してくれた。

だから本来はすぐに、何度でも故郷に戻り門前で土下座をくりかえすという、許しを請う儀式をしなければならなかった。だが私は目の前の学業や仕事に追われ、だらだらと帰郷を引き延ばしていた。

翌土曜日、半日だけの授業を終えたあと、教頭に月曜欠勤の旨を伝えた。職員室は二階にあり、L字型に曲がった校舎が窓から見渡せる。鉄筋コンクリートの校舎は真新しい四階建てで、白く輝いている。教頭は事情を聞いて欠勤を許可し、ついで来客があると言った。三信《さんしん》観光開発という会社の人間が来て、応接室で待っているそうだ。

私は憂鬱《ゆううつ》になる。三信観光開発の用件はわかっていた。

私は天文部の顧問をしていた。夏休みには、合宿の引率をする予定である。愛知と長野の県境にある茶臼山《ちゃうすやま》に登り、澄んだ夜空で天体観測をしようというのだ。三信観光開発の営業主任はその件で来ているはずだった。

前に三信観光開発の営業主任に会ったときの会話を思いだす。五十がらみの、小柄で丸っこい男である。黒いくたびれた、膨らんだ鞄から書類を出し、「青塚一視《あおつかかずみ》先生でいらっしゃいますね」と、撫でるような柔らかい声で男は言う。

「青塚先生、茶臼山に新しいバンガローができたんです。丸太を組んだ本格的なバンガローで、材木はカナダから輸入しています。自炊もできますから、高校の生徒さんたちの合宿にぴったりですよ。ですからね」

そこに泊まると、私にいくばくかの払戻金、つまり賄賂《わいろ》をくれると言う。

私はその場で断った。「いや、結構です。そういうのは……性に合わないから」

断っても断っても、営業主任は訪ねてくるのだ。

職員室にいる同僚の若い教員たちはベトナム戦争の話をしていた。明日の日曜日に、反戦集会に行こうと誘われる。

「すまないけれど、用事があるから」

三信観光開発が来ているし、昨日の手紙があった。私は苛立っていた、大きな声では言いにくいが、そう、よその国の戦争などどうでもいいではないか？　それはとても遠い世界で行われていた。

「人間が人間を殺すなんて、ヒューマニズムの観点から許される行為ではありませんよ」と、新任の英語教師である伊藤善二《ぜんじ》が言った。彼の髪は少し長い。ビートルズや類似の音楽を聴いている。取り巻きの生徒たちを引き連れて、「アメリカンニューシネマ」の映画を見に行った。アメリカに行って、ヒッピーになりたいのかもしれない。

私は言う。「人間以外のものに殺されるのなら良いのかい」

「熊や、ライオンに、ですか。それは、なんというのか不幸な事故でしょう。だいたい動物ならば、兵器による大量虐殺なんていう野蛮なことはしない」

論理がおかしい。「人間しか大量虐殺をしないならば、大量虐殺は人間的でヒューマニスティックな行為じゃないか」

伊藤善二は、欧米人のように肩をすくめた。

「冗談はやめて欲しいですね。言葉遊びなどより、我々が取る行動が問題なんですよ」

土曜の午後の職員室は明るい光が入りこんでいた。梅雨の晴れ間である。校庭のはじでは紫陽花《あじさい》が、日差しに青紫に輝いているのが見下ろせた。

校庭でクラブ活動の練習をしている生徒たちのラジオに、ビートルズかその手の曲がかかった。

二十年以上前の戦争で南洋に行った、中年の教頭が窓から首を出し、「ラジオは禁止だ！　止めろ」と怒鳴った。

「『悪魔を憐《あわ》れむ歌』だ」英語教師の伊藤善二はラジオの音楽に合わせてリズムを取った。「あれはローリング・ストーンズですよ、イギリスのロックグループです。日本じゃあまり知られていませんが、欧米じゃビートルズ並みの人気ですよ」

ラジオの曲はおそらく、インド製の幻覚剤か何かに溺れながら聴くための音楽だった。アフリカか中南米の打楽器が延々と叩かれる。私は右耳だけ耳鳴りがする。不愉快な音は、耳鳴りと混ざりあって、右耳の奥で蝉《せみ》の鳴き声よりひどい音になる。音は塊になって耳の内部を削っているように思えた。私は右耳に突き刺さる音を避けて、窓に体の左側を向けた。

「明日の集会はですね……」と歌うように言いかけてから、伊藤善二は心配そうに私を見た。「どうかなさったんですか？」

「実家のほうで、洪水《こうずい》があってね。家業の工場が流されて、帰らないといけないんだよ」

「青塚先生、ブルジョワの御曹司《おんぞうし》だったんですか」

職員室の奥で誰かが誰かを批判している声がする。「彼は他人のことなどどうでもいいのさ。教員としての資格を欠いていると言わざるを得ない」

その声の主が誰だかわからないが、批判の対象は私なのではないかと思う。

私は伊藤善二に言う。「小さな山菜加工工場だ。親父がほとんど一人でやっている。僕が帰ってみないわけにはいかないんだ」

伊藤善二は不意に真面目な顔つきになった。善良さと純朴《じゅんぼく》さがあらわになるようだった。「それはお気の毒ですね、お手伝いなさらないと」

だから、集会に出なくてすむから、この手紙が届いて助かったという気もしたのだが、それはそれで気が重い事態だった。

私には義理の母がいる。父の後妻に入った、千《ち》津《づ》江《え》という無学な婦人である。

本物の母がいたころ、結婚前の千津江は、故郷《こ》の小さな小学校の木造校舎の門前で、文房具や小間物《まもの》を売っている家にいた。私は千津江の実家の屋号《やごう》を思いだそうとして、思いだせないことに気づく。

千津江はひょろりと痩せて、木綿の白いブラウスに、紺のモンペという姿だった。パサパサの髪を三つ編みにしていた。私は母に手を繋がれて、鉛筆とノートを買った。母は日傘を差し、百合《ゆり》模様のワンピースを着ていた。母の服はいつも大輪の花柄だった。千津江は算盤《そろばん》を取りだす。千津江の算盤さばきは、苛々するほどのんびりしていた。

「一視さん、かわりに計算しておあげなさいよ」

手を繋いだ母が言う。小学校入学前にもかかわらず、私は四則演算ができた。九九はもちろん暗記していた。

子供の私は千津江に言う。「お釣りは二円五十銭だよ」

「青塚の奥様、一視ちゃんは本当に賢いですねえ」と、千津江はおずおずとはにかみながら言う。母よりずっと若いのに、とても老けて見えた。

義母から来た手紙は読みづらかった。もちろん彼女は、新仮名遣いも知らない。万年筆のブルーブラックの文字は、金釘流《かなくぎりゅう》でひどく震えている。

青塚一視様　おみもとへ

助けてください

助けてください

お父さんがをかしくなつてゐます工場もめちやくちやです
てつぽう水が出て工場が水びたしになりました
一視様だけがたよりでございます
何卒《なにとぞ》ひとまづおかへりください
かしこ
千津江

「てつぽう水」は鉄砲水であろうと思われた。

義母はよく父に仕えてくれた。彼女が家に来たのは、私が七歳のときだ。母がいなくなり、その翌年、父の母である祖母も死んだ。手伝いの老婆は来てくれていたが、女手がなくなった家で私を育てるのは無理だったった。義母が嫁いだのは早かった。そして異母弟《いぼてい》が生まれた。

職員室を出ると、天文部の部員である与田弘美《よだひろみ》が、急に柱の陰から現れた。私を待っていたのだろう。私が部室の鍵を持っているから、受け取りに来たのだ。天文部員なのに、与田弘美は理数系が苦手だ。ハキハキと振る舞っているが、白樺の小枝のように、心身ともに簡単に折れそうな華奢《きゃしゃ》な少女である。

ワックスのかかったPタイルの上で上履《うわば》きを滑らせ、私を追いかけ、与田弘美は高揚した面持ちで言った。

「青塚先生、今日、部室にいらっしゃいますか」

「いや、来客があるんだ」

「待っています」

「来週はじめの月曜、僕は休むよ。場合によってはもっと休むかもしれない。部室の鍵は教頭先生に預けておいてくれ」

私は迷惑そうな顔をしたのだろう。与田弘美はしゅんとしていた。

「おーい与田、『スカイ&テレスコープ』が届いたよ！　アポロ特集だぜ」

天文部の部長、佐々木伸之《ささきのぶゆき》がアメリカの天文雑誌を嬉しそうにふりかざしていた。与田弘美に手を振り、私にぺこりと頭を下げる。与田も私に一礼し、佐々木のところに走っていく。

来月には、アメリカのアポロ十一号が月面を目指す。天文部の部員たちは熱狂していた。私は与田弘美と佐々木伸之の二人が雑誌を開き、佐々木が熱心にロケットの軌道を説明している横をすり抜け、応接室に向かった。佐々木が与田に言っている。「ああ、俺も将来、ロケットをつくりたいよ！」


三信観光開発の営業主任と会って職員室に戻り、帰り支度をするころには、窓から見える校門口は静まりかえっていた。校門の鉄扉を出ていく小柄な三信観光開発の営業主任は、熱せられた白いコンクリート上でふっと気化して消えてしまいそうだった。

応接室で向かいあい、彼は黒い膨らんだ鞄から天体望遠鏡のカタログを取りだし、私に渡した。国産品から、西ドイツ製、スイス製までさまざまである。

「最新式の望遠鏡をお買いになってはいかがでしょう。もちろん、特別なときには、生徒さんたちに貸したって良いではありませんか。生徒さんたちの知的好奇心を満たしてあげるのも、……私ごときが先生に申しあげるのもなんでございますが、それこそ教師の務めでございましょう。

いや、それよりも新しくできたマンションに移りたがっていらっしゃいますね。防音設備が整っているとか」

「どうしてそんなことを知っているんです？」

私は薄気味悪くなって訊いた。

「いやあ、下宿で先生、両隣の人たちと何度も揉めていらっしゃいますでしょう、音がうるさいとおっしゃって。ラジオの音、ギターのつまびき、赤ん坊の声、ペットの犬の鳴き声。スピード時代というのは、騒音が多いものですなあ」

先生にお土産があるんですよ、と、営業主任は、膨らんだ黒い鞄から、耳栓を取りだした。「舶来品で、我が国では扱っておりません。アメリカ航空宇宙局、NASAが開発したんだそうです。どうぞお使いください」

二

私の故郷は、勤務先の愛知県ととなりあう長野県にある。南信州、長野県××郡水羊歯村《みずしだむら》という、山に囲まれた草深い地だった。

私は金曜日から土曜日にかけて、ポケットに突っこんだ十円玉をじゃらじゃら鳴らしながら、家、工場、それに村役場に電話をかけた。電話は繋がらなかった。役場にかけたのは土曜日の午後になってからだから、午前中のみ勤務の役場は、皆帰ったのかもしれない。

水羊歯の鉄砲水はどの程度なのか？　全国紙には載っていなかった。南信州の地方新聞に電話してみる。やっと電話は繋がり、記者らしき人物が朴訥《ぼくとつ》に喋る。

「××郡水羊歯村の鉄砲水はですね、十日ほど前、ええ六月十九日ですね。ええと、気象庁によると一時間に三十二ミリの雨で……崖崩れなどはありません……、死者ですか？　いえ、警察によると死者も負傷者もいません。あちらのご出身なんですか。それはご心配でしょう」

結局、私は家と工場あてに明日帰るという電報を打った。

六月も終わる日曜日、私はベトナム戦争反対の集会に行くことはなく、豊橋《とよはし》駅から国鉄の飯田《いいだ》線に乗り込んだ。

今日も晴れ、空はぎらぎらしていた。駅前のデパートのアドバルーンはすぐに見えなくなった。行李《こうり》を背負った行商の老婆や、急な法事に出かけるらしい黒衣の家族連れや、仕事で長野と愛知を行ったり来たりしているらしいサラリーマンがいた。電車は北へ、太平洋から山のほうへと向かっていく。家族連れが、冷凍みかんを剥きはじめた。

私も豊橋駅で買った弁当を食べ、プラスティックの容器に入ったお茶を飲む。

崖の下には、青緑色が濃い宇蓮川《うれがわ》が流れていた。列車は「長篠城駅《ながしのじょう》」を通る。武田信玄亡き後の武田軍と織田徳川軍の戦いがかつてこの周辺で行われた。武田信玄という名前を思いだすたびに、私はわずかに畏怖《いふ》をおぼえる。

十年前、地元に高校がなかったので、故郷から一番近い街である飯田市のはずれに下宿し、高校に通った。

昔、その地に武田信玄の軍が山を越えてやってきて、大勢の鎧兜《よろいかぶと》の武者が討ち死にした。下宿のおかみさんがよく話していた。その祟《たた》りで、広い道に並んだ家一軒一軒から、順番に自殺者が出たという。お祓いを何度もして、ようやく謎の自殺は止まったのだという。

私は祟りも幽霊も信じないが、その話が何故生まれたのかは時折考えた。

自分の家族や友人、近所の人たちの悲劇は悲劇だが、間もなく忘れられ消えていく。だが偉大な人物の名前と結びつけば、武田信玄と同じように長く伝えられるのではないか？　信玄の合戦と同じくらい重要な出来事になるのではないか？

おそらく私にとって、現在、遠くの空間で起きている戦争よりも、時代は隔《へだ》ててはいても空間は近い、父祖の地の何百年も前の戦のほうが重要なのだった。

長野県飯田市の手前、天竜川のそばで駅を降りた。

天竜観光に行く基地になる駅である。降りた駅は明らかに豊橋より涼しかった。水のにおいが百メートル近く下を流れる天竜川から昇ってきた。

二両編成の列車を降りると、若く、感じの良い駅員が一人で改札のボックスの中におり、改札鋏《かいさつばさみ》の先端をかちかち打ち合わせながら、順番に降車客の切符を受け取っていた。

そして、一人で歩いている男に訊く。「……先生であられますか？」

私の番がきた。

「豊橋の青塚一視先生であられますか？」

「ああ、そうですが」

駅員は一礼した。「先ほど、当駅に電話がかかってまいりました。ご友人が駅まで自動車で迎えに来られるそうであります。青塚先生には駅でお待ちいただきたいとのことです」

心当たりがなかった。「その人、名前は？」

「失礼をいたしました。お名前はおっしゃいませんでした。お訊きするべきでした」若い駅員は本当にすまなそうな、失敗をしたという苦痛の表情をした。「これから水羊歯谷を出るから、しばらくお待ちくださいとのことです」

駅からタクシーを走らせるつもりだった。ただ水羊歯村に行きたがる運転手は多くはない。かなりの料金になるのに奇妙ではある。

「いつ電話が来たの？」

「電話は三十分ほど前であります」

「水羊歯からここまで一時間くらいか」

「先生、よろしければ待合室でお待ちください」

「僕は君の先生じゃないよ」

「すみません」

教え子と同じくらいの年齢の駅員に案内され、硝子戸の中の待合室に行った。

硝子戸を透かして、商店の角に「悔い改めよ」と書かれた、脅すようなキリスト教の看板が見える。タクシー乗り場には一台停まっており、客待ちの運転手が週刊誌を読みながら煙草をふかしている。タクシーの屋根では白い猫が丸まって眠っていた。

待合室は掃き清められ、清潔だった。善光寺土産の、ひょうたんで出来た交通安全のお守りが置かれていた。観光案内チラシの入った箱がある。そのチラシには、私にあの恥知らずな賄賂を提案した三信観光開発株式会社の名前が入っており、不愉快になった。

私はベンチに座る。誰が来るのかわからない。タクシー代が浮くのは助かるが、心当たりがなかった。義母が人に頼んだのかもしれない。それにしても、お友達というのはおかしい。私は中学卒業と同時に飯田の高校に行き、水羊歯谷には友達と呼べるほどの人間はいなかった。

まさか異母弟が運転してくるのだろうか？

「どうだに」と、隣に座った老女が言った。差しだされたのは、塵紙《ちりがみ》に載せた、粉を吹いた濃い黄丹《おうに》色の市田柿《いちだがき》だった。名物の干し柿である。飯田に下宿していたころにしばしば見かけた、家々の軒先に紐で結んだ柿が黄金《おうごん》の簾《すだれ》のように垂れた、秋の光景を思いだした。老女が言った。「うちで干したんだに」

「あ、鈴木のばあちゃん、この方は都会の先生なんだ、迷惑だろ」

若い駅員は、冷やした麦茶を盆に持ってきて、私と老女に手渡した。

老女は長い年月の農作業のため背中がすっかり曲がっていた。まるで地蔵が、そのまま老女になったように、にこにこしていた。

「この人はこのあたりの顔をしとられるに」私の横顔をじっと見て、言った。「でもお父さんかお母さんのどっちかが違うかね。このあたりの男にしては男前だら」

「ええ、ああ、……このあたり出身の者ですが、母はよそから来ました。いただきます。懐かしい」

粉を吹いた市田柿は蜜のようだった。「へた」の部分が蓋のようでそこから甘い中身が溶けてくる。種を口から出すと、ちんまりした老女は笑いながら、塵紙で種を受け取ってくれた。

タクシー乗り場のタクシーに客が来た。運転手はいったん車の外に出る。車の屋根に乗った寝ぼけた白猫を抱きあげ、地面に下ろした。

踏切の音が鳴り、次の電車が来たらしい。若い駅員はホームに飛び出していく。

クラクションが鳴った。タクシー乗り場に、銀色のスポーツカーが停まった。今年出たばかりの日産スカイライン二〇〇〇GT—Rだ。田舎のタクシー乗り場に、あまりに不釣り合いだった。

私と同年配の男が車の扉を開けた。暗褐色《あんかっしょく》の縞《しま》の入ったシャツに、白い麻のズボンという気障《きざ》で派手な姿である。その男が待合室の私をみつけ、「青塚君」と呼ぶ。

老女に市田柿の礼を言おうとしたら、すでにどこかに消えていた。

三

豊橋行きの列車が発車した。降車客はおらず、駅員は駅舎に戻って扉を閉めた。あたりは静まりかえった。もう二度と列車が来ないかのようであった。

私は駅舎から出て、タクシー乗り場に行く。タクシーの屋根に乗っていた白猫も見当たらない。

派手な男が言った。「青塚君、久しぶりだねえ、窪田《くぼた》だよ」

窪田は水羊歯に多い名字である。百戸ほどの家のうち、数十戸が窪田だった。誰だかわからない。波打った癖毛《くせげ》をポマードで撫《な》でつけた、大柄でハンサムで見るからに自信に満ちた青年である。

「まさか窪田稔《みのる》か？」

小・中学校の同級生だ。特に親しくはなかった。おとなしく目立たない生徒だった。ただ、授業中に蛙《かえる》を半ズボンのポケットに入れ、時々撫でていたのだけは覚えている。

「そうだよ、やはりわかってくれたねえ。懐かしいなあ。乗りたまえ」

窪田稔は私の荷物を受け取ろうとした。手を振って断りながら、私は言った。「驚いたな」

「水羊歯に用事があって戻ってきているんだよ。さあ、乗ってくれ」

囁《ささや》くような柔らかい口調であった。彼の話し方にはまったく訛《なま》りがなく、まるでテレビニュースのアナウンサーのようだった。こんな男だっただろうか？

窪田稔は私の背を軽く叩いた。私は新品のスポーツカーの助手席に腰を下ろした。運転席まわりのウッドパネルは艶《つや》やかだ。車内は新品の人工皮革と排気ガスのにおいがする。窪田稔はエンジンキーをひねる。ハンドブレーキをはずし、ギアをローに入れる。

車はタクシー用の車まわしを一回転し、駅前の細い道を走りだした。道の両側にこまごまと並んだ天竜川観光客目当ての土産物屋や川魚料理の店、それから農協や郵便局、洋品店に煙草屋を抜けると、窪田稔は急激にスピードをあげた。GT－Rは未舗装の荒れた道を軽々と走った。それだけの馬力のある車のようだ。私と同年代の勤め人が簡単に買えるものではない。

窪田稔は左手にスイス製の腕時計をしている。快活に言う。「青塚君、窓を開けてくれないか……うん、そのドアのハンドルをまわすんだ」

私はバスやタクシーといった公共の乗り物を除けば、ほとんど自動車に乗ったことがない。ハンドルをまわすにしたがって、台形の窓硝子がドアの溝に沈みこみ、風が入ってきた。

私は訊く。「どうして迎えに来てくれたんだ？」

「うちの母が、君のお義母《かあ》さんから、君が戻ってくるって聞いてさ。水羊歯のご婦人がたの情報網は猛烈だからねえ」

「いや、助かったよ。ところで、鉄砲水はどうだったんだ？ 窪田君は青塚の工場の様子を知らないか。家からは、鉄砲水があったとしか聞いてないんだ」

「十日くらい前だろう。深夜で。僕もまだこちらに戻っていなかったから、よく知らないんだよねえ。油鹿塔山《ゆがとうさん》の山肌に降った雨水か地下水が、鉄砲水になったらしいね」

「被害はどうなんだろう」

「ちょうど運悪く君んちの工場を通ったらしいね。工場以外にはまあ、水が溢れたねえ」

窪田稔はラジオをつけた。ローリング・ストーンズの『悪魔を憐れむ歌』が流れていた。私は言った。「ラジオ、悪いが消してくれないか」

「どうして？　良い曲じゃないか」

「すまない。耳鳴りがするんだ」

窪田稔はにこやかにラジオを消した。

私は言う。「死傷者がいなかったのが幸いだな」

「いや、いるらしいよ。死者」窪田稔が答える。

「え？　『南信新報』に問い合わせたら、死傷者はいないって」

「警察に届けなかったんだろう」

ひどい害を受けたのは青塚食品の工場である。であれば死者が出たのは青塚食品工場の可能性が高い。

「工場での死者なのかい」

「うん、よそから来た夫婦が働いてたらしいねえ。その人たちが工場に寝泊まりしていてねえ、流されたんだって」

その被害を、父が警察に届けなかったということであろうか。律儀な父のやりようとしては考えがたい。それほど父は「おかしくなって」いるのだろうか。死者がよそ者であれば、無関係な村人が手を貸すとも思えなかった。

「今はねえ、名古屋の放送局に勤めていてね」

磨《みが》きあげられた木肌《きはだ》模様のハンドルを軽く握り、右肘を窓枠に載せながら、窪田稔は言った。彼の声は、私たちの座るシートに掛けられた革のカバーのように低く柔らかかった。

「水羊歯のドキュメンタリーを撮る予定でね、それで滞在しているわけだ」

「水羊歯のドキュメンタリー？　ドキュメンタリーになるようなものが水羊歯にあるのかい」

「炭焼き東吉《とうきち》と東吉祭りの……天狗舞《てんぐまい》についてだよ」

私は「炭焼き東吉」のことを思いだすのに少し時間がかかった。水羊歯の伝説の英雄、炉端《ろばた》で語り継がれた昔話の主人公である。私も子供のころ、家に手伝いに来ていた老婆に東吉の話を聞かされた。

「そんなのが題材になるのか？　ただのおとぎ話じゃないか」

炭焼き東吉は、伝説によると平安から鎌倉時代にかけての人物である。

東吉は貧しい炭焼きから身を起こした。非常に足が速く、賢い。元服前の源義経を奥州平泉《おうしゅうひらいずみ》まで送っていったのだそうだ。東吉はその後、焼いた炭から金を見つけて長者になった。油鹿塔山に大きな屋形《やかた》を建て、京のお姫様と結婚し幸せに暮らした。

東吉が実在した証拠は、私が知る限りまったくないし、水羊歯以外では東吉の名を聞いたことすらない。

窪田稔はうっとりした口調で言う。「この科学万能の時代におかしいと思うかな。来年は大阪で万国博覧会があるよねえ、ソ連は人工衛星を打ち上げ、今度はアポロが月面着陸を狙っている！　そういう時代にこそ、忘れられそうな過去の伝説を残しておかないとねえ。

いや人間の、人間の普遍性をねえ、証明するために……科学技術で真理を追究すると同時に伝説や神話に憧れる、つまりそれがトータルな人間像であるということだよ」

「人間」という言葉がやたらに流行《はや》っていると私

は思った。それはヒトという生物種のことではなく、何か別の理想について語っているようだった。

車は伊那谷《いなだに》を横切って走っていく。三千メートル級の山が連なる赤石《あかいし》山系を背後に、木曾《きそ》山脈へと向かう。

木曾山脈のはじの風越山《かざこしやま》が右手に見える。ふたつの山系に挟まれた、伊那谷の明るく広い谷間はのどかだった。山城があった峰が見える。城主は武田軍に捕らえられ処刑された。人も動物も見当たらない。田圃《たんぼ》にはしーんと水が張られていた。山国なのに、海軍上等兵の墓が白々と建っていた。

水羊歯谷は鉄道駅から車で一時間以上かかる。舗装されていない道路は、トラクターの轍《わだち》が深く、時折車体が跳ねた。果樹園や畑が途切れ、ところどころに貼られていた「悔い改めよ」という看板もなくなった。

車は目の前の青白い山波に向かって坂を登っていく。ここが峠かと思うと、さらに高い頂が目の前に現れる。空気は次第にひんやりしてくる。日光黄菅《にっこうきすげ》の橙色の花がにじむように咲いている。

四

窪田稔の車は馬門《ばもん》峠に差しかかった。峠から先が長野県××郡水羊歯村である。

馬門峠は水羊歯の北西、標高千五百メートルあまりにある。峠道は非常に細く曲がりくねっている。

ここからの眺めは素晴らしい。峠は水羊歯の北に位置するトガリ岳《だけ》と西南の千沢山《ちざわやま》のはざまにある。正面にあたる東側には油鹿塔山だ。切り立った崖で組み立てられた、ごつごつした山である。

山頂がふたつあるのが特徴である。頂はほぼ同じ高さだ。

　ふたつの頂上も含め、油鹿塔山はどこもかしこも黒い。黒い岩があるのではなく、黒ずんだ葉を持つ黒油鹿羊歯《くろゆがしだ》しか生えないのだ。

　三座の山に取り囲まれた水羊歯谷を見下ろすと、光の加減か黄緑色の湖の底のようである。

　馬門峠の道は今でこそようやく車一台が通れるほどの幅になったが、かつては馬も苦労した。

　ここを、私の母は、嫁入り道具であった舶来のグランドピアノを何人もの馬子《まご》に担がせ、花嫁として越えてきたのだった。

　昭和十四年のことである。子供はなかなかできず、私が生まれるのは六年あとだ。

　ピアノは綿を入れた長い布地で厳重に巻かれ、保護されていた。綿入れは、村の尋常小学校に寄付され、婦人たちによって子供用の半纏《はんてん》やどてらに縫い直された。冬には村の小学生全員が寒さをしのげるほどの布の量だったそうだ。

　峠を越えると空は曇りはじめた。黄ばんだ濃灰色の雲が重なりあう。開けた窓から入ってくる風が湿気を含んでいる。車は千沢山の急坂をひたすら下っていく。

　土砂崩れ防止にコンクリートで覆われた崖の、排水口から羊歯が猛々しく飛び出している。渦を巻いた羊歯の若芽は、はじける前といったふうに膨らんでいる。丸まった若い魚のようだ。

　水羊歯谷に戻ってきたのだ。

「あいかわらず湿気が多いな」私は呟く。集まった雲が、のしかかるようだった。

　坂は棚田の横を通る。千沢山はその名のとおり、そこかしこから水が湧き、沢になって流れている。

　ＧＴ－Ｒが急ブレーキをかけた。窪田稔が言う。

「ほら、あれを見てみたまえよ」

道路わきに小さな池がある。池のまわりには堤防がわりに石を積んであり、溜め池なのか自然にできた池なのかわからない。

池のほとりには樹齢何百年という伝承の桜が生えていたのだが、それが根本から折れ、池にはまりこんで枝を広げているのだ。桜の根もとに祀《まつ》られた地蔵は道のはじに転がっている。この桜は「東吉桜」と呼ばれていた。

「ちょっと出てみてもいいかい」

私はそう言うと、外に出た。窪田稔もついてくる。水羊歯谷に溜まった湿気が私の頬を濡らした。私たちは池の堤防に登る。

池に倒れ込んだ東吉桜を指さし、窪田稔に訊いた。「鉄砲水のせいなのか？」

「うん、そうだろうねえ。地下水がどうやってか、こちらの山まで上がったのだろうねえ。鉄砲水の翌日か翌々日に急に水が増えたらしいよ」

桜は鎌倉時代からあるという伝説だった。炭焼き東吉が、奥州平泉に義経を送るさい、一休みして若駒《わかごま》を繋いだという。水は黒く、臭かった。藍藻《らんそう》でいっぱいのどぶに、油が混ざったようなにおいがする。

私は言う。「ひどいにおいだな」

「油鹿塔山からじゃなければ、こんな臭い水は来ないだろうね」

窪田稔が言うとおり、油鹿塔山からの水なのだろう。水羊歯谷の中央を流れる横田川《よこたがわ》の水は澄んでいたが、水羊歯谷の東端、油鹿塔山の麓《ふもと》を渡っていく油鹿川《ゆががわ》は、名前のとおり、油っ気が混じっていた。鹿の脂肪のにおいだ、という人もいた。

油鹿川ではよく鹿や、大型の獣が死んでいた。

私は子供のころ、家の土間に猟師だか商人だかがふらりとやってきては、羊歯の葉に包んだ鹿や猪、兎の肉を売っていたことを思いだす。彼は油鹿塔山の秘密の猟場を知っていると言っていた。

その男は猟もするし、商いもするのだった。村の人たちは彼を旅商人《たびあきんど》と呼んでいた。神経質な祖母は、旅商人の持ってきたものなんて、と嫌がったが、母は喜んで彼から食べものを買った。

当時の家としては異様なのだが、姑である祖母より、母の力のほうが強かった。もっともそれは祖母の年齢のせいかもしれない。母に対抗するには、祖母は歳を取りすぎ疲れすぎていた。

旅商人は、膝から下に黒いタールを塗ったゲートルを巻いていた。菓子を売っていることもあった。私は彼が来るのが楽しみだった。

倒れた東吉桜を見て、私は現在に引き戻され、思わず溜め息をついた。

窪田稔が言った。「貴重な文化遺産なのにねえ」

薄紅《うすくれない》の横縞が入った枝が池いっぱいに広がっている。本来の葉はすべて落ちているのだが、藍藻が絡みついて葉が青々と茂っているように見えた。藍藻は糸を引いている。

炭焼き東吉が京から奥州へと義経を案内した、それは単なる伝説だろう。ましてや馬を繋いだ桜の木が、平安時代の終わりから、八百年近くも保《も》つとは思えなかった。私はここで花見をしたことを思いだした。村のこの先には桜がまったくないのだ。

窪田稔が車のドアを閉め、エンジンを掛けた。

私は油鹿塔山を見あげた。馬門峠からだいぶん下ったので、油鹿塔山はいっそう高く見えた。油鹿塔山から水羊歯谷を横切って、千沢山までくるには四キロほどある。その距離を地下水が流れているというのは初耳である。

「青塚君」

窪田稔はエンジンをかけたが、すぐには発車させず、助手席の私に話しかけた。礼儀にもとるほど、私をじろじろ眺めている。「今は高校で数学の先生をしているんだよね。アメリカでロケットの研究をするつもりじゃなかったのかい？　学校一の秀才だったのになあ。青塚君、優秀だから県の知能検査を受けたんだろう？」

何を言っているのだろうと思う。窪田稔はこんなに馴れ馴れしかっただろうか。

窪田稔が素早く私に訊いた。「五〇万二三八六×七六八四の答えは？」

私はとっさに暗算した。「三八億六〇三三万四〇二四」と答える。私はこういうことが得意だった。

窪田稔は運転席から腕を伸ばし、サンバイザーにはさんだメモをとりだす。メモには今の掛け算が筆算されていた。何度も確かめたあとがある。

窪田稔が歓声をあげた。

「すごい、合っているよ、君はやはり賢いなあ」

私は薄気味悪く思う。

車はふたたび走りだし、千沢山から水羊歯谷の盆地に降りた。水羊歯村道を村の中心に向かって走っていく。

水羊歯には大きな川がふたつある。ひとつは横田川である。馬門峠付近から流れ出した川に千沢山の沢の数々が合流し、水羊歯谷の北西から中央へと向かう。

もうひとつは油鹿川だ。水羊歯谷の東をふさぐ巨大な油鹿塔山の麓を、北から南へと流れていく。元来、横田川は水羊歯谷を北西からまっすぐ南東へと向かい、油鹿塔山の麓で油鹿川に流れこんでいたようだ。が、江戸時代に、新田開発のために土木工事が行われた。

横田川の途中に堰《せき》をつくり、流れの方角を南の藪地へと変えた。川の水を、なるべくたくさん農耕に利用できるようにするのが目的だった。油鹿川の濁った臭い水と混じると、横田川の水が田畑で使いものにならなくなってしまう。

　油鹿川のまわりには稲も麦も育たなかった。育つのは黄油鹿《キユガ》羊歯や青油鹿《アオユガ》羊歯、岩油鹿《イワユガ》羊歯、房《フサ》油鹿《ユガ》羊歯などだ。岩油鹿羊歯は、葉軸《ようじく》の先が帯化《たいか》現象を起こし、つまり本来一本しかないはずの葉の中心軸が何本にも分かれているのだった。葉の先が岩か珊瑚《さんご》のように見えるので、岩油鹿羊歯の名がついた。

　油鹿川は、南の太平洋には向かわず、水羊歯谷のもっとも南端に沼をつくった。横田川も沼に流入した。沼には名前がなく、ただ沼と呼ばれている。それは出口を持たず、水は少しずつ地面に吸いこまれている。

　この江戸時代の工事のおかげで、新田開発がいっきに進み、人口も増えた。

　その前には、山での仕事によって暮らす人たちが細々と住んでいただけだった。私の祖先や他には小美野《おみの》家の一族などがそうだ。

　おそらく窪田家の者たちは、名字から判断して、このときの新田開発にしたがって移住してきたのではないかと私は考えている。彼らは主に、新しい横田川の下流、谷の南側に田畑をつくって住んでいる。

　もっと昔、おそらく私たちの祖先が来る前にも、水羊歯には集落があったらしい。小規模ながら畑もつくられていた。谷の一部には古代の遺跡があった。昭和二十年代から何年にもわたって発掘が進められた。陶器の破片の集積所があり、錆びきった鉄の農具が遺棄されていた。それを使った人たちはどこかに消えてしまった。地震で滅びた説が有力である。

隕石によって滅びたという説もある。

車は水羊歯村道のY字路まで来た。南の新地区に行く新道と、東の油鹿塔山に向かう旧道とに分かれるのだ。

Y字に分かれるあたりが水羊歯村の中心で、郵便局や小・中学校や駐在所、農業協同組合、村役場といくつかの商店が並んでいる。

車は速度を落とし、Y字路を旧道に向かう。高さ三十メートルほどの里山、通称・青塚山が向かって左前に見えてくる。この里山が私の名字の由来だ。Y字路から青塚山へ向かうあたりが、谷でもっとも標高の低い場所のひとつだ。横田川の進路を変えた堰もこの近辺にある。

未舗装の道はぬるぬるし、タイヤが滑る感触が伝わってくる。ひどく揺れた。私は車が石を踏んでいるのだと思った。車窓から道路を見下ろすと、車は、長い泥鰌《どじょう》か鯰《なまず》めいた魚をタイヤで踏みつぶし、叩き切るようにしながら走っていた。

魚は水羊歯では虹蟻魚《にじありうお》と呼ばれている。色は薄く、白っぽい虹色で、ごくたまに緋色や金色のが混じっている。

「窪田君、おい、……魚、タイヤが」

「ああ、鉄砲水のあと、沼の水嵩《みずかさ》も増えてね、沼の水が横田川を上ってきたんだよ。魚もいっしょに流されてきたんだろうねえ」

「新車なのにまずいだろう。もうここで降ろしてくれていいよ」

「あとで洗車するさ。せっかくだから送らせてくれよねえ」

沼の深いところからも水は溢れたのだろうか。死んだ魚は、子犬や猫くらいの太さで、蛇のように長い。新車が容赦なく踏みつぶしていく。そのたびに車は縦に大きく揺れたが、窪田稔は気にしないようだった。

揺れてハンドルが取られそうになったのを、窪田稔はうまく戻す。ひときわ大きな虹蟻魚が、タイヤに断ち切られた。桜色の柔らかい腹が破裂し、卵がぽろぽろ溢れ出る。

窪田稔が言う。

「炭焼き東吉伝説のドキュメンタリーを撮影するって言っただろう？」

「ああ」

水羊歯ではなんでも東吉伝説にからめて語られる。

一例を挙げればこうだ。月姫というのは、東吉に嫁いだとされる都の姫だが、作物の出来が悪いときは虹蟻魚に「月姫」と書いた紙切れを結ぶか、紙がなければ「ツキヒメ、ツキヒメ、ツキヒメ」と三回唱える。

そして田畑の隅に埋める。魚にはできれば花をつけたり赤い布を巻くなど、若い娘が喜ぶようなことをしてやると良い。

魚の体は土中で分解されると、窒素《ちっそ》や燐酸《りんさん》を含んだ肥料になる。もっとも量や埋め方を失敗すると有毒ガスや害虫が発生してしまうのだが、この虹蟻魚を埋める行為は、いちおう理にかなった習俗だとはいえる。

しかし何故、魚を「月姫」と呼ばなければならないのか、私には理解できない。

またこんな俗信《ぞくしん》もある。「炭焼き東吉」は炭焼きだから火を司《つかさど》るとされている。

湿気の多い水羊歯では竈《かまど》や風呂窯に火を入れるのがなかなか難しい。

少年時の私も風呂を焚《た》いた。薪《まき》を入れた焚き口で、マッチを幾本も無駄にしては、祖母や手伝いに来る老婆に叱られた。とはいえ東吉が火を司るなどという考えは馬鹿馬鹿しいと無視していた。

どうしても火がつけられずマッチがあと一本しかなくなったときに、ついに幼い私は東吉のおまじないを唱えた。

「東吉様、火をわけてください」

その途端に風呂を焚く薪が燃えあがったのは、鮮やかに覚えている。

窪田稔が言う。

「今回の滞在はドキュメンタリーだけどね。そのうち、東吉は実在の人物でスパイだった、というドラマを作ろうと思ってるんだ」

「スパイ？」私は、東吉が義経を案内した話を思い浮かべる。「義経だったら、平家のスパイ？　それとも頼朝《よりとも》か？　歴史はあまり詳しくないんだが」

「平家も頼朝もスパイを使っていたんだよ、武田信玄もね」

「武田信玄は時代が違うだろう」

「いや、ねえ、水羊歯谷の昔の住人は隕石で滅んだだろう？」

「そういう説もあるらしいね」

「何故、それなのに水羊歯には東吉の伝説が残っていると思うかい？」

「……生き残った住人がいて細々と伝えたか、新住人が持ち込んだんだろう」

「いや、東吉が実在の人物で、定期的に村に戻ってくるんじゃないかなあ」

窪田稔があまりにも奇妙なことを言うので、ほとんど現実だとは思えなかった。私の故郷とはこのようなところだっただろうか。窪田稔は続ける。

「東吉と名乗る人物が何度も現れる……歌舞伎役者を想像してみたまえ、彼らは同じ名前を継《つ》ぐ。別の人物にもかかわらずだ。炭焼きの東吉も、そうかもしれない」

旧道は青塚山のすぐわきを通る。青塚山は丸い低い山だ。ただ、他の地の里山と違い、森がない。湿気が多すぎて木を植えても育たないのだ。私の祖父がせっせと見栄えのする花木、桜や椿や蜜柑《みかん》を植えたらしいが、今ではすっかり腐り、羊歯と苜に覆われている。

青塚山への入り口には石の鳥居がある。鳥居をくぐり、石段を登っていくと、東吉神社の境内《けいだい》にたどりつく。

窪田稔がクラクションを鳴らし、車の速度を落とした。

腰の曲がった痩せた老婆が東吉神社のほうへと、路肩を歩いている。窪田稔はドアウィンドウを下げた。「おーい、小美野のおばあちゃん」

小美野フサである。もう九十歳近いはずだ。顔の皮膚は皺《しわ》だらけで、薄く生えた眉毛や産毛がすべて白かった。

「一視坊ちゃん」

小美野フサは心底驚いたように、私をまじまじと見つめた。皺に埋もれかけていたが目も達者らしい。私が子供のころ、家に手伝いに来てくれた老婆である。

私は言った。「ご無沙汰しています」

窪田稔が言う。「どこかに行くなら車でお送りしますよ」

小美野フサは窪田稔の言葉を聞いていない。

「やっと帰ってきてくれたんだね。お父様に代わって工場を継ぐんだね」

「いや、そういう話は……」

小美野フサは「一視坊ちゃん」と言った。「ちょっとそこで待っていてくださいよ」小美野フサは相当な歳のはずだが矍鑠《かくしゃく》としていた。「稔坊、勝手に行かないでよ」

「はいはい」窪田稔は車を停めた。

小美野フサは神社の石段をすたすた登っていく。

しばらくして、小美野フサに連れられ、澤田《さわだ》日出夫《ひでお》村長が神社の参道を急ぎ足で降りてきた。

「一視君」窪田家についで多い、澤田家の人である。父とは同窓だったという。

「ええ、ご無沙汰しております」

私は車の外に出た。

村長の顔は農作業の日焼けで黒く、短く刈り込んだ胡麻塩《ごましお》頭の太い毛先が尖っていた。首にぶらさげた手拭いで、しきりに顔を拭いた。汗をかくのではなく、この土地が湿っているからだった。

「一視君は……愛知で先生をやっておられるんだね。そろそろ切り上げて村に帰って来てくれると嬉しいなあ。そりゃあ退屈な村だが……なんだっけなあ、星を見るのが好きなんだったね。天文学か。愛知の海の近くの街より水羊歯のほうが観測もはかどるだろう」

小美野フサや村の女たちが神社の境内から降りてきて、鳥居のきわで私を覗き見ている。窪田稔の車に子供たちが集まっていた。「すげえ、かっこいい!」

村長はニコニコしながら言った。「うん、青塚食品は我が村の主要産業だからねえ。正直言って、お父さんがいきなり休業してしまって我々も困っているんだよ。一視君が帰ってきて、工場を継いでくれればねえ。こんなに喜ばしいことはない」

「被害はひどかったのですか」

「まあ、真夜中に鉄砲水が直撃だからなあ。でも再建は村をあげて応援するよ」

「死者がいたというのは本当でしょうか」

村長は苦しげに大きく息を吐いた。小美野フサが顔をしかめるのが見えた。

澤田日出夫村長が言う。「若い夫婦者でなあ。どこの者だかもわからん。やっかいごとに巻き込まれるのはなあ」澤田村長は私の顔色をうかがうようである。「悪気はないんだ。ちゃんと水羊歯寺に葬るし……、ただ、旅の者は信用できんだろう……」

そのよそ者についても私はなんらかの処置をしなければならないだろう。私は訊く。「親父の様子はどうです」

「まだ会っていないのかね？」

「ええ、さっき飯田線から降りて、窪田稔君にここまで送ってもらったところです」

「それはいけないね、早く会ってあげてくれ。お父さんには君が一番必要だろう」澤田村長はふたたび笑い、私の肩を叩いた。「なんでも相談してくれよ」

村長のうしろを、窪田稔の親戚の若い男が、収穫物を載せる猫車《ねこぐるま》に死んだ虹蟻魚をびっしり積んで通った。鳥居をくぐって参道を登っていく。

窪田稔の車にふたたび乗り込みながら、違和感を覚える。何故、おそらく不浄扱いされるであろう腐りかけの魚を大量に神社に持って行くのだろうか。

二章　青塚家

窪田稔は、水羊歯村道の旧道を油鹿塔山に向かい、山麓の油鹿川にぶつかったところでハンドルを北へ切った。川の上流へと遡《さかのぼ》っていく。

青塚家はこの川に沿った油鹿川道《ゆががわみち》、通称カワミチに面して建っている。

窪田稔は家の数十メートル手前で車を停めた。お礼に、あがって茶でも飲んでいくかと尋ねたが、

「僕は君のお父さんに嫌われている」と答えた。

「いやお父さんは村のみんなが嫌いらしいねえ。特に窪田家の僕らはねえ。うん、お義母《かあ》さんと異《お》母弟《とうと》さんによろしく」

「……ああ、ありがとう」

日産GT－Rが去ったあと、私は油鹿川をあいだに置いて、油鹿塔山の切り立った崖下に立っていた。帰ってくるのは四年前の正月以来だった。

油鹿塔山は深く、この山を越えて何十キロも行けば別の町や村、都会に出るとはとても思えない。崖は黒油鹿羊歯の群生に覆われている。他の樹木はない。まだ午後で明るいのに、あたりの印象は暗い。

黒油鹿羊歯のしだれる羽状複葉《うじょうふくよう》は、鳥が羽を広げるさまに似ていた。葉は段状に重なり、あたかも鳥の編隊が下降していくようである。

黒油鹿羊歯は油鹿塔山にしか生えない。その黒油鹿羊歯の藪の中に、乳白色の生きものの首が転がっており、一瞬ぎくりとする。

が、それは黒油鹿羊歯の新芽だ。黒油鹿羊歯の特徴である葉柄《ようへい》や葉の黒さ、葉裏の胞子嚢《ほうしのう》の黒さが、まだ現れておらず、全体に白っぽい。昔は私

もこの羊歯の新芽刈りを手伝ったが、十年近く経って改めて目にすると、新芽の巨大さにはただ驚かされる。大きいものでは直径十五センチ近い。

背後には、道路をはさんで青塚山がある。東吉神社の入口の、ちょうど裏手になる。青塚山と油鹿塔山の迫るこのカワミチは、水羊歯でもっとも薄暗く、早く日が暮れる地帯であった。

電柱がぽつぽつ立った陰気なカワミチを歩き、青塚家の門前に到着する。

屋根が藁葺《かやぶ》きだったのが、瓦に代わっている。家は、油鹿川の川岸から十数メートルしか離れていないが、川は細長い谷をつくり、その底を流れる川の存在は瀬音でしかわからない。

家は無事なようだったのでひとまず安心した。洪水に巻き込まれなかったのは、鉄砲水がもっと下流を襲ったからだろうか。

この建物は二百年は経っているらしい。もともとは農家だったが、私が生まれる前には養蚕《ようさん》をしていた。昭和のはじめの世界大恐慌で商売替えをして、祖父の青塚視一郎《しいちろう》が青塚食品をはじめた。

敷地を取り囲むように棒杭が立てられていた。棒杭のあいだに有刺鉄線《ゆうしてっせん》が張りめぐらされている。こんなものはかつてはなかった。義母が送ってきた「お父さんがおかしくなった」という手紙を思いだす。棒杭に打ちこんだ釘一本一本に有刺鉄線が針金で留められていた。どの釘の針金も見事にきっちり巻かれている。几帳面な父の仕事らしかった。

私は門をくぐった。赤く塗った郵便受けに封書が入っている。父宛てである。私は少々ためらったのち、差出人を確認した。名古屋××大学の松浦なる人物だ。

前庭の植え込みに、ぼろ雑巾のような色合いになった紫陽花が辛うじて咲いているのだが、その紫陽花がわずかに震えている。

誰かが家の中で大声で喋っている。

父が独り言をわめくようになったのかと、ふと怖くなった。男の声ではあるようだが、言葉として聞き取れない。日本語かどうかも一瞬わからない。やがて「にんげんとして、もっともたいせつなものはあ、……」と聞こえた。

私は正面玄関の引き戸を引こうとした。声は大きく、右耳に叩きつけられるような痛みが走る。木製の引き戸は、湿気ですぐにやられるので、しょっちゅう取り替えていた。常に、手を入れ続けなければ駄目になる家だった。この家の大黒柱は、石を積んだものである。

私は引き戸を開けた。「一視です」叫んだが音に負けてしまう。もう一度叫んだ。「一視です。ただいま帰りました」

声にかぶさって音楽が流れ、大勢の笑い声が聞こえた。

人が集まっているのかと思った。しかし落ち着いた男性の声は完璧な標準語で、このような口調で喋る人間はこのあたりにはいない。それに奇妙にくぐもっていた。

「……では、歌っていただきましょう、池ミドリさん、曲は……」ムード歌謡が聞こえてきた。

私はようやくこれが、機械から流れる放送だと気づいた。

義母の千津江が玄関に来た。割烹《かっぽう》着姿《ぎ》で、夕飯の支度をしているらしい。

「一視さん」と義母は言ったようだった。口は動いているが、彼女の声が聞こえない。

私は革靴を脱ぎながら言う。「テレビかラジオですか。すごい音ですね」

義母は私の耳もとに口を寄せ、叫ぶように言った。「お父さんがカラーテレビを買いましてねえ」「何故こんな大きな音で」と呟《つぶや》くが、義母には聞こえていないようだった。

私は三和土《たたき》から玄関間に上がった。家じゅうが振動しているように感じられた。いや、実際、玄関の靴箱に置かれた花瓶は細かく震えている。音が悪意をもって、漆喰《しっくい》の壁を波打たせている。

右耳の耳鳴りと痛みがひどくなる。玄関間の右側は特別なときにしか使わない客間で、その奥は家長夫婦の寝間になっていた。左は、衝立《ついたて》を隔てて仏間《ぶつま》がある。私は仏間に入る。防腐剤を混ぜた黒い塗料が柱に塗られている。

仏間は三畳の部屋で、代々の青塚家の人々の写真が、手に入る限りだが、四つ切り版に引き延ばされ額に入れて飾られていた。仏壇は雛壇《ひなだん》のようであった。

以前は、帰郷するたびに、まず仏間の先祖たちを拝むのが習慣だった。霊魂などないと結論づけていても、そういう習慣はやめられるものではない。だが、今は音が激しすぎた。

そこには母の位牌もある。死んだかどうかもわからないが、死んだことにして葬式をあげたのだ。写真の母は若く華やかで美しい。百合を描いたスカーフがよく似合っていた。その額縁の硝子がテレビの音に共振して、震えていた。

私は線香もあげずに東側の襖《ふすま》を開ける。音はその方角から流れていた。

襖の向こうは十畳の茶の間だ。茶の間の南側一面には障子があり、その障子を開けて、上がり端《はな》を降りた先は二十畳ほどの土間である。土間には厨房《ちゅうぼう》があり、農具の置き場でもあり、また収穫物を加工する作業場でもあった。その昔は、ここで蚕《かいこ》に火を当て、土間口から運びこんだ桑を食べさせていたし、油鹿羊歯も漬けていたらしい。

土間のはじには鉄板が敷かれている。私が覚えているかぎり常にそこには、母のグランドピアノがあった。蓑笠《みのかさ》や農機具が雑然と並んだ土間にグランドピアノが輝いているのはおそらく妙な光景だったろうが、私には自然だった。ピアノを置く場所は土間しかなかった。茶の間や客間では、根太《ねだ》がとうてい保たないだろう。大輪の花模様のワンピースを着た母が、土間の片隅でピアノを弾き歌う光景が、鮮やかに脳裏に浮かぶ。

今、茶の間から見おろす土間には、グランドピアノがない。台になっていた鉄板だけが錆びて残っている。

代わりに茶の間には、真新しい、大型のカラーテレビが置かれ、音を撒き散らしていた。

「お父さん、一視さんが来てくれましたよ」

義母が父に叫ぶ。父、青塚久視《ひさみ》は首筋が寒いのか、黄色い絹の襟《えり》巻きを巻いていた。最後に会ったのは、四年半前、昭和四十年の正月である。私の学部移籍試験の話に雷を落とした席だったが、今の父には当時の威圧する力が感じられない。父は義母より二十歳は歳上である。私が生まれたときには、すでに不惑を超えていた。今は六十なかばを過ぎたはずだ。この、テレビの音の大きさは、父の耳が遠くなったせいかと思う。

私は正座し、帰りましたと頭を下げた。そして言う。

「少し音を下げてもらえませんか」

グランドピアノはどこに行ったのだろうか？

「……お父さん、教育テレビの算数の時間ですよ。虎視《とらみ》に見せないといけませんよ」

義母がチャンネルを変え、テレビの音量を下げる。空間全体の邪悪な振動は減ったように思えた。

異母弟の青塚虎視が、茶の間にべったり座りこんでテレビを見ていた。虎視は十六歳のはずだが、体だけが大きい小学生に見えた。しばらく会わないうちに、私よりひとまわり身長も胴まわりも大きくなっている。

テレビでは九九をやっている。ににんがし、にさんがろく、動物の着ぐるみを着た先生と、可愛らしい子供たちが橙色のシャツを着て、楽しげな曲をつけた九九をいっせいに唱える。鮮やかな橙色のシャツの色合いはうまく再現できずににじみ、スタジオの風船の赤や黄色と混ざっている。虎視も『九九の歌』を口の中でもごもごとくりかえす。

「虎視、帰ったよ」と、私は言う。「兄ちゃん」と虎視は嬉しそうだった。声変わりしている。「九九のねえ、三の段が言えるようになったんだ」

「すごいな」私は何度か虎視に九九を教えようとしたが、できなかった。「あとで聞かせてくれよな。兄ちゃんが確かめてあげるよ」

虎視は「シチの段はナナちゃんの七」と歌う。

こういう番組が増えたら、教師の仕事は必要なくなるのではないだろうか、と考えた。

義母が虎視に言う。「テレビから離れて見ないとだめよ。目に悪いからねえ」

黄色い襟巻きを巻いた父は掘り炬燵《ごたつ》にもぐり、テレビを見るのをやめた。六月なのに炬燵の電源が入っている。

父は私を振り返る。

「ご無沙汰して申し訳なく思っております」

「一視か、何しに来たんだ？　水羊歯で教師をやるのは嫌なのだろう」

父は老けてはいたが、まともそうに見えた。茶の間の東側、油鹿川の渓谷と油鹿塔山に向いた雨戸は、まだ午後三時なのに閉まっている。ここは昼間はいつも開け放っていたはずだ。父は雨戸の陰に隠れるように見えた。

義母に「助けて」と頼まれたとは言えない。

「鉄砲水が心配だったから戻ってきたんです。工場は大丈夫なんでしょうか」

父は震え声で言った。「工場なんてもう良いんだ、止める。青塚食品は終わりだ」

義母が、羊歯茶と、お茶請けの漬けものを運んできた。

父、すなわち家長の座る席は決まっており、他の家族は座ることを許されていない。テレビも父からいちばんよく見えるように、父の席の正面、土間近くに置かれている。

父の背後には、茶箪笥《ちゃだんす》がある。飾り棚に嵌《は》められた、ごく薄い硝子の扉はまだびりびりと震えている。中に入っているのは、こけし人形、誰かが土産にくれた北海道の木彫りの熊、善光寺のお守り、東京オリンピックの金時計などである。硝子には湿気と混ざった埃《ほこり》がへばりついていた。

茶箪笥の横には本棚がある。蔵書の中で父がもっとも気に入っていたのが昭和十一年に刊行を終えた牧野富太郎博士の『牧野植物学全集』全六巻と附録一巻だ。この本に油鹿羊歯が載っていないというのが、父がいつもくりかえす愚痴であった。本棚の下の段に、青塚食品の大小の瓶詰めが並んでいる。瓶は祖父の代のものから、現在のものまで揃っている。

瓶には時代ごとに微妙に変わっていく、大きなラベルが貼られている。

羊歯の葉と旭光《きょっこう》を意匠化した、青塚食品のシンボルマークは次第に洗練されていく。中央に印字されているのは「青塚食品謹製　油鹿羊歯の油漬《あぶらづ》け」の金文字だ。

これもお馴染みだ。飯田市の高校に通っていたときから、名古屋の大学でも、そして今に至るまで、いつも義母が私に送り続けてくれた。空き瓶を洗って、筆立てにしていたものだ。

油鹿川の水が溶けた油っ気のある湿気が家じゅうに満ちている。漆喰の壁も障子紙も煙草の脂《やに》より黄色かった。もっとも、裏の川は油鹿川でも上流にあたるので、比較的、川の水はきれいではある。さもなくば私たちの祖先が住みつくことはなかったであろう。

油鹿川が本格的に汚染されるのは、油鹿塔山から湧き出す水が流れこんでくる数百メートル下流あたりからである。

私は掘り炬燵の手前で正座していた。湿った畳に虹蟻魚の鱗《うろこ》が落ちていた。父が言った。

「工場はもういい」

「休業しているど村長に聞いたのですが」と、私は言った。

「おまえに工場を継がせる気はない。あれは先代と私で終わりだ。おまえは水羊歯で教師をやるんだ」

「もう引退なさるおつもりなのですか？　お体の具合でも悪いのですか」

「えっ？」と父は訊き返した。多少耳が遠くはなっているようで、声も若干大きい。

「お父さんはもう工場をお止めになるのですか？　体調は」

父は言う。「一視、おまえは水羊歯で教師をやって……水羊歯中学の校長に口をきいてやる……そしていいか、誰にも工場をやらせるな」

父の声はうわずっており、異様な力がこもっている。「もう二度と、油鹿羊歯の油漬けを作らせるな。水羊歯で教師をやりながら、監視するんだ」

「鉄砲水で死者が出たと聞いたんですが」

「工場を止めたのは鉄砲水のせいではない。それより問題はスパイが入りこむことだ」と父が言った。

「スパイって、産業スパイですか?」

産業スパイが、青塚食品の、油鹿羊歯の油漬けを探りに来るだろうか?

虎視が食い入るようにテレビを見ている。踊るぬいぐるみたちを指さして、大声で笑った。

「いや、スパイは産業スパイではない。……昔からいるだろう」

父の声はしゃがれている。テレビの音で聞き取りづらい。

「昔は旅の商人が情報を伝えた。今はテレビだ。テレビが油鹿塔のことを外国に伝えている。特にアメリカ人が工場に注目している。そのためにやつらは油漬けの材料を盗みに来るし、毒も混ぜる」

「お父さん、アメリカは大国ですよ。油漬けが欲しければドル札をひらひらさせて買えば良いじゃないですか。油鹿羊歯を育てたって良い。何故、わざわざ極東の島国の、こんな山の中のことをスパイが探らなければならないんですか」

「ここが地球の中心で、情報の行き交う中心だからだ」

「どうして情報の行き交う中心なんです。国道すら遠いじゃないですか」

父は言う。

「昔からな。義経は、最初の奥州への行きかえりに通った。東吉の奥方様は京から来た。何か、重要なものが水羊歯にあるからだ。それに備後《びんご》からは天狗たちが来た」

備後から天狗というのは、東吉伝説といっしょに語られる「備後天狗《びんごてんぐ》」であろう。油鹿塔山に住むという伝説の妖怪だか鬼だかだ。東吉神社で行われる神楽《かぐら》には、備後天狗の舞もある。義経が敵に囲まれたとき、武士ではない東吉も、鉈《なた》を持って必死に戦った。備後天狗が集団で、空を飛びながら、東吉の味方をしたという。

「テレビというのは窪田稔のことですか」

私は窪田稔がテレビ局に勤め、取材にやってきたことを思いだした。だが彼は「炭焼き東吉」伝説の取材に来たと言っており、青塚食品の工場になど興味はないだろう。私は義母が「お父さんがおかしくなっている」と書いてきた理由がわかった。父の表情は硬く真剣だ。ひびわれた唇が震えている。

「窪田稔が青塚食品を撮影でもしたんですか?」

「アポロに、載せるつもりなんだ」

「アポロって、……? 今度、七月に月に行くアメリカのアポロ十一号ですか?」

「宇宙飛行士は飛び抜けて賢くなければ、やれない仕事だ。だからな、米国航空宇宙局に油鹿羊歯の油漬けをごっそり納めたんだ、そう……その前はソ連の人工衛星だ。ほら犬を載っけただろう。あの犬にもうちの瓶詰めを食べさせたんだよ」

私はなんと答えて良いのかわからない。父は奇妙な話を続ける。

「浜松の浜菱《はまびし》デパートに苦情を言われた。卸した油漬けの味がおかしいと言ってな。私は回収しに行って、妙な緑色の粉が混ざっていることに気づいた。ためしにナナにやると喜んで食べたが」

「ナナ?」

義母が自分のぶんの羊歯茶を運んできて、私のかたわらに座った。

「秋田犬の子犬ちゃんですねえ。雌でねえ。犬がいないと、用心が悪いから飼ったんですよ」

「用心が悪い」はこのあたりの言葉で、標準語だと「不用心」にあたる。犯罪や山の獣への警戒のために水羊歯の家ではしばしば番犬が飼われた。なかば放し飼いで、田圃の畦道《あぜみち》で子供たちが柴犬や日本スピッツと遊んでいた。そういえば今日、水羊歯を横切ってきたさいに、まったく犬を見なかった。

義母が言う。「ナナちゃんは本当にかわいくてねえ。虎視もナナちゃんをかわいがって」義母は涙ぐんで、目もとをハンカチで押さえた。「虎視がナナちゃんのお墓を作ったんですよ。可哀相にねえ」

「ナナちゃんは毒で死んだんですか？」

父が言う。「ソ連がアポロ計画の邪魔をしようとして、瓶詰めに毒を混ぜたのだ」

ソ連か、クレムリンの陰謀か。あまりに荒唐無稽《こうとうむけい》で、私はそれを話しているのが実の父だと思うと、聞いているのが辛かった。

「洪水が何故起きたかわかるか。……油鹿塔山の奥で、備後天狗たちが集まって砂金を掘っていた。その連中がごっそり出ていったんだよ。地下水を堰《せ》き止めていたやつらまで行ってしまった。だから鉄砲水が出たんだ」

「出ていったってどこにです」

「月のそばだ。アポロ十一号計画に、備後天狗たちが必要なんだ、備後天狗には大きな鋏があるだろう。ロケットが打ち上げられると、上空で備後天狗が集団で待ちかまえている。アポロに綱をつけて、綱を鋏ではさんで月まで持っていくんだ」

「備後天狗にアポロを運ばせるのですか」

「そうだ」

私には返す言葉がなかった。もう、この人は駄目になってしまったのだろうか。崩れていく砂山のような無力感に襲われる。父は迷信深いほうではなかった。戦前には、北信濃の県庁所在地まで出て、良い教育を受けた。専門の農学のついでに、生物学もかじったはずである。アメリカではキリスト教の教義に反すると未だに忌避《きひ》されるダーウィンの進化論が、日本では、明治の終わりにはあっさり受容された。私が子供のころ、父はいっしょに風呂に入りながら、ダーウィンの『種の起原』について語ってくれた。

　私はポストに入っていた手紙のことを思いだし、父に渡した。名古屋××大学の松浦なる人物からの手紙である。

　宛名の筆跡を見た途端、父の表情がさっと明るくなる。封を切って手紙を読みだした。

　私は便箋《びんせん》をそっと覗いた。名古屋××大学文学部日本史学科民俗学研究室、松浦順正《のぶただ》教授からの手紙である。

　この教授が本物なのか知らないが、整然とした楷書で書かれた万年筆の文字は、抑制された慎重な言葉であった。

　青塚久視殿
　……備後天狗舞の踊り方についての詳細な図解に感謝いたします。
　しかし、備後天狗の実在に関しましては、山で遭難した人々が見た極限状況における幻覚である可能性を忘れてはなりません。寒さや飢えといった極限状況においては知覚も思考力も変化するのは明らかです。
　言うまでもなく、目撃談というのは、目撃した人物が、彼が見たと信じている出来事を語っているのです。真実かどうかはわかりません。結論を早まってはなりません……

　義母が私に囁く。「ずっとやりとりしていたのですよね。松浦先生から手紙が来るのをそれは楽しみにしてらしてねえ」

　父は消沈《しょうちん》している。急に老けこんだように見えた。便箋を丁寧に畳んで、封筒に戻し、炬燵の「横座《よこざ》」すなわち家長の座のきわに置いた漆塗りの文箱《ふばこ》にしまう。

文箱には、数百通もの黄ばんだ手紙が入っていた。会ったこともない全国の日曜学者たちと文通し、議論するのが父の楽しみだった。

父の声は急に小さくなっていく。「言ったろう、備後天狗が来ている。備後天狗は備後から来たのか、備後の前には月にでもいたんだろう……鞠子《まりこ》をさらったのもやつらだ」

父の口から、母の名前が出たのを聞いたのは初めてではないだろうか。おそらく義母に気を使って、少なくとも私の前では、母の話をしたことはなかった。

「わしはもう疲れた。いい妻だったのに、妻を盗まれた」

それは母のことだろう、私は義母に申し訳なく思う。

「……お義母さんに失礼でしょう」

隣に座っている義母をうかがう。さきほど涙をふいていたハンカチを握ったまま、ぼうっとしていた。

「鞠子はこの前までよく喋っていたのに……」

父の話はどんどん得体が知れなくなっていった。「徳川時代に、新田開発のために新しい村人が送り込まれてきたな、窪田と澤田のやつらだ。あれは、わしはおそらく幕府が見張りを置いたのだと思う。ここは天領だったからなあ」

もう疲れた、父はそう言って黙った。

父は黄色い襟巻きをしている。この黄色い襟巻きは、青塚家が養蚕をしていた時代の記念物だった。祖母が糸を紡ぎ、小美野フサが布を織った。

私と父と義母は黙って羊歯茶を飲み、お茶請けに「油鹿羊歯の油漬け」を食べた。このあたりでは、お茶といっしょに菓子ではなく漬けものを食べる。父は掘り炬燵のなかで、背中の茶箪笥によりかかり、テレビのハレーションを眩《まぶ》しそうにじっと見つめている。

「一視さんが帰ってらしたから、今日はご馳走にしましょうねえ」と義母が言った。「今日帰るという電報を戴いたときには嬉しくて涙が出ましたねえ」嬉しくて涙が出たと言いながらも、義母は無表情である。

テレビが流れているのを、私はぼんやり見ていた。都会の風景が点滅する。いつの間にか、テレビの音に慣れつつあるようだ。右耳が痛い気がするが、気のせいだと無視することにする。

父が家長の役割を果たせなくなっているのだから、私が義母と異母弟の面倒を見なければならない。

彼らを連れて、街に戻るか、ここで暮らすのだ。父の言うとおり、水羊歯中学校で教鞭《きょうべん》を執《と》ることを考えた。そして毎日、業務を終えると、おかしくなった父と、話の通じない義母と異母弟を相手に、黒い油鹿羊歯が繁茂した崖の下で暮らす。父の、黄ばんだ手紙でいっぱいの漆塗りの文箱は、私の将来の文箱である。

日本全国の、あるいは外国の同じような誰かと、手紙で数学や天文学の問題を議論するのだけを楽しみに、何十年もそうやって暮らしていく。

虎視を放りだすことは私にはできない。八歳年下の虎視から解放されることはないし、義母は父よりずっと若い。私が四十歳や五十歳になっても、虎視に九九を教え、「用心が悪い」から犬を飼い、老いた義母の作ってくれる食事を食べ、三人で話すこともなく茶の間でテレビを見続けるのだ。

何年かのあいだ、いや、高校の飯田市から入れると十年近く、よその土地で暮らしたが、もうそれも終わりであろう。猶予《ゆうよ》期間は終わるのだ。もちろん愛知の高校に帰り、前と同じように暮らせなくはない。

だがその場合は水羊歯との縁をすっぱり捨てるつもりにならねばならない。もし老齢の父、義母と異母弟を見捨てたら、私は水羊歯の村人に受け入れられることはないだろうし、自分が許せないであろう。四年前、父に出入り禁止にされても、それは、若いあいだの一時期だけだと思っていた。

私の視線は茶の間から土間へと泳ぎ、母のグランドピアノが消えているのを改めて意識した。どこに行ったか訊く気力もなかった。母が生きていて、ピアノを弾いてくれたならばいいのに、あるいは、母のような女を妻にできるのならば、と考える。

土間の引き戸が叩かれていることに気づいた。義母が座布団から立ちあがり、応対に出ていく。

戻ってきた義母が私の背後に膝をついて這い寄り、ワイシャツの背を指先で軽く叩いた。どうも父には知らせたくないようだった。私は暗澹《あんたん》とした気分のまま、上がり端から土間に降り、サンダルをつっかけた。

土間口の、引き戸の外はまだ明るい。

前庭で汗をふきながら待っていたのは、三信観光開発の営業主任、新津明雄《にいつあきお》だった。

三章　青塚食品工場

一

　腕時計を見ると夕方の五時半だが、夏至をすぎたばかりの空は明るい。三信観光開発の営業主任・新津は、青塚山と油鹿塔山にはさまれた、この狭い渓谷《けいこく》にわずかに差しこむ陽をちょうど背中から浴びていた。

　新津明雄は五十がらみである。小柄で全身が丸っこい。分厚い体躯《たいく》は、運動部の生徒たちが熱中するラグビーやバレーボールの革製のボールを思わせた。そのボールのように、脂がついているにもかかわらず、身のこなしは鋭い。おおらかな笑みをうかべ、ハンカチで汗と湿気を拭いながら、しきりに頭を下げた。

「やあ、青塚先生。どうもひどい湿気でございますな。梅雨《つゆ》とはいえ、鬱陶《うっとう》しいものですね」

　有刺鉄線の向こうに車が停まっている。日産GT—Rである。運転席には窪田稔がおり、ドアウィドウにもたれ煙草を吹かしていた。窪田稔は上半身を起こすと、長年の親友のように、私に手を振った。

「新津さん、何故、ここまで追いかけてくるんです。合宿所の件はお断りすると申しあげたじゃありませんか」

「青塚先生は、まだ工場を見ておられませんな。鉄砲水は本当にお気の毒な事故で」

　新津が言った。「窪田稔君が協力を申し出てくださったんですよ。とりあえず現場を見て、対策を考えようではありませんか」

「あなたにそんなことをしていただく必要はあり

ません」

三信観光開発は青塚食品と何の関係もない。私は気づく。新津が私に接触してきたのは、天文部の合宿を得るためなどではなく、青塚食品が目的なのではないだろうか。

義母が私の背後に、隠れるように立っていた。新津が話しかける。「奥様、立派な息子さんがお帰りで良うございましたなあ」

「お義母さんもこの人を知ってるんですか」私は義母に囁く。「工場について何か言ってきたんですか」

私は振りむき、父の様子を見る。茶の間の掘り炬燵でうたた寝している。

義母はうろたえている。「一視さん、どうしよう、どうしよう。お父さんにこの人を会わせるとまたおかしくなる」

義母は見苦しいほどに、「どうしよう、どうしよう」とくりかえし、私のワイシャツの背を握った。もし彼女が小学生くらいの女の子で私が叔父か何かならば、背中にしがみつきそうだった。

「僕がなんとかしますから。お父さんについていてあげてください」

義母は振り返り振り返りしながら、土間を横切り、茶の間にあがる。

私は庭に踏み出し、土間の引き戸を閉めた。

新津は青塚家を見あげる。

「いや立派なご実家でございますなあ。養蚕が全盛のころにはさぞかし栄えておられたことでしょう。これは確かに、ふさわしくない」

「どういうことです」

「いえね、与田弘美というような女生徒がお嫁にくるには」

信じられない名前が新津の口から出た。

「何故、そんな」

愕然《がくぜん》とするとともに怖くなる。動揺はおそらく面《おもて》に現れただろうが、新津は気づかないふうに続ける。

「民主主義の世の中とはいえ、慣習というのは色濃く残っているものですからね。与田弘美さんのお宅では花嫁道具にグランドピアノを持たせるなど無理でしょう。それにどうせピアノも弾けない」

興信所にでも調べさせたのか。与田弘美というのは、勤務先の高等学校の二年生で、天文部に所属する女子生徒である。放課後には、部室の鍵を受け取りに来るという口実を使い、しばしば職員室の前で私を待っている。

彼女は私を恋人だと思っている。

私はそうは思っていない。ただ、彼女が私を好いているのには気づいていた。私はその好意を利用した。

つまり、新津は私の職を失わせることができると言いたいのだ。私と与田弘美の関係を知っている。

与田弘美などのために何かをなくすのなどまっぴらだった。新津はあいかわらず邪気なくにこにこ笑っている。

思考がぜんぶ漏れているのではないかと、ふと思った。

私が、他の部員がすべて帰った天文部の部室で与田弘美が何を考え、何を欲しているのかわかるように、だ。私が読み取ったと思う彼女の思考や感情は、実際には多少異なっているのかもしれない。だが、大筋では間違っていなかろうし、間違っていたところでどうでもいい。どうせ与田弘美は私の意を汲《く》もうと必死になるのだ。

そのように新津には、私の思考がすべて読めるのではないか。

「青塚先生がご自分でグランドピアノを買ってあ

げるのでは駄目でしょう……炭焼き東吉に嫁いだ忍中納言《しのぶちゅうなごん》の娘御の月姫は、お里から琴《こと》と琵琶《びわ》を持っていったのでしたね。中納言様が都でいちばんの工人《こうじん》に、特別に誂《あつら》えさせたものでした」

クラクションが鳴った。

「ねえ、一視君、新津さん。早く乗りたまえよ」と窪田稔が手招きする。家の中で、虎視がテレビの真似を大声でくりかえしている。「ハワイ旅行が当たる、ハワイ旅行が当たる」破裂するように笑った。

「しかし、工場の鍵は父が持っています。他の人には渡さないはずです」

「工場は今、鍵は必要ないのですよ。どうなさいます？　ご両親に与田弘美さんを紹介されますか」

冗談ではない。

青塚家の軒《のき》は低く、三州瓦の屋根は重く陰鬱《いんうつ》である。見あげると、瓦の隙間から、軒忍《ノキシノブ》か、細長い単葉の羊歯が生えだしているのが目についた。

「青塚食品の工場を見に行きましょう」

私は、新津に言われるままに、窪田稔の車に乗った。新津は助手席に収まり、私は後部座席である。

窪田稔はエンジンを掛け、もうかなり、血と鱗と羊歯のかけらで汚れてしまった新品の車を出発させた。

油鹿川に沿った砂利道には、本日終わりに近い日光がわずかに差していた。その油鹿川道、通称カワミチは青塚家専用のようなものだ。他に通るのは郵便配達員だけである。新聞は、父が、ニュースなどテレビでやるからいらないと止めたらしい。

空は夕焼けに染まりはじめ、黄色い雲が流れていく。左手東側には油鹿塔山の崖が壁となってそそり立ち、その手前に繋った羊歯の底で川の流れる音がする。右手西側の、里山・青塚山への裏口を通りすぎる。表口の東吉神社参道も鄙《ひな》びているが、こちら側はすっかり獣道《けものみち》だ。

油鹿塔山への登り口は、青塚家から数百メートル下流であった。油鹿川に架かった橋は、赤錆びた鉄板である。谷底を流れる油鹿川は、このあたりではすでに汚染されている。黄色と黒が混ざり、油が浮いた、気持ちの悪い色合いをしていた。

新津は窪田稔と窪田家、あるいは窪田家と村長も含めた澤田家の人々すべてと、「ぐる」なのではないかという疑いが湧いてきた。

澤田日出夫村長は私に戻ってきて欲しがっている口ぶりだった。父が工場を止めるから、地場産業を残すために私に工場を継がせたい、ならばわかる。

しかし、三信観光開発や新津が出てくる理由が私には読めない。

油鹿塔山の地所のかなりは青塚家が持っている。山にバンガローを建てたいのだろうか。油鹿塔山の双頭の山頂は、都会の観光客の興趣《きょうしゅ》を多少はかきたてるかもしれないが、しかし気候が悪すぎないだろうか。この水羊歯はあまりに湿気が多すぎるのだ。

「水羊歯にも温泉が出ればいいんですがねえ」と窪田稔が新津に言った。

「掘削《くっさく》すれば出るかもしれませんな。しかし水羊歯は平凡な観光地など目指してはいけません」

新津は言った。あくまで慎《つつ》ましい口調であったが、新津のほうが窪田稔より立場が上のようだった。「なるほど」と窪田稔が言った。何が「なるほど」なのかわからなかった。

二

油鹿塔山の九十九折《つづら》りの山道を登り、砂利を敷いた駐車場で車が停まった。

青塚食品工場は油鹿塔山の中腹にある。山側も村側も切り立った崖である。工場周辺だけが浮き出し彫刻かバルコニーのように崖にへばりついて膨らんでいた。

この高さまで来ると、水羊歯村の西南を覆う千沢山を越えて、西陽《にしび》がよく当たる。

最後にここに来てから十年は軽く経っている。中学以来、工場を見ていないのだ。

飯田市に下宿していた高校生のときは、夏休みになると郷里に戻って勉強のかたわら家業を手伝った。工場での作業ではなく、黒油鹿羊歯の新芽刈りをやるよう指示された。油鹿川沿いの山の急斜面によじ登り、羊歯の新芽を鎌で刈った。刈った羊歯は、父がトラックで集めて工場へ運んで行った。「トラックに乗っていって、荷下ろしを手伝います」と言っても、「もう帰って勉強しなさい」と静かに答えられたものだ。だから、工場はほとんど訪れていない。

建物は私の記憶よりずっと立派だった。鉄筋の入ったコンクリートむきだしの箱で、水羊歯小学校の体育館くらいありそうだ。山側から村側へと、東西に細長い。

建物の基礎が駐車場にまではみだして、のっぺりと広がっている。駐車場のはじには大きなすすけた焼却炉があった。

鉄砲水の被害は、水が通りすぎた数メートルの幅だけに限定されている。水がどこを通ったかはっきりわかる。駐車場でも、下の泥地があらわになりそろそろ新たな油鹿羊歯が生えはじめたところと、きれいに砂利が敷かれたままの部分に分かれていた。水が通った痕跡は、駐車場から工場の建物内へとまっすぐ遡れた。

入り口前まで来て、新津が「鍵は必要ない」と言った意味がわかった。正面入口の扉自体がなくなり、蝶番《ちょうつがい》が軽々とひねり曲げられていた。

扉がなくなっているのは、工場内も同じだった。油鹿塔山側の奥から、見事にこの入り口へと鉄砲水が通りすぎたらしい。いくつかある扉がすべて押し流され、工場のもっとも奥の、山側のはじまで夕陽が差しこみ、水の痕が残る壁や床、流された製造設備、割れた商品の瓶など、何もかもが非現実的なほど明るい黄色に染まっていた。プラスティックの大型漬けもの樽が、休業しているためであろう、空の状態でごろごろ転がっている。

私はやるせない気持ちになる。これならば父がおかしくなっても無理はないかも知れない。

そのとき、奥から人が出てきた。正面から夕陽を浴び、黄色い強光に目鼻も服の模様もかき消された小さな人影がこちらに駆け寄ってくる。

小学校高学年くらいの野卑な少年がダンボール箱を抱えていた。蓋《ふた》の開いた箱には黒油鹿羊歯の新芽と、油漬けの瓶が入っているのが見てとれた。

「早くこいよ！」少年は笑いながら後ろを振り返り、誰かに呼びかけ、私にぶつかった。私はとっさに少年の手首を掴んだ。「泥棒か」奥からもう一人、いくつか歳下らしい少年が出てくる。

奥から出てきた小さいほうの少年が、私の右の掌《てのひら》を思いきり噛んだ。威嚇《いかく》ではなく、本当に加減を知らない、襲われた動物のような噛み方だった。驚いて手を放すと、少年たちは笑いながら走って出ていった。

窪田稔がぱしりと自分の頬を叩いた。「ああ、要《よう》助《すけ》おじさんとこの餓鬼どもじゃないか……」

「要助おじさんって窪田の誰かか？」私は噛まれた右手を見る。掌の小指側に犬歯の穴が開き、血があふれてくる。

窪田稔が言う。「うんそうだ。要助は僕の祖父の従弟《いとこ》の三男で、あいつらはその子供だ。窪田一族の恥なんだ。……申し訳ない。きつく言っておくよ」

私の掌から流れる血を見て、窪田稔が言う。

「ひどいな。すまない」

「いや君のせいじゃない。消毒しないと。水道は止まっているか」

かなり血が出ている。コンクリートの床に垂れた血は思ったよりペンキに似ていた。

静かに見ていた新津が言った。

「ああ、青塚先生、大変ではないですか」

新津はいつも持っている黒いくたびれた鞄を開き、ヨードチンキをよこした。私は傷口を消毒しながら皮肉を言う。「その鞄には、何でも入っていますね」

「心配性なんでございますよ。右手をお貸しください。手当てしましょう」

新津は私の右手を取り、丁寧に血を拭き取り、もう一度傷痕を消毒する。ステンレスの箱に収めた、ゼリーのような軟膏《なんこう》を出し、また血があふれてくる傷に貼る。

「何でしょうか、これは」

「抗生物質入りの軟膏ですよ」

新津はハンカチを出し、実に上手に私の傷に巻いた。

三

東西に、山の高い部分から低い部分へと伸びた鰻《うなぎ》の寝床のような細長い工場は、私のわずかな記憶ではおおよそ三つの部分に分かれていた。手前から倉庫、作業室、厨房だ。

最近までも、入り口すぐは倉庫だったらしい。二階まで吹き抜けの倉庫に、天井まで水が来たようだった。明かり取りの天窓の硝子が割れて砕け散り、窓枠や天井には黒い泥がへばりついている。

残っていた油鹿羊歯の油漬けの瓶が割れ、中の漬けものが床に落ちて腐っていた。

硫化水素だろうか、硫黄のようなひどいにおいが黄色い光に満ちたこの空間の空気を汚している。

他にも色々なものが落ちている。軍手やエプロン、三角巾、長靴、ばらけた菜箸《さいばし》、包丁、県の優良食品認定の賞状、どれもそれぞれに大事なもののはずだ。水が通りすぎたコンクリートの床は、はっきりと黒ずんでいた。

「ひどいよねえ」腕組みしながら窪田稔が言う。「どうも鉄砲水は、ちょうど工場の中をぴったり通り抜けたみたいだね。東西に長い、トンネルみたいな形だからかねえ」

倉庫の奥では、作業室のベルトコンベアがひっくりかえり、扉が嵌っていた鉄枠に引っかかっている。

私はベルトコンベアの下をくぐり、倉庫から作業室に向かう。

場違いになまめかしい赤い布団が、作業室の壁に叩きつけられ、貼りついていた。黄色の夕陽があたって、金赤《きんあか》に輝くようだった。

布団の一部は羊歯の前葉体に覆われはじめてい

た。羊歯と布団のあいだに長い黒い髪の毛が巻きこまれている。

私は呟く。「なんで布団が……」

「誰かが寝泊まりしていたんだろうねえ」窪田稔が言った。「一視君、これを見てくれよ」

窪田稔は、作業室の北の壁の前に立ち、吊るされていた紙束を振りあげた。

作業室の北側は、事務を執る場になっていたようだ。机は倒れていたが、窪田稔がいる北の壁は水が避けたらしい。

窪田稔が私に、藁半紙《わらばんし》にガリ版で刷られた紙束を渡す。

そこには八人の名前と日付が印刷されていた。どうやら出勤簿で、出勤したら三文判を捺《お》すようだ。

青塚虎視、小美野家の数人、窪田要助と他の窪田家の数人、また流れ者なのか、水羊歯ではまったく聞いたことのない名字の男女二人の名がある。大迫隆士《おおさこたかし》と大迫小夜《さよ》である。「大迫」というのは九州の名字ではなかろうか。

出勤簿は六月三日、つまり六月十九日の洪水よりかなり前に途切れている。

「死者はよそ者だと言っていたね」私は窪田稔に訊く。「この大迫という人たちだろうか」

「うん、多分そうじゃないかねえ。青塚のおじさんが工場を閉めても、行くところがないからって、しばらく寝泊まりしてたらしいねえ」

「そうか」

大迫隆士と小夜のことは父に訊いてみる必要がある。故郷に誰か縁者がいるならば連絡しなければならないだろう。

なだらかなところに建てているとはいえ、工場は油鹿塔山の山腹にある。敷地は、山頂のある東に向けてゆるやかな昇りになり、建物もそれに合わせて床のところどころに段差が設けられている。入り口の倉庫では吹きぬけになっていた天井までの距離が、最奥の厨房ではるかに縮まっていた。

被害は厨房がいちばんひどい。山頂に向かって大きく開いた窓は、板硝子が外れてしまったのであろう、窓枠だけが残り、素通しの状態である。そこから、山に生えていた黒油鹿羊歯が流れこんでいた。何重にもなった黒ずんだ羽状複葉のこの羊歯は、一株一株が大きい。背の高いものでは二、三メートルもあるであろう。泥と硝子の粉にまみれて溶け崩れつつある姿は、雪の舞い散る北の海岸に打ちあげられた巨大な海藻のようだった。

窓のあった空隙《くうげき》からは、油鹿塔山のふたつの山頂を辛うじて見あげることができる。黒い羊歯に覆われた二重の頂は夕陽に光っていた。

「ひどいなあ」窪田稔は、窓の外を眺め、風景を写真の形に切り取るように、指で四角いフレームを作った。「しかしここからの油鹿塔山頂の眺めは断然いいねえ」

窓に面した厨房の流し台は、汚泥が流れこみ、なかば埋もれていた。流し台の上の窓の、さらに上に貼られた「衛生第一。手洗いをしっかり」と大書された標語ポスターは残っている。

羊歯の灰汁《あく》抜きに使う大鍋やコンロは床に叩きつけられ羊歯に埋もれかけていたが、北側の壁にぴったりくっついた冷蔵庫は水の通り道から外れていたのか、いちおう、立った状態を保っていた。

何げなく冷蔵庫を開けてみて、驚いた。

冷蔵庫には、あたかも市田柿のように紐に吊るして、兎《うさぎ》の死骸が入っていた。毛皮も剥がさず、生前の姿のまま逆さにしている。とうに電源が切れ、兎は腐りかけていた。

冷蔵庫の脇には石を積んだ窯《かま》があった。どうも作りつけらしい。窯前面の鉄扉は一度外れたのを立てかけただけのようだ。私は鉄扉をどけ、中を覗く。

窯はかなり広い。二畳か三畳くらいありそうだ。これは燻製《くんせい》窯だ。急に水をかけられて冷えた木炭が、窯の下に溜まっている。基本的に石を積んで出来ていたが、奥の壁は、コンクリートで塗られていた。比較的新しく塗ったらしく、あまり汚れていない。窯の上部に、皮を剥ぎ内臓を抜き下処理をした兎が何羽も吊るされ黒ずんでいた。

私は窯の開口部に鉄扉を立てかけ直し、振り返って、改めて厨房を眺める。

元の形を留めた兎が、厨房の西側の角に流れつき、羊歯や厨房の細々とした道具とともに積みあがり、山になっていた。積みあがった物の中には鰹節《かつおぶし》削り器もある。

油鹿羊歯の油漬けの出汁は鰹節ではなく、兎で取っていると聞いたことがあった。

その残骸の山にもすでに羊歯が新しく生えはじめていた。羊歯の新芽に兎の死骸が巻きこまれている。どうして一度も開いたことのないはずの新芽に、死骸が巻きこまれるのだろうか？　新芽はいったん開いてから、また閉じたのか。じっと見ていると、黒油鹿羊歯の新芽はさらに縮こまり、兎の死骸を潰していくように思えた。兎の毛皮だけが艶やかである。

私は残骸の山をもの寂しい思いで眺めていたのだが、兎の燻製肉や羊歯に、黒い石が混ざっているのに気づいた。私は座りこんでその山を見つめた。奇妙だ。

見たことのない黒い鉱石がばらばらにそこにある。炭よりも黒い。油鹿塔山の土も黒いが、もっと黒く、硬そうで、鈍く光っている。石は塩や胡椒のように粉状にもなっており、そこらじゅうにばらまかれていた。

新津が私に声をかけた。「業者への支払いなどもあるのではないでしょうか。青塚先生、お父様に確認されたほうがよろしゅうございますね」

私は新津の言葉を聞き流し、黒い鉱石を注視した。厨房の残骸と黒い鉱石の山の中に、不似合いな工具がある。私は怪我をしていない左手で、工具の上にかぶさった黒い鉱石の粉をはらった。

石も削れる手持ち用の電動研磨《けんま》機が出てくる。研磨機には「あおつかとらみ」と書かれていた。虎視がこの黒い鉱石を削っていたのだろうか。この黒い鉱石は岩塩のようなものなのか？　虎視が中学を卒業したあと、工場で働いているのは私も聞いていた。

私は電動研磨機を手に取った。研磨機の砥石《といし》には黒い粉がくっついている。

「うわっ」私は思わず叫び声をあげた。

研磨機の下に埋もれていたのは奇妙な死骸だった。複数の太い虹蟻魚が、腹や胸で互いに附着して腐りかけているのだ。

四

「どうしたんだい」窪田稔がのんびり言った。

虹蟻魚の死骸だと見ると、興味を失ったようだった。

新津の返事も、ありふれたものに対しての無関心な口調である。「ああ、虹蟻魚の死骸ですか。油鹿塔山にも住んでいるのでしょう」

「それにしても、何匹かがくっついているみたいに見えませんか？　おかしいですよ」

突然変異だろうか？

「いやあ、一視君はすごく頭が良いんですよ……」

と、窪田稔は、私の話を露骨に遮《さえぎ》り、新津にどうでもいいことを喋りはじめた。

「とても賢かったので、わざわざ県で特別に知能検査をしたくらいでねえ、水羊歯一の秀才と呼ばれてね。

おそらく、この油鹿羊歯の油漬けの瓶詰めをずっと食べ続けたのが良かったんでしょうねえ。高級品でねえ。窪田の家ではそうそう食べられませんでしたねえ」

だから窪田要助の子供たちはここの羊歯と瓶詰めの残りを盗んだとでも言いたいのだろうか。

瓶詰めはいくつかの決まったデパートと、料亭にしか卸していない。油鹿羊歯は水羊歯のどこででも採れそうなものであったが、いちばん美味い黒油鹿羊歯は油鹿塔山でしか採れないし、油漬けの製法は特殊で、私もよく知らない。

窪田稔は、不意に私のところに来て訊いた。「一視君、四万九六一八×八〇九は？」

私は反射的に暗算し、答える。「四〇一四万〇九六二だ」

「ほら、すごいでしょう？」と窪田稔が、新津に、妙に誇らしげに言った。

私は窪田稔に文句を言った。「そういう質問はやめてくれ。なんだか暗算する芸人みたいじゃないか」

新津は計算のスピードに明らかに驚いていた。新津が本心から驚いたらしい顔を初めて見た。

窪田稔は指先に黒い鉱石の削り滓《かす》をくっつけると、うまそうに舐めた。石の滓など舐めて大丈夫なのだろうか。

窪田稔はにっこり笑った。「この鉱物質は体に良いんだよ、頭も良くなる」

「いやはや、驚きました」新津が私に言う。「お願いですから、もう少し暗算をお見せくださいませんか」

「いや、お断りします。くだらない」

「まあそうおっしゃらずに、後学のためにお願いいたします」

新津はもの柔らかだが、こちらが否と言っても、けっして完全な拒否とは受け取らない。彼の交渉はそこからはじまるようだった。

「青塚先生、お願いですから、傷の手当ての代わりだと思ってお見せください。会社の後輩たちはどうも頭の回転が遅くてですね、私自身もですが」

新津は、厨房に倒れていた折り畳み椅子を広げ、埃を払って座ると、例の黒い革鞄から算盤を持ち出した。その算盤は何度も見ていた。よく使い込まれ、珠が黒光りしている。秘密の払い戻しを何割にするか、いくら戻るか、魅力的な金額を何度もはじき出して見せた。新津はもちろん、一度たりとも計算間違いをしなかった。

「何度も私が計算してみせたのに、答えは先に出ていたのですか。先生もお人が悪いですなあ」

窪田要助の息子に噛まれた掌がずきずきする。ハンカチは真っ赤に染まっていた。「割り算はどうでしょうか」新津は手帳に数を書きこみながら、読みあげる。「五六億四七八九万四三六九÷九万五四八六＝……」

「五万九一四八・九二六二一九……繰り上げますか、四捨五入しますか、あまりを出しますか」

計算式を言われると、私は計算してしまう。やめようと思う前に答えが出ている。

血が床に流れた。今度は、新津は私の傷を気にも留めず、算盤で答え合わせするのに夢中になっている。

新津が感心したように言った。「こちらに帰ってこられても、工場の経営でじゅうぶん先生の能力は生かせますねえ。ですが、先生もお若いし、やはり都会でお暮らしになりたいのでしょうか」

窪田稔が言う。「いやいや、一視君はねえ、新津さん。ああ見えてけっこう愛郷心《あいきょうしん》があるんですよ」

私は苛立つ。窪田稔は俺の何を知っているというのだろう？　私は言う。「あなたがたは何なんですか？　僕がどこに住もうが君たちの知ったことじゃない」

薄気味悪かった。

新津が言う。「水羊歯はこれから発展しますよ。世界中から人が来ます。私ども三信観光開発はホテル建設を考えています」

軽井沢のような高級保養地にしたいと言うつもりだろうか。「南信州にはもっと立派な高山も高原もある。ここには羊歯料理くらいしかないじゃないか」

「炭焼き東吉伝説もあるよ」と窪田稔が言った。

「伝説は見に来るものじゃないだろう。たいした史跡もないんだし、東吉桜だって倒れた」

新津が言った。「ここは青塚先生が思っておられるよりずっと価値のある場所なんですよ」

「伝説を馬鹿にしてはいけないよねえ」窪田稔が言う。「現代は科学万能だよねえ。アポロも月に行くしねえ。月面着陸がテレビ中継されるなんて信じられるかい？　着陸予定の七月二十日には、高校は夏休みに入っているのかな？　日本では二十一日だっけ？　一視君も是非ともテレビで月面着陸を見て欲しいね。青塚さんの家では、いいテレビを買ったんだろう。……僕が思うにねえ」

窪田稔は滔々《とうとう》と続ける。「人間が人間たり得るためには、過去も未来も、どちらも重要ではないかなあ。つまり炭焼き東吉のような人間の根源のね、人間味あふれる伝説、そして偉大な科学知識と。

アポロの月面着陸！　空想科学小説が現実になるんだねえ。だからこそ炭焼き東吉のことを忘れてはいけないねえ……」

窪田稔が、何を言いたいのかわからなかった。いや、彼はテレビ局に勤めたのだ。どうどうとたわごとを言うのが彼の仕事なのかもしれなかった。

私は言う。「工場を継ぐって言われても、今のところまだ愛知で働くつもりだ。今の勤め先は優秀な生徒がいて面白いんだよ」私は天文部長を務める佐々木伸之とともに米国の天文雑誌を読みふけり、アポロ計画よりもっと優れた月面到着方法を議論したことを思いだす。「もし水羊歯に帰ったとしても、水羊歯中学で教師を続けるつもりだが」

窪田稔と新津明雄が同時に言った。顔も目も合わせずに、だ。「いや、面白いものを見せてあげますよ」

窪田稔が手招きする。まっすぐ工場に差しこんでいた夕陽の進路はとうに逸《そ》れていた。私たちは長い工場を通り抜け、ふたたび外に出た。外はまだ明るさが残っていたが、夜が近い。

窪田稔は私に手招きを続け、ポケットから車のキーを取りだした。スカイラインGT—Rの後部に近づき、さっとキーを差してトランクを開けた。トランクの照明が自動的に点いた。

「一視君、見てみたまえよ」

妙なにおいがする。湿った茣蓙《ござ》が入れてあった。茣蓙には団子虫《だんごむし》がついている。濡れて色の変わった茣蓙を窪田稔が広げた。泥に汚れた三つ折りソックスをはいた棒のような足が、茣蓙からはみ出ている。夏用のセーラー服の少女が包まれていた。セーラー服の白いサテンのスカーフは、私の勤める高等学校のものであり、おかっぱからはみ出た白いうなじは、乱暴に撫でた覚えがある。

「あ……」

恐怖なのか驚愕《きょうがく》なのかわからないが、衝撃は肉体に直接やってきて、いつもの耳鳴りがつんざくようだった。息苦しさに耐えきれなくなり、自分が呼吸を止めていることに気づく。

遺体は与田弘美だった。細い首筋には、縄で絞めつけた痕が、青紫に変色して残っていた。横顔はたいして変わらないのに生きていないというのはおかしいと、とりとめもなく思った。

「こんな女子生徒は邪魔でしょう、青塚先生」と、三信観光開発の新津が言った。

「……ふざけるな」

つまりもし、彼女との関係が明らかになれば、疑いは私にかかることになるわけだった。私の膝から下は意志では止めようもなく震えている。

愕然としている私の手を窪田稔が引いた。「彼女はあまり頭が良くなかったからねえ。ピアノも弾けないしねえ。鞠子さんにはとうてい敵《かな》わないよ。千津江ねえさんが、本当に」

「千津江ねえさん」と窪田稔が呼んだ。義母の青塚千津江はそういえば、旧姓は窪田千津江だった。窪田稔に姉がいるという話は聞いたことがないから、従姉《いとこ》か又従姉か何かなのだろう。

「千津江ねえさんが、鞠子さんが本当にどんなにきれいだったか話していたねえ。月姫みたいだって、忍中納言の娘の月姫はこんな感じだったんだろうってねえ」

私は考える。逃げるか？　逃げても無駄だろう。三信観光開発はカタギの会社ではない。新津明雄は年齢からしておそらく戦争に行っている。一兵士としての出征ではなく、何年も専門的で特殊な任務を果たしてきた職業軍人ではないかと疑う。たとえばスパイや謀略《ぼうりゃく》のような仕事である。

今は観光開発業者のためにその能力を使っているとしても、だとしたら私が敵う相手ではない。

「いやいや、青塚先生が黙っておられれば、決してわからないようにしてありますから」

新津はにこにこしながら説明する。別の男子学生と駆け落ちしたことにする。その相手は天文部の部長、二年E組の佐々木伸之だ。将来、ロケットをつくりたいと言っていた生徒だ。つまり彼も行方不明にされたわけだ。

「冷蔵庫に入れておけば腐りませんよ」

窪田稔が言う。新津が答える。「電気は切れていましたね。まあ、外よりはマシでしょう」

窪田稔と新津明雄は、角材二本に布を渡した急ごしらえの担架に与田弘美の死体を積んだ。二人で運んでいく。私はただ、あとをついて行く。

作業室から厨房へ出る。このあいだには段差があって数段の階段を上がらなければならない。

新津は汗を拭きながら、「イヤここまで運んだだけで疲れますな」と、ゴルフの最中でもあるかのように言った。新津と窪田稔はいったん担架を下ろして休む。

それから冷蔵庫に入れた。

私はくらくらしながら言う。「要求はなんだ？　何のために僕の生徒を殺したんだ？　何故、……僕なり親父なりを殺せばいいじゃないか、与田や佐々木なんか関係ないじゃないか」

窪田稔が言う。「要求なんてとんでもない。水羊歯で工場を再開して、幸せに暮らして欲しいねえ。鞠子さんみたいにピアノやヴァイオリンが弾けるお嫁さんをもらってさ。炭焼き東吉みたいに。

戦前に青塚のおじさんが鞠子さんを連れてきたときは、まったく、炭焼き東吉が月姫を連れてきたような騒ぎだったらしいねえ……」

新津は窪田稔の言葉を聞きながら、何ごとか考えているようだった。

四章　深夜のテレビ

一

車で送られて、青塚家に戻った。時刻は七時を過ぎていた。

土間の引き戸を開けると、義母の千津江が迎えた。義母はひょろりとしている。あまり凸凹のない細長いひょうたんがあるが、彼女を見ているとそれを思いだす。

義母が言う。「あの人たち、一視さんに変なことをしませんでしたか」

「いえ、……いえ、大丈夫です」

「窪田の稔ちゃんは、良い子だったのに」と呟いた。

私は土間と茶の間を区切る上がり端に腰かけ、靴紐をほどく。土間のはじには、グランドピアノがない。ピアノの脚の跡が凹んだ鉄板を見ると、全身から力が抜けていく。ピアノはどこに行ったのだろう。父が小学校にでも寄付したのか。母のグランドピアノだから、義母に訊くのは憚《はばか》られた。

「お風呂はねえ、今お父さんがお入りになっているんですよ。喉渇きましたよねえ。羊歯茶いれましょうか」

義母が上がり端の私のかたわらに座り、世話を焼いてくれる。窪田稔や新津と何があったか、突っこんで尋ねてはこない。義母の鈍感さがこういうときにはありがたかった。

「ご心配なく、適当にやりますから」

義母が訊いた。「その傷はどうしたんです?」

「え、ああ。ちょっと切ったんです」

「包帯を換えましょうねえ」

義母は、私の右手に巻かれた血まみれの新津のハンカチを解く。私は窪田要助の息子に噛まれた傷を見た。あの軟膏のようなものがすっかり傷に吸いこまれ、傷をふさいでいる。義母が不思議そうに言う。「傷、ないですねえ。ハンカチに血がこんなについていているのに」

私は呆気にとられる。裸電球が点《とも》っただけの薄暗い土間だが、それでも犬歯の穴がぽっかり空いた、あの傷が見えないはずはない。目を右の掌に近づける。軟膏を貼った部分がやや盛りあがっているが、他には何の痕もない。軟膏が張りついて傷をふさいだのだろうか。目を近づけてじっと見ていると、掌が魚臭い気がする。私は流しに行って、手を洗った。

黄色い電球の小さな灯りが、タイル貼りの流し台の盥《たらい》に浸けられた、空になったばかりらしい茶碗や皿、木を削った汁椀《しるわん》を照らしている。流し台の中空には、黄色い蠅《はえ》取りリボンがぶら下がり、小蠅がべったりくっついていた。

義母の声が私の背にかけられる。

「一視さんのお部屋、片づけてありますからねえ」

「ああ、はい、ありがとうございます」

茶の間の隅では、虎視が大きな体を丸めて、あいかわらずテレビを見ていた。風呂のほうから父の声が聞こえる。

「かあさん、風呂がぬるい」

「はーい」と義母が返事をする。

風呂に薪をくべるためなのだろう、義母は上がり端から立ちあがる。プロパンガスは水羊歯でもすっかり普及したが、薪で焚いた風呂のほうが温まるだの湯がやわらかいだのと言って、父はかたくなに義母に風呂焚きを続けさせた。しかしこの地で薪はあまりにも燃えづらい。義母は虎視のところに行って、テレビを消した。「もう子供向けの番組は終わりだからねえ」

私は二階のかつての自室に上がっていった。

義母が掃除をしてくれており、部屋は清潔だった。部屋の東に向けて開いた窓からは油鹿塔山が見える。二つの頂が並んだ山容がシルエットになっていた。満月が近く月は明るい。水羊歯にいつも懸かる、水気をたっぷり含んだ黄色や黒の霧や雲が、月を隠したりあらわにしたりしていた。

私は部屋のはじに畳まれた布団に寄りかかる。汗だか湿気だかわからない水分がまとわりつき、殴られたように体が重い。

与田弘美との関係が暴露されれば、教員としての私は終わる。教員などもうどうでも良いではないか、とも思った。だが、私に今更、他の仕事ができるとは思えない。それに大体、教員を辞めたところで彼女を殺した疑いからは逃げられない。

馬鹿正直に警察に行ったらどうであろうか。与田弘美と関係はありましたが、彼女を殺したのは三信観光開発か窪田稔もしくはその手のうちの者です、と申し出たところで、とうてい信用されないだろう。


「一視さん、お食事です」

扉の外で、義母の声がした。

私がどうぞと答えると、義母が入ってきた。彼女が扉を開けたとたんに、階下のテレビの音がかすかに聞こえる。

窓の外、里山である青塚山の向こうから太鼓の音が響きはじめた。青塚山の西側にある東吉神社で、神楽の練習をしだしたのだろう。

義母が持ってきてくれた夕食は、水羊歯では大変なご馳走だった。まずは、三遠信、つまり三河、遠江、南信濃名物の五平餅《ごへいもち》である。岐阜や富山にもあるらしい。これは炊きたての白米を擂《す》り粉木《こぎ》で潰して串に盛り、味噌をつけて焼くのだが、水羊歯では、さらに羊歯の柔らかい葉でくるむ。青塚食品の油鹿羊歯の油漬け、ところどころに籾殻《もみがら》が混じった白米、乾《ほ》し羊歯と豆腐を入れた赤味噌の味噌汁、そして得体の知れない川魚の塩焼きだった。

私はこの川魚はY字路のそばの水羊歯村道で拾ったのではないかと思った。申し訳ないが川魚は残そうと決める。

義母がおずおずと言った。「ようやく戻って来てくださいましたねえ」

二階に食事を持ってきたのは、私と話すためらしかった。

「親父に怒られていましたからね」

「あれはお父さんがけじめをつけてお見せになっただけで、本当は帰ってきて欲しかったんですよ。いえねえ、一視さんに嫌がられてるんじゃないかと……わたしや、虎視が」

「そんなことはありません。お義母さんには感謝していますし、虎視もたった一人の弟ですし」

義母の態度はぎこちない。しばらくためらったあと、義母は思いきったように言った。

「あの、手紙、何度も手紙を出したのに」

「……何度も手紙？　いえ、手紙はこの前の一度いただいたきりですが。あとは今年の年賀状と」

義母は、かすかに怯えた顔をした。

「何度も出したんですよ」と言う。「郵便局の徹《とおる》さんが隠したのかしら」

義母は「お習字で県の賞を取った窪田の徹さんですよ」と言うが、窪田の人間はあまりにも多いので、誰が誰だかわからない。

水羊歯の郵便局に勤める窪田徹かもしれないし、あるいは新津が、豊橋の郵便局員か下宿の大家を買収したのかもしれない。新津は与田弘美を知っていたくらいだから、どんなことをしていても不思議はなかった。この前の手紙だけが運良く監視をすり抜けたのであり、私に来た他のすべての手紙に目を通しているだろう。

五平餅を食べるのが辛くなってきた。胃が痛い。私は義母に尋ねる。「三信観光開発という会社のやつが来ませんでしたか。先ほど来た人ですが」

義母は言った。「ええ、来ましたねえ。新津さん。鉄砲水のあとは余計ひどくなって」

「お父さんが会ったんですか」

「ええ、工場にも来ていたみたいですねえ。珍しいお土産を持って、うちにも来ました。アメリカやソ連のお菓子をくれてねえ。プリンやチョコレートや、NASAの宇宙食っていうのもありましたねえ。宇宙飛行士の人たちのおやつなんですって。面白いですねえ。でも受け取るとお父さんが怒るから」

怯えているはずなのに義母の口調はのんびりしている。「お父さんはねえ」

話していると苛々した。

「お父さんはねえ、工場の人たちをみんな馘《くび》にしてね。みんなスパイじゃないかって」

「それは、スパイというのは、三信観光開発のスパイですか」

「お父さんがおっしゃっていること、わたしみたいな馬鹿な女にはさっぱりわからないのですよねえ。そうやってスパイだって疑っているうちはまだ良かったんですけど。

窪田の要助さん、あの人を猟銃を持って追いまわしたんです」

「え？　本当ですか」窪田要助の息子たちが工場に盗みに入っていることは言わなかった。「何をしたんですか、要助さんは」

「羊歯を盗んだそうですねえ。あとねえ、工場のあちこちに穴を掘ったと言うんですよ。私や小美野のおばあさんで工場を見に行きましたが、穴なんかなかったし……お父さんは、東吉の祟りでおかしくなったんじゃないかしらねえ」

「祟り」を真面目な面持ちで口に出されると、奇妙な気分になる。馬鹿げた迷信に惑わされる人たちがまだ存在すると知ってはいても、義理とはいえ母で何年もいっしょに暮らした人が、きわめて現実的な推論でもあるかのように「祟り」を持ちだすのは軽い驚きだった。

「工場を建てた場所が、油鹿塔山のてっぺんに近すぎたのでしょうねえ」

「それが何故、東吉の祟りになるんです」

私はおそらくきつい口調で訊いた。

「あれ、一視さんは知らんかったですねえ。東吉神社のご神体のご本体は、油鹿塔山なのに」

義母は言う。「でもわたしは一視さんが帰ってきて本当にほっとしました。実のお母さんはあんなに、都会育ちできれいで賢い方だったのに、かわりに来たのがわたしのような……同じお母さんの弟さんがいれば良かったのに。きっと頭の良い息子さんだったでしょうねえ」

義母はまたも涙ぐむ。

二

私は布団を敷き、洋服を着たまま横たわった。

義母は洗いたての寝間着《ねまき》を置いていってくれたが、手に取ると乾いておらず、洗濯糊《のり》でベタベタしていた。

くつろぐ気にはなれない。また新津たちが乗り込んでくるのではないかと思った。にこにこしながら暴力団か、あるいは警察をつれてくるのだ。

後頭部が緊張と疲れでずきずき痛んだ。今朝、飯田線に乗り込んだのが遠い夢のようだった。今ごろ豊橋の高校では、佐々木伸之と与田弘美が行方知れずになった件で大騒ぎになっているだろう。新津は「先生には疑いがかからないようにしてあります」と言ったが、今現地にいないのはじゅうぶん怪しむに足る。なるべく早く戻り、知らぬ存ぜぬで通すしかないだろう。

窓から油鹿塔山が見える。山腹を覆った黒油鹿羊歯が揺れている。鹿か兎か、山の生きものが羊歯の陰を移動しているのであろう。一部の羊歯だけが時折揺れる。こういう光景は以前もよく見た。

切り立った双頭の油鹿塔山がのしかかる、少年時代を過ごした部屋で、昔と同じように羊歯が揺れるのを眺めていると、当時の記憶が蘇《よみがえ》ってくる。

母の鞠子が消えたとき、祖母は一言吐きだすように、「あの旅商人と」と言った。

だから私は、母は旅商人と駆け落ちしたのだと思っていた。父は私に何も説明しなかった。

タールを塗ったゲートルを巻いた男だった。背が高く、浅黒く、彫りの深いハンサムな男で、まるでインド人のようだった。いつも私に珍しい土産を持ってきてくれた。「やあ、一視君は算術がよくできる……」土間で母は、私と旅商人にピアノを弾いてみせた。昼間からピアノを弾いて遊んでいるよ、と村の女たちが悪口を言った。

私は後年、母たちは何故、自分を連れて行ってくれなかったのだろうと思った。

そしていっぽう、もしや、母は山に行ったのではないかと思っていた。油鹿塔山に連なる、羊歯に暗く覆われた広い山系のどこかにいるのではないだろうか。そしていつか戻ってくるのではなかろうか。

小美野家の何代か前の嫁は、姑にいびられ尽くし、山に逃げた。幼い子供たちを置いて一人で逃げたのである。逃げた先は油鹿塔山だった。青塚家の先祖が、羊歯の株に引っかかっていた彼女の着物だけを見つけたそうだ。

備後天狗にさらわれたとか、東吉屋形で月姫に仕えているなどと、老婆たちは孫に話した。その女は十年も経ってから帰ってきた。吹雪の暮れの夜に小美野家の扉を叩いたのだ。もう人語を解さなかった。着物も着ておらず、恥ずかしいという感覚すらなくなっていたらしかった。ただ「びごてんぐ」とくり返し、それきり寝込んで、しばらくして亡くなった。

女は落ち窪んだ目に涙をじっと溜めていたと、彼女の息子が後に語った。「その息子というのが、わたしのお祖父さんだに」と話してくれたのは小美野フサだった。

私はそんな姿で母が帰ってくるのを怖れた。がさりと油鹿塔山の羊歯が動くのを見るたびに、もしや母が見ているのではないかと思った。

三

それでもうとうとしたらしい。重いものが落ちた低い音がして、目が醒めた。私は着衣のまま、掛け布団の上に横たわっていた。

落石だろうか。

油鹿塔山に生えているのは黒油鹿羊歯ばかりだ。樹木ほどの根の張りはない。だから時々落石がある。

窓を開くと、まだ神楽の練習が続いているのか祭り囃子《ばやし》が聞こえた。私は自分の耳鳴りが、祭り囃子の音に変わって聞こえているのではないかと疑う。空は曇っていた。油鹿塔山は巨大な黒い影である。

階下でかすかに物音がする。祭り囃子ではない。音というより、低い振動が感じられる。さらに何かが這いまわる音や重い金属を床にぶつけるような音が混じる。

この家で奇妙な物音は何度も聞いた。子供のころ、とうに母はいなくなっているのに、夜中にグランドピアノをでたらめに叩く音がした。虎視が起きてピアノを叩いているのだと思ったが、見に行ってもピアノの前には誰もいないし、ピアノの蓋が開いてすらいない。

私は起きあがり、カーディガンを羽織《はお》った。六月末でも水羊歯の夜は冷える。

階段は、客間を取り巻く廊下へと降りていく。客間から玄関間を抜け、仏間に入る。仏間の襖をわずかに開け、茶の間を覗いた。

テレビがついている。柱時計は二時を指している。午前二時にテレビが放送しているのはおかしい。テスト放送でもやっているのだろうか。

父の青塚久視がテレビの前に座りこんでいた。テレビはざーっというわずかな雑音を放ちつづけ、それにともないあたりが振動している。

父の、細くなった腕と胴体の隙間から、テレビの光が漏れてくる。

異様な雰囲気だった。父に声をかけるのはためらわれた。

「鞠子」と父はテレビに言った。

テレビのチャンネルつまみがひとりでにまわる。チャンネルが変わった。テレビが話しだす。画面に映っているのはテスト放送用の色見本だ。

「青塚先生、夏休みの合宿はどこに行くんですか。二人きりになれたら嬉しいです」

父は怪訝《けげん》そうにテレビを見ている。声は男とも女ともつかない。アナウンサーの平板な喋り方で喋る。

しかしテレビはこう言う。「この古いおうちは青塚先生のご実家なんですか？　連れてきてくださってありがとうございます……。ご両親に紹介していただけるなんて……」

どういうわけか、テレビの声は、与田弘美が喋りそうなことを喋っているのだった。父が期待している話ではないようだ。

父は膝をついてテレビに手を伸ばし、チャンネルつまみをガチャリと変える。

テレビから流れるのは同じ声だが、明らかに違う個性の持ち主だ。「……社長じゃありませんか……、私ども夫婦を雇ってくださってありがとうございます。惚《ほ》れたあの娘《こ》と故郷《くに》を飛び出て一年あまり。良くしてくださったのは社長だけです。いつかカゴンマに帰ってもご恩は忘れません……小夜もどんなに感謝してるか。赤ん坊が産まれたら社長から『久』の字をいただいて……息子なら久士《ひさし》と名づけます……娘なら」

カゴンマとは鹿児島のことだろうか。鹿児島に縁がある水羊歯の人間とは、青塚食品工業の工場で働いていたらしい駆け落ち者の「大迫夫妻」である。しかし彼らは鉄砲水で亡くなったのではないだろうか。

父は畳に這いつくばった状態でブラウン管の裏にまわり、配線を調べている。九本の導線がテレビから突き出ている。差しこみ端子がそんなにあるはずはないのだが、何か別の機械をはさんでいるのだろう。導線の反対側には、青塚食品謹製「油鹿羊歯の油漬け」の徳用瓶が、三つ、座布団に並んでいた。瓶は五リットル入る。

父は、首に巻いた黄色い襟巻きを垂らしながら、苛立たしげにチャンネルをまわした。

テレビが言った。「青塚先生、この方は？　お父様はかなりお歳上だとおっしゃっていましたね」

私は仏間の襖を開け、茶の間に入る。

乱暴にテレビのスウィッチを叩き切る。そして座布団に並んだ瓶を見た。油鹿羊歯の油漬け徳用瓶に浸かっているのは一見、油鹿羊歯の固く巻いた大きな新芽に見える。白桃色のぐにゃぐにゃした物体だ。

瓶の裏側には白いラヴェルが貼られ、手書きで《Hiromi Yoda　B品質—67》とある。

他の瓶にも貼ってある。《Sayo Ohsako　C品質—178》《Takashi Ohsako　B品質—58》

どの瓶の蓋からも、三本の導線が出ている。導線は瓶の中の、溶液に浸かった羊歯の芽のようなものに繋げられている。

瓶の前面は、羊歯の葉と旭光《きょっこう》を意匠化した、青塚食品のシンボルマークのシールに覆われている。

「滋養強壮、食欲増進、頭脳を明晰に」と宣伝文句が書かれていた。

「鞠子の瓶は……？」と父が言った。

「そんな瓶はありません」とっさに私は答えた。

そして気づく、鞠子の、母の瓶があったのだ。

「この瓶は何なんですか、テレビはなんで喋ったんです」

何なんですか、もない。瓶の中身は、大学時代にもぐりこんだ生理学教室で見たことがある。どう見ても脳と途中で切られた脊髄《せきずい》だった。

いや、脳が喋るわけがないし、だいたい、青塚食品の油鹿羊歯の油漬け徳用瓶などというものの中で生き続けられるわけがない。

父は言った。「赤い導線は《見る》、白い導線は《聞く》、青い導線は《話す》……」

父がふたたびテレビをつけた。塊のような音がどんどん出てくる。尖った音が私の耳にもぐりこんで、三半規管《さんはんきかん》をざらざらとこすっている。「カゴンマに帰りたいなあ……」

「言っただろう、ここはとてもコスモポリタンな場所だって。情報の行き交うところなんだよ」

父は「国際的な《コスモポリタン》」と言うが、記憶にあるかぎり、水羊歯で外国人など見たことがない。

とつぜんまったく正常なことを言いだす。「千津江と虎視を頼むよ。虎視は一人では生きていけんし、あの娘《こ》、千津江もよくやってくれた。三人でモダンな生活をすると良い」

チャンネルが変わったように、唐突に、父の話す調子が変わる。「一視、一刻も早く水羊歯に戻ってきなさい。工場を継いではならない。あんなところはもう潰さなければ。おまえは水羊歯にずっと住んで、別の誰かが工場をやらないよう監視し続けるんだ」

父はテレビのチャンネルつまみをガチャリとまわした。

「卒業したら、先生のお嫁さんにしてくれますよね……ピアノが弾ける人が良いなら、練習しますから。弘美は、いっしょうけんめい練習します……」

与田弘美の話すような話を、テレビが別の声で話した。

私はテレビの電源を引き抜いた。

「お父さん、テレビはいつ買ったんです」

父は目を見開き、何も理解していない表情で私を見あげた。

「……さあ、数カ月前だなあ。テレビだとはっきり声が聞こえるって、グランドピアノよりはっきり声になるって、窪田の稔が言ったんだ。テレビ局に勤めてるから、社員割引で買えるってな。窪田の稔坊主も偉くなったもんだなあ」

土間の、油鹿川に面した側の外部で、何かが落ちるべしゃっという音がする。土間口が閉じていても、ひどいにおいがこちらにまわってきた。

落石ではないのだった。

父は言った。「備後天狗だよ。まあ、名古屋××大学の松浦先生によると、備後天狗は、吉備の国の、広島県の備後とは何の関係もないだろう、ということだがねえ。音だけを使ったんだねえ。音だけ……外国の古い書物にも書かれたビ＝ゴとかミ＝ゴとかいう怪物の名の音だけを」
一四、激しい音とともに落ちてきて、青塚家のすぐそばで潰れた。

五章　東吉神社の夜祭り

一

青塚家の土間には東西ふたつの出入り口がある。西、すなわち表玄関と同じ方角を向き、油鹿川道に面したどちらかといえば公《おおやけ》に開いた戸口と、東側の油鹿塔山や油鹿川に向かう、家の者しか使わない戸口のふたつである。

青塚家から東に出て、ゆるやかな傾斜を下りながら十数メートル行くと、大岩がごろごろ転がった油鹿川に出る。川面はさらに低く、流水が削った崖が自然の堤防になっていた。崖には先祖の誰かが石を組んでつくった、川原に降りる階段がある。昔の青塚家の人々は、油鹿川の水を使って畑に水を撒き、食事をつくり、風呂を沸かし、洗濯をしていたのだろう。

私が開けて外に出たのは、東側の土間口だ。

夜の油鹿塔山の山肌では、竹ほどもある黒油鹿羊歯の藪が風に叩かれ揺れていた。

夜になって気温が下がると、濃い湿気は雨や霧に変わる。雲は動きが速く、満月に近い月は雲に隠れたり現れたりした。雨がぽつぽつ降っては止んだ。

やはり祭り囃子が聞こえる。風に乗って聞こえてくる方角は、西南のようだ。小さな里山・青塚山のある方面である。青塚山には東吉神社がある。神楽《かぐら》の練習をしているのだろうか。夜の二時だか三時に？

私は油鹿塔山の垂直に伸びる崖を見あげる。天空は、油鹿塔山に大部分覆われている。ふたつの頂はあまりに高く遠いのでよく見えない。

油鹿塔山は広い。特にこんな夜中に一人で黒い山を見あげていると、何が住んでいても不思議ではない気がする。

備後天狗ではなくても、まだ発見されていない生きものが山から墜落したのかもしれない。

私は懐中電灯を振りまわしながら、川原への石段を降りていった。雨の筋が視界に入った。大きなべしゃりという音が聞こえたのはどのあたりだったのか。

川中の大岩に打ちつけられて、油鹿川の流れに洗われながら、何かが潰れていた。

懐中電灯の弱い光の中で、対岸の黒油鹿羊歯がざわざわ揺れている。

その潰れた生きものは、最初は鹿だと思った。鹿が急峻な崖から落ちたか、あるいは誰かが油鹿塔山から鹿を投げ落としたのか。窪田要助の息子たちなら、面白半分にやりかねない。

生きものは鹿にしては白っぽく、薄桃色がかっている。

大きさは二メートルあまりだろう。海浜に打ち上げられた鮫《さめ》や、海豚《いるか》や小型の鯨の色がもし生白ければ、このような感じであろうか。ただ、それらの大型の海洋生物とくらべて奇妙にばらばらな印象がある。一匹の生きものには見えないのだ。

私は懐中電灯のあかりを生きものに当てた。

その生きものには、少なくとも五、六本の腕だか脚だかが生えていた。鹿ではない。

胴体と覚しき部分には、円錐型の小さな頭がいくつも埋もれている。強烈な腐りかけた魚のにおいが、川の流れでも消せずに立ちのぼってくる。何匹もの虹蟻魚がくっつき、あたかも一匹の大きな生きものの形を取っていた。

夕方、青塚食品工場の厨房で見た、腹や胸がくっつき、ねじれた太い綱のごとく曲がりくねっていた数匹の虹蟻魚に似ている。さらにそれより大きいのだ。

虹蟻魚の集合体からは、腕だか脚とはまた別に、とても長い二本の骨がそれぞれ斜め上に突き出ている。その骨に張りついた大型の鰭《ひれ》のようなものが、ずたずたに破れながらも川の流れに揺すられている。

これは鉄砲水で流れでた虹蟻魚の死骸のひとつだろうか。巨大な、なんらかの変異を起こした虹蟻魚？　しかしいくら変異したとしてもこのような形になるとは考えづらい。

私は懐中電灯をよりいっそう近づけ、岩に乗り上げた奇妙な死骸に近づいてみた。腐りかけた魚に油が混ざったにおいだ。

顔にかかった雨滴《うてき》を右手で拭いながら、私は、自分の掌から、その変異した魚の死骸と同じにおいが発しているのに気づいた。これは、青塚食品工場で新津が手当てをしてくれた軟膏が貼られた箇所である。傷はすっかりふさがっている。私は懐中電灯で右手を照らす。ふさがった傷のあった掌の小指側には、妙な光る点が混ざっている。虹蟻魚の生白い腹のような光り方だ。新津が使った、缶に収めた湿った軟膏は、刺身みたいに短冊《たんざく》に切った虹蟻魚の肉ではないのかという疑いが湧いてきた。

虹蟻魚の肉には、虹蟻魚どうし、あるいは他の生きものの肉とくっつく性質があるのではないか？　私は嫌悪感でいっぱいになり、掌の肉を削ぎ落としたくなる。

油鹿塔山の羊歯の繁みががさりと動いた。

私は懐中電灯を向けながら、虹蟻魚の肉の性質について想像するのを止めた。この奇妙な死骸は、父を良く思わない村人の嫌がらせである可能性が高い。

崖の羊歯の陰に、人影がもぐろうとしていた。懐中電灯の光が鎌に反射した。私は怒鳴った。「誰だ、何をしてるんだ」

人影が飛び出てきた。油鹿川の渓流に突き出た大岩をぴょんぴょん跳ねて川を渡り、油鹿川道こととカワミチのほうへと向かう。カワミチのそばに仲間らしい誰かがいた。二人とも小柄な、子供の体格である。窪田要助の息子たちだろう。

人影は笑い声とともに、走って青塚山のほうに消えていく。

「畜生」

私は青塚家の横をまわりカワミチに出たが、見失う。道端に残されていたのは、タイヤがひとつだけの手押しの猫車だ。収穫した野菜などを入れるためのものである。黒油鹿羊歯の大きな新芽がぎっしり詰められていた。

祭りの音がする。笛や太鼓が面白く鳴っている。

私はカワミチのはじに立ち、懐中電灯を油鹿塔山から青塚山へと向けていった。青塚山の山頂を越えた向こう側では篝火《かがりび》でも焚いているのか、空が奇妙に明るい。おそらく東吉神社で、何かが行われている。今は祭りの時期ではない。

練習にしては灯りが鮮やかすぎる。いったい何が起きているのだろう?

届かなかった義母の手紙、殺された与田弘美、そして嫌がらせなのだろうか、奇妙な生きものが裏の谷川に落とされている。

脳が、テレビ受信器につながって喋るなどあり得るだろうか。どこか科学技術が進歩した社会ならば、もしかすると米ソではすでに実用化された技術なのだろうか。彼らは核兵器が作れるのだから、その程度のことは簡単にできるのではないか。しかし、その技術が水羊歯のような田舎で使われる理由がない。

私はもう一度、青塚家の土間に戻った。灯りの消えた茶の間で「カゴンマ」と、テレビが言った。鹿児島の大迫夫妻は気の毒である。

なるほど、確かに水羊歯も、「コスモポリタンな場所」とはいかぬまでも、遠い外の土地に縁がないわけではない。私は突っかけを革靴に履き替え、鉈の柄をひっつかみ、大型の懐中電灯を持ち、カワミチを駆けだした。

カワミチから青塚山の裏道に入る。この山は油鹿塔山に面した側を裏と呼ぶのだ。青塚山と、水羊歯谷低地との標高差はおよそ四十七メートルである。

養蚕全盛時代、裏道のまわり一帯には桑の木が植えられていたらしいが、すでに腐りはて、羊歯に埋もれ、もうどこに消えたかわからない。

私は細い裏道を覆う羊歯を鉈で切りはらいながら、小山を登っていく。

羊歯の葉は、繊細なレース編みのようであり、孔雀《くじゃく》の羽のようだった。油鹿羊歯の葉は、黄油鹿羊歯も青油鹿羊歯も岩油鹿羊歯も、油鹿塔山にだけ生える黒油鹿羊歯も、「羊」という漢字のとおり、葉軸《ようじく》の両側に、左右対称に小葉が並んでいる。その形を羽状複葉という。小葉のひとつひとつの中央にまた小さな葉軸があり、左右にさらに小さい小葉が並ぶのだった。

その繊細なくり返しが何重にもなり、大きく育った油鹿羊歯は猛々しかった。

鱗片《りんぺん》に包まれた大きな新芽が螺旋《らせん》を描き、ねじれながら開きかけていた。

単葉の「大谷渡り羊歯《おおたにわた》」は、樽ぐらいの大きさがある。葉はセロファンのようだ。株の中央から野球のボールほどの丸い新芽がつぎつぎに出現している。羊歯の葉を踏みつぶすと、革靴の底がぬるぬるした。

山頂を越すと、わっと祭りの音楽が広がった。この盛りあがりは本番のようだ。水羊歯の祭りは盆と暮れ、秋の収穫の時期だけだったはずだ。

何が起きているんだ？　何故六月に祭りをやっているのか？

私は鉈を振り下ろし、腐った桜の木に巻きついた蔓《つる》性の羊歯を叩き切った。

神社の裏口が見える。簡素なコンクリートの柱が二本、裏口を守っていた。

二

東吉神社に入った。

トタンで出来た本殿を通りすぎる。拝殿の前に広がる境内では、篝火が燃えさかっていた。

境内は二百坪ほどの広さである。拝殿から、手水舎《ちょうずや》と狛犬《こまいぬ》が置かれた箇所まで数十メートルだ。手水舎から先は下り坂で、私が今いる拝殿の横からは見えない。

下り坂は青塚山から降りる石段になっており、石段と水羊歯村道の交わるところに鳥居が建てられている。

拝殿から見て右斜め横に社務所、反対側の左斜め横には恵比寿様らしきものを祭った小さな末社がある。水羊歯では《里蛭子様《さとひるこ》》と呼ばれている。

他の神社にあってここにないものは、ご神木だ。

何度、さまざまな種類の名木を運んできて植えても、腐ってしまい羊歯に覆われる。

夜の境内は目がくらむほど明るい。篝火にくわえ、張りめぐらされた電柱に、裸電球を入れた赤い雪洞《ぼんぼり》がぶら下がっている。深夜の大気は雨をはらんでいるのだが、鉄の篝籠《かがりかご》で薪の火が消えそうになると、そばにいる誰彼が灯油をかけて燃えあがらせた。

村人が全員来ているのかと思われるほど人で溢れていた。人々は境内を丸く取り囲んでいる。笛と太鼓のお囃子が聞こえる。人垣の中央で演《だ》しものが行われているようだ。

黒油鹿羊歯を盗んだ犯人はここにいるのだろうか？

一杯機嫌の、中年の酔っぱらいが言う。「……馬鹿息子が賢くなったら、博士か大臣にでもなれっかねえ」酔っぱらいのそばを、二人の子供がくるくるまわるようにまとわりついていた。

あれは窪田要助と子供たちではないか？　酔っぱらいと二人の子供は、人垣の中にすっと入っていく。

「すいません、どいてください」

私は怒鳴りながら人混みをかきわけ、窪田要助を追った。「通してください」

人垣の最前列に出て、何故明るいのかすぐにわかった。篝火や雪洞だけではない。ガソリンで動く発電機がうなりをあげ、とてつもなく明るい照明に電気を供給しているのだ。照明はギラギラ光り、地面に敷かれた緋毛氈《ひもうせん》と、備後天狗に扮《ふん》して踊る村の若者五、六人を照らしていた。

水羊歯の伝統芸能であり、祭りの中心になる備後天狗舞である。

五メートル四方ほどの緋毛氈の上で、天狗の姿をした若者が、藁草履《わらぞうり》にすり足で、ごくゆっくりした動きで踊る。

　備後天狗舞の天狗たちは、「天狗」と聞いてまず想像する、赤い顔に長い鼻の天狗とは違う。舞い手たちは古くから伝わる面をかぶっているのだが、備後天狗の面には顔がない。ただ真っ黒に塗られている。頭襟《ときん》もかぶっていない。頭には髪のかわりに黄油鹿羊歯や青油鹿羊歯の葉を差し、黒い面は垂れた羊歯でなかば隠れていた。大きく広げた腕には和紙の翼をつけている。油鹿羊歯の羽裏には胞子嚢がびっしりついており、舞い手の動きに合わせて胞子がばらまかれる。照明に照らされた胞子は、金粉のように緋毛氈に光り散った。

　この踊りは珍しいと、戦前には民俗学者たちがつぎつぎに採集に来たが当時の村人は表に出したがらなかった。

　だが今、備後天狗舞の舞い手に向けられているのは、映画撮影でもするような大きなカメラである。カメラマンの他に、マイクをかついだ青年、照明を当てる係の男、彼らを指揮する窪田稔がいた。


　私はあたりを見まわす。人垣には窪田要助も子供たちも見当たらない。

　私は舞を見てしまう。この祭りに触れるのは中学校のはじめ以来ではないか？

　備後天狗舞の舞い手は十五歳前後から二十代なかばの村の若者である。私は高校へ行くために水羊歯を出たから、舞い手に誘われたことがないのは当然かもしれない。

　だが、夏休みと暮れには帰っていた。盆と暮れにはこの備後天狗舞が行われていたはずである。見物すらしていないのは奇妙だ。

　その時期になると、父は工場を休業にした。従業員が祭りに参加しているあいだなら休みやすい。北信州の高原に、珍しい羊歯や高山植物、それに蝶を探しに行こうと、義母や異母弟とともに旅行に連れて行ってくれた。あれはまさか、この祭りを見せないためだったのではなかろうか。

大学に入ると、祭りがあっても見に行きすらしない習慣ができていた。大学二年以降は村そのものに帰っていない。

即席に組まれた、一段高くなった木製の舞台で、老齢の男たちが笛を吹き鳴らし、太鼓を叩いていた。楽の音はずっと同じリズムで同じように鳴っているので、痺れるように現実感がなくなっていく。

「青塚の」

誰かが幽霊でも見たような声をあげた。

「一視君じゃないか」

窪田稔が片手をあげ、撮影班の作業をやめさせた。窪田稔が人混みをかきわけ、私に近づいてくるが、舞は続いている。

舞を見る私の表情はさぞ不審げだったのだろう、窪田稔は言った。

「一視君、祭りはねえ、今年に入ってから毎晩やっているよ」

「毎晩？」

「盛況なときもあるし、駄目なときもあるけどねえ。物騒なものを持っているねえ」

窪田稔は、私が握っていた、羊歯の葉の液にしとどに濡れた鉈を指さした。私はカーディガンを脱ぎ、むきだしの刃に巻きつけながら尋ねる。

「どうしてだ？　祭りなんて、年に何回かしかないから楽しいんだろう」

私がそう言うと、窪田稔が笑った。「楽しい、うん、楽しみでもあるよねえ。でもねえ、祭りというのはやらなくちゃならないものでもあるんだよ。神様と東吉に感謝をささげないと。

いやあ、まさか、一視君は東吉祭りの目的を知らないのかい？　青塚家の跡取りなのに？　すごく頭が良いのに、なあ。主神はすべてのはじまりの里蛭子様。里蛭子様の使者の東吉様、山の女神の月姫様。どの神様もきちんと祭らないと怖ろしいのになあ」

窪田稔の喋り方はおかしくてたまらないといったふうだ。私は薄気味悪くなる。祭りの目的は村人たちへの慰労と神への感謝、豊饒《ほうじょう》への祈りであろうが、それは毎日毎晩必要なことであろうか。

三

私は舞を取り囲む村人たちから離れた。境内の入り口のほうへ向かう。素朴な狛犬が並んだ先には手水舎があり、そのすぐ先は青塚山から降りる石段である。

村の婦人たちが、狛犬のまわりに茣蓙を敷いて座りこみ、うつむいて何かを作っている。

もう夜中の三時近いというのに、子供たちがうろちょろし、女たちが「あれをとって」「これをとって」というのをせっせと手伝っていた。

彼女たちは竹ひごとヘゴで、籠《かご》を編んでいる。直径五十センチほどの円筒型の籠である。彼女たちの周囲には数十もの竹籠が積み重なっていた。

毎日毎晩、彼女たちはこれをつくり続けているのだろうか？　農作業はどうなっているのだろう。窪田家の人たちは田畑をとても大切にしていたのに。鉄砲水のあとかたづけもしていないのは異様だった。

私は、手水舎から戦没者慰霊碑のかたわらに移り、息を殺している。真新しい慰霊碑には窪田某、窪田某、窪田某、窪田某、澤田某、澤田某、小美野某、と名前が刻まれていた。

脚立《きゃたつ》に乗った働き盛りの男たちが、数人がかりで、女たちのつくった籠や竹竿を組み立てている。

竹竿は火で炙《あぶ》って弓形に反らしてあった。二本の竹竿で、籠の円筒型を水平にはさむ。反った竹竿どうしを内向きに組みあわせるから、中央に、ちょうど籠をはさみこむ隙間が出来るのだ。

男たちは籠をはさんだ二本の竹竿どうしを、籠の右と左、双方とも縄できつく縛りあわせる。竹竿の先端は交差して、鋏の形になった。

籠ひとつにつき、二組の竹竿が結びつけられた。

籠が胴で、真横に長い腕が飛び出た蟹《かに》のようだった。この「蟹」には鋏が二組ある。

そのあと籠には右と左、それぞれ斜め上に跳ね上がるように、これは曲げていない竹ひごが差しこまれる。蟹の形に、翼の骨組みが生えたかのようだ。最後に、男たちはかけ声をかけあいながら、籠にまっすぐ下向きに、逆T字型に組んだ竹竿を二組、結わえつける。この逆T字型の竿二組を脚にして、竹の骨組みは支えなしで地面に立った。

備後天狗舞の笛や太鼓が鳴り響き、男も女も子供も、体をわずかに揺すり、取りつかれたように手の動きが速い。

若く頑丈な娘や新妻たちは台に乗って、ドラム缶の中身を、細い杵《きね》でせっせと搗《つ》いていた。搗き終わった白い物質をすくいだしてはバケツに移す。その白い物質が何か気づいて私は吐き気を覚えた。

ドラム缶に入っているのは、新津が私の傷に貼った軟膏と同じ色合いで同じ質感の物質である。杵で潰しきれなかった、尖った円錐型の頭や背骨や尾鰭が見える。虹蟻魚だ。

子供たちがいっしょうけんめいバケツを運んだ。もっとも歳をとった集団、各家の家刀自《いえとじ》の老女たちにバケツが差しだされる。

小美野フサをはじめとした老女たちは死んだ魚のどろどろに搗き崩された肉を荒れた素手でつかみ、鰭《ひれ》が手に刺さって血が流れても気にせず、みずからの血を魚の肉に混ぜるようにして、竹の籠に詰めていく。

腐りかけた魚肉のにおいで私は噎《む》せた。湿気で重い空気に、魚の血が溶けこみ、赤錆びたヘモグロビンのにおいが充満する。

家刀自の老女たちは、いつもつくっている刺し子でも刺すように、素早く着実に、ヘゴの繊維で魚肉を竹竿に巻きつけていく。

竹の骨組みは、ぼろぼろの魚肉に次第に覆われ、生きものの形になっていく。左右の斜め上に突きだした竹ひごには、鰭ばかりがつぎはぎされ、鰭で出来た、ごく薄い翼めいたものになった。

横に広がっているという意味では蟹にも似ていたし、その広がった体に薄い翼がへばりついているため、鱏《えい》が二匹重なっているようにも見えた。頭部はない。

青塚家の裏に落ちた生きものは、この奇妙な人形《ひとがた》であった。

備後天狗舞がにぎやかになっていた。舞を取り囲む人があふれ、籠を積みあげた莫蓙のあたりまで来る。

老女が言う。

「飛ぶ練習は向こうですればいいのに」

「こんなやつらがいることが戦時中にわかっていればねえ。息子のかわりに兵隊に行かせて……ああ、勝てたかもしれないのにねえ」

「……あいつらが独り占めしとったからねえ。……青塚の……」


小さな人影が私の背中を叩いた。

驚いて振り返ると、ちんまりした小美野家の老女、小美野フサが、前掛けで魚の血をぬぐいながら立っていた。

「あんたが神主になれば良かったんだに。久視さんが変に教育つけるから。視一郎旦那様が、見栄張って、息子んとうに、ハイカラな学校行かせたから」

視一郎とは、小美野フサが侍女のように仕えていた私の祖母・青塚ヨシの夫で、つまり私の祖父だった。

「神社を守るのが青塚の家の役割だったのに、まあ」と小美野フサが言った。

「小美野家はどうなんです」

「小美野の家は、籠を編んで備後天狗をつくる仕事があったに。いまじゃあ、窪田の家に盗られちまって……。まあ教えないとなあ、技が途絶えちまうからねえ」

「おーい、黒油鹿羊歯だぞ」

水羊歯村道旧道からの石段を駆けあがり、高く持ちあげた猫車で壮年の男たちが運んできたのは、玉の形をした黒油鹿羊歯の新芽だ。

彼らは、新しく茣蓙を敷くと、鱗片に包まれた、まだ生白い新芽を取っては、ひょいひょいと竹ひごに刺していく。

猫車に積まれた黒油鹿羊歯は間違いなく先ほど、青塚家の地所から盗まれたものであろう。食用にするために盗んだのではないのか？　私は呆然と眺めていた。

男たちは羊歯の新芽を切り開いた。誰かが、茣莚に置いてあった行李を開ける。中に詰まっているのは黒い石だ。青塚食品工場の燻製窯にあった黒い鉱石で、電動研磨機で虎視が削っていた石ではないか。

男たちは、その黒い鉱石の塊を、切り開いた新芽の内側に嵌めこんだ。

鉱石の黒さは、備後天狗舞の真っ黒な面を思わせた。

黒い鉱石を内部に詰めた黒油鹿羊歯の新芽が、竹と虹蟻魚でつくられた人形《ひとがた》の、頭にあたる部分に差しこまれた。鋏のついた二対の腕、左右斜め上に突き出た、魚の鰭を貼った翼、逆T字型の脚、それに黒い鉱石の顔と羊歯の頭、すべてが組み合わされて備後天狗の人形《ひとがた》が出来あがった。

境内の反対側、社務所の前で、葉巻をくわえた白人の、職業軍人のようながっしりした男が、備後天狗舞を見物しているのが人垣の隙間から見えた。

新津明雄がその男と話している。新津はガイドの役割を果たしているらしい。拝殿やら賽銭箱《さいせんばこ》やらを指し示し、声は聞こえないが丁寧に説明しているようだ。新津は空に向けて右手をあげた。夜空を舞う、いささか大きすぎる鳥の数が増えている。

羊歯を運んできた男たちは、今度は備後天狗の人形《ひとがた》を戸板に乗せ、石段を駆け下りる。備後天狗の人形《ひとがた》を運ぶ男のなかには村人ではなく、白人や黒人の、アメリカ兵らしい屈強な若者が二、三人混ざっていた。

私は石段になった参道の下を見下ろす。鳥居の外にトラックが停まっている。鳥居の先は水羊歯村道旧道だ。

バックするトラックをアメリカの若者が大きく

腕をあげて誘導する。石段に荷台が向けられた。

若者たちは荷台の扉を開き、動かない備後天狗を乗せていく。

まさか本当に、備後天狗をアポロ月面計画に使うのか？　アメリカに売るために備後天狗をつくらねばならず、あるいは、そちらのほうが大金を得られるから、田畑を耕す余裕が無くなった？

「それはうちのじゃないか。鉱石も、羊歯も！」

手水舎で、私は怒鳴った。びくりとしたように村の男や女の動きがとまり、私を見た。

備後天狗舞を囲む人垣から、窪田稔が現れた。

窪田稔が言った。「録音しているんだよ。変な音声を入れないでくれよねえ」

窪田稔はマイクを指さした。

備後天狗舞が行われている緋毛氈の反対側で、カメラマンが私にカメラを向ける。照明もだ。発電機のうなりとともにこちらを向いた照明はとてつもなく明るく、目がくらんだ。

「一視君、備後天狗のつくり方を知らなかったのかい？」

カメラが動く音がする。撮影されている。「撮影するな。警察に届ける」

「与田弘美さんのことはどうするつもりだねえ」

駐在所の警官もいたが、笑いながら備後天狗舞を見ているだけだ。こちらを見すらしない。米兵、と覚《おぼ》しき白人や黒人は、日本人のあいだのもめごとなど見向きもせずに、数十体の備後天狗を運び続けた。新津と話していた将校らしき男も消え、石段の下でトラックが発車する音がする。

窪田稔が言った。「ああ、アポロ計画の今日のノルマは終わりなんだねえ。最低一日二十体は運んでいるよ。アメリカさんにはアメリカさんで、備後天狗を《生かす》専門家がいるんだって。面白そうだねえ」

私は今やそれどころではなかった。「与田だって？　君たちがやったんだろう」

「だが一視君は、二年C組の与田弘美さんをもてあそんでいたよねえ。結婚するつもりもないのにねえ」

眩しい照明が私の顔に当てられている。

「そんな証拠はない」

じりじりと照明が顔を焼いているように思えた。私はカーディガンで刃を隠した鉈を振りまわした。

「危ないなあ」窪田稔は顔をしかめる。「あははは、もしこの映像をテレビで流したら、視聴者はどう思うだろうねえ。君と教え子の与田弘美さんのラブロマンスねえ。破廉恥《はれんち》な事件だよねえ」

舞の向こうで、カメラが私をとらえている。私は、備後天狗舞の若者にぶつかりそうになりながら、境内の緋毛氈を横切った。

「逃げるのかい」窪田稔がそう言い、追いかけてくる。私は鉈からカーディガンを取り去る。

「撮影するなと言っただろう」

私は社務所の前に三脚を立てていたカメラマンの手首をつかみ、馬鹿でかい撮影用カメラを鉈で殴った。黒い筐体《きょうたい》を鉈が削った。倒れかけた三脚を、窪田稔がとっさに支える。

「ひどいなあ、一視君は意外に暴力的なところがあるねえ。キャメラは西ドイツ製なんだよ。フィルムは夜用の超高感度だし」

カメラマンが私の手をふりほどいた。録音係がマイクを置いて、私の右腕をねじりあげた。鉈が取りあげられ、突き飛ばされ、社務所の板壁に叩きつけられる。

踏み固められた地面には緋毛氈が敷かれている。脚がたくさん見えた。それは踊っていた。人間の藁草履の素足もあったが、鱗を固めた、奇妙な、両はじが尖った脚のようなもの、も動いていた。奇妙な脚は空中に飛びあがり、またしばらくすると降りてきた。

駐在所の西田原誠《にしだわらまこと》という中年の警官が、私の後頭部に拳銃をつきつけた。この人は確か私が中学のころ、窪田家の分家の娘と結婚した。

「ごめんね、一視さんごめんねえ」

義母の千津江が、撮影班に囲まれた私を見下ろしている。骨壺を持つように、青塚食品の瓶を抱えていた。私はぼんやり思う。誰の脳だろう、母の脳だろうか。

「お義母さんが僕を呼んだのは……」

「村長さんや窪田の本家やみんなに頼まれたのよ。ごめんねえ」

「君は工場を継ぐんだよ、村の名士だ」

澤田村長が私を見下ろし、笑顔で言う。「うん、青塚食品工場は、青塚家の長男の一視君がやるのがいちばんだ。窪田家の誰かがやったりしたら、まるで乗っ取ったみたいで体裁《ていさい》が悪いもんなあ。取引先も相手にしてくれんだろう」

駐在所の西田原誠が私の手を腹の前にまわし、手錠を掛ける。

「撮影、続きをやるよ」窪田稔がカメラマンや録音係に言う。「おっと、その前に、キャメラの点検を頼むよ。この踊りはきちんと記録に残さなければならないのだから」

篝火や雪洞に照らされ、神主が祝詞《のりと》をあげている。神主は窪田家の誰かだ。私の義母たる青塚千津江、旧姓・窪田千津江の伯父である。ふだんは農協の職員をしている。彼は若いじぶんに三重県の大学に行き、神主の資格を取ってきた。信仰に興味のなかった青年時の父は、あっさりとその座を彼に譲ったらしい。むしろ面倒な仕事が減ったと喜んでいた。

神主が拝殿から降りてきた。茣蓙に並んだ備後天狗の人形《ひとがた》の前に立つ。彼が抱えているのは青塚食品謹製油鹿羊歯の油漬け一リットル瓶だ。油漬けの黒い汁を銀の柄杓《ひしゃく》ですくい、羊歯の新芽にかける。かけながら祝詞を唱えているようである。白汁を受けると、新芽が滑るように開きだした。白かった新芽は少しずつ黒くなりながら、開いてはつぼむ。いったん開いてその繊細な葉を見せてから、ふたたびぎゅっと縮む。

笛の音と太鼓の響きがする。

新芽に埋めこまれた黒い鉱石に、螺旋状に開いた油鹿羊歯の羽状複葉の小葉が絡みつく。新芽からは根が伸び、白と虹色の混じった魚の肉まで降りていく。

できたての備後天狗が起きあがろうとしていた。

何羽？　何匹？　かが、すでに、よたよたと歩いている。

「何度見ても驚くなあ」と、澤田村長が言った。

私は手錠を掛けられたまま、社務所の前に座りこんでいた。これからどうなるのか想像もつかない。監禁でもされるのだろうか。義母が私に瓶を渡す。「一視さんの教え子さんです。良いお嬢さんみたいだったのにねえ」

青塚食品の瓶を見ると、ラベルには《Hiromi Yoda B品質―67》とあった。

四

備後天狗に扮した若者が踊っている。

神主は拝殿に戻り、太鼓がきざむ単調な律動にあわせ、祝詞をくりかえし唱える。

祝詞はよく聞くと、信濃で詠《よ》まれた有名な万葉集の歌である。県内にやたらに歌碑があるため、水羊歯に生まれれば興味がなくても覚えてしまう。

「ちはやぶる神《カミ》のみ坂に、幣奉《ヌサマツ》り斎《イハ》ふ命は、母父《オモチヽ》がため」

「信濃路《シナヌヂ》は新《イマ》の墾《ハ》り路《ミチ》。かりばねに足踏ますな。履《クツ》はけ。吾が兄《セ》」

「死なぬ路は居間の針道」「雁《かり》が音《ね》に」「ザリガニに阿諛追従《あゆついしょう》な」「樺太《からふと》に悪《あ》し鱒《ます》な」「朽ちつつ罠で」

「死なぬ路の今東吉は、次のごとくにあいなった。七と九、かりばねに足踏ますなよ、羊歯蟹に悪し終末よ。硝子煉瓦《れんが》の階段を降り、ぬばたまの黒瑪瑙《くろめのう》を砕き……、月姫いわく屑《くず》吐《は》け吾《わ》が兄《せ》……。

深淵の中なる母父《オモチヽ》《里蛭子神《さとひるこのかみ》》に幣奉り、岩の胃の血と脳を捧げ……夜の翼に乗り、しかし空間を越え……ちはやぶる神のみ坂の黒き縁を転がりつつ……」

「いと力強き使者たる東吉にすべてのことが語られねばならぬ」

神主は拝殿の扉を開けた。拝殿の中は十畳ほどの空間になっており、紅白の幔幕《まんまく》が張りめぐらされていた。

拝殿のもっとも手前では、十二単《ひと》衣《え》もどきを着た姫が金べりの畳に伏せている。

姫の十二単衣は、桜ん坊の絵とCHERRYという字が印刷された木綿の生地や、朝顔を描いた浴衣、水羊歯のおばあさんが編んだらしい赤い毛糸の膝掛けやらを重ねたものである。姫らしい黒く長い髪はない。十二単衣を着ているのは大きな虹蟻魚だ。

姫のすぐ後ろに置かれているのは、黒光りするグランドピアノだった。外国のメーカー名もペダルのくすみにも見覚えがある。間違いなく、青塚家の土間にあった母のピアノである。

ピアノのさらに奥、拝殿の突きあたりには、十二単衣を着た虹蟻魚に奉納されたのか、清酒と八丁味噌の樽、そして油鹿羊歯の油漬け特大瓶が積みあげられていた。

私は拝殿を斜め右に見る社務所のそばの地面に座りこんだまま、手錠をはめられ、与田弘美の脳の入った瓶を抱え、駐在の西田原に拳銃を突きつけられている。

神主が祈るにつれ、ピアノが鳴りはじめる。指一本で鍵盤を叩くぽーんぽーんという音が響く。しかし、ピアノのまわりには誰もいない。

私はピアノから導線が出ており、油鹿羊歯の油漬けの瓶につながっているのに気づいた。《話す》を担当する青い導線である。

やがてピアノは激しく叩かれ、打鍵音《だけん》がなだれ打つようになっていた。備後天狗に扮するための、真っ黒で目鼻のない面をつけた、村の若者が三人、緋毛氈の上で舞を続けている。

油漬けの瓶から延びた導線は青色のものだけではない。赤と白、《見る》と《聞く》に対応する導線も拝殿の畳にとぐろを巻いている。

二本の導線が動きだした。

私は漠然と想像をめぐらせる。脳入り瓶から発した導線が、テレビといった機械装置につながることによって、脳はその機械をコントロールし、見たり聞いたり話したりという動作を行う。

そうであれば、接続される機械装置の能力如何《いかん》によっては、《見る》《聞く》《話す》以外の行いもできるのではなかろうか？

油漬けの瓶から延びた赤と白の導線が、拝殿の賽銭箱の横を通り、階《きざはし》を降りていく。

備後天狗舞を踊っていた若者のうちの一人が、

仰向けに吹っ飛んだ。

黒い面がはずれ、あらわになった顔は白く頬が赤い、まだ十四、五歳の少年である。

だが、少年はすぐに飛び起きた。忘我の状態で見物している村人は、だから、特に少年の様子を気に留めていない。撮影班も撮影を続けている。

赤い導線は少年の右眼のまわりを這っていた。赤い導線の先端のプラグは、少年の柔らかなまぶたを引き裂き、眼輪筋《がんりんきん》の上下の隙間をこじ開け、内部に入りこんでいく。

導線をコントロールする脳は、少年の眼球を使って、《見る》つもりなのだ。

赤い導線は少年の眼球から頭蓋骨へとずるずるもぐりこんで内部を引っかきまわしている。

少年は拝殿に駆け寄った。感極まった動作に見えただろう。十二単衣を着た虹蟻魚を手で引きちぎり、白い肉の塊をむさぼり食べる。

「駐在さん、あれ、あの男の子、おかしいんじゃないか」

私は拳銃を突きつけられたまま西田原に、拝殿の少年を顎《あご》で差した。

西田原は興味なさげに言う。「ああいう舞なんだろう」

西田原誠は水羊歯村の出身ではない。

「あの子の眼から血が」

私の言葉は、西田原には聞こえていないようだ。

私は、倫理観も感情も麻痺している。少年の眼に導線がもぐりこんでいると伝えようとしたが、面倒になって止めた。

少年は拝殿に座りこみ、がつがつと虹蟻魚の肉を手づかみでむさぼっている。少年の体内の空隙で、虹蟻魚の肉がぐちゃぐちゃに消化され、少年の内部に溶けこんでいっている。

少年はかすかな悲鳴をあげた。祭り囃子にかき消され、村人は何が起きたか気づいておらず、ぼうっと舞を眺めるか自分の仕事を続けている。目の前にいる神主すら少年を気に留めていない。

神主が叫んだ。「射や、忍中納言女月姫《しのぶちゅうなごんのむすめつきひめ》、千株の羊歯を孕《はら》んだ山の姫神！」

少年はグランドピアノを背に、拝殿に仁王立ちになった。突然吐いた。食道から胃までが裏返り、そのすべてがどっと口から排出される。

少年は拝殿から外に向かって倒れ、賽銭箱をひっくりかえし、賽銭箱の上に吊るされた鈴が鳴った。拝殿に昇る階にうつぶせに倒れた。

少年の口から吐きだされた消化器官の内側は、虹蟻魚の鱗に覆われ、鱗どうしが結合し、滑らかで、まるで西洋の陶器人形の肌であった。

少年から飛び出した裏返った胃は、人の顔のように見える。ただしとても小さな顔だ。

村の若い男たちが、新たに拾ったらしい特大の虹蟻魚を戸板に載せ、奉納するのか、拝殿に運んできた。虹蟻魚は三メートルくらいはある。

若者たちは、内臓を吐き続ける少年の惨状に驚き、戸板に載った魚を落とした。魚は生きていた。境内の地面を激しく這い暴れる。勢いあまって尾鰭が石灯籠《いしどうろう》を倒した。

拝殿で、無人で鳴り続けていたピアノの音が不意に止んだ。グランドピアノがいっきに崩壊した。重く艶やかな蓋が飛び、黒い本体の箱も金色の響板も四方に倒れる。鍵盤は、拝殿の階を降り、境内の緋毛氈《ひもうせん》を走っていく。鍵盤は立ちあがって弓状に反る。

鍵盤からは青い導線が延びている。反った鍵盤は、少年から抜けだした胃に突き刺さり、まるで胃が頭部で、鍵盤が脊髄のようである。

立ちあがった鍵盤に、境内に敷かれた緋毛氈と拝殿の内側に張りめぐらされた紅白の幔幕が巻きつき、包み込んだ。緋毛氈は地面に近づくほど膨らみ、着物ともドレスともつかないものになっていた。緋毛氈の裾で、ピアノの内部に鍵盤の数だけあるハンマーが、弦を叩いていた。

籠を編んでいる女たちの悲鳴が響く。備後天狗舞の若者は立ちすくんでいたが、備後天狗舞は続いていた。備後天狗たちが羊歯の新芽の頭を揺らし、踊ったり軽々と飛んだりしていた。

少年の裏返った内臓は、胃が顔のようになり虹色に光る。鍵盤の首には、金色のペダルが掛かり、首飾りになっている。

緋毛氈と幔幕は私のすぐそばでヒラヒラ動いていた。緋毛氈に刺さっているのは白い導線だ。厚い布は、わずかに鼓動しているように見える。

女の形をした高さ五メートルほどの生物《せいぶつ》が、東吉神社の境内の、篝火と雪洞、それに撮影用の照明に照らされて立っていた。少年の胃であった頭部は異様に小さい。

驚いたことに、その頭部には目鼻が出来ている。目は黒鍵である。赤い唇は少年の腸だった。

赤い雪洞が女の滑らかな白い胸元を照らす。長い髪はピアノ内部に張られていた弦である。緋毛氈と幔幕は流れるような着物だった。その生物は、百人一首の絵札に描いてある女君《おんなぎみ》がひどく歪んだような姿をしていた。

備後天狗に扮した村の若者が、逆さにされ、持ちあげられた。

女の形をした、高さ五メートルの生物が喋った。ピアノ内部のハンマーが、弦をかんかん叩く音が

雑音として混ざる。

「この羊歯の蟻たち……小っぽけで、動いている……」

ピアノだった女のようなものが言った。

黄色い雨が降りだした。雨粒が私にあたる。教職のため、何度手を洗っても右手の人差し指中指親指に、指紋が埋もれるほどのチョークの粉が残っているような気がする。私は与田弘美の瓶を抱えながらも、今はついていない粉を落とそうと、指先を習慣的にこする。

「西田原さん、ちょっと拳銃を貸してください」

背後から、新津明雄が大股で現れた。私の見張りについた駐在の西田原は気圧《けお》されたように、素直に拳銃を新津に渡した。

新津明雄は落ち着いて銃を構え、鮮やかに、拝殿に置かれた脳髄《のうずい》入り瓶詰めを撃った。

瓶はみごとに打ち抜かれ、黒い油に浸かった脳味噌が拝殿の壁にぶつかった。赤・白・青の導線はただの物体に戻り、動かなくなった。

内臓を吐きだした少年の、母親と覚しき女が半狂乱になって、遺体をかき抱いていた。村でただ一人の医者が少年を見て首を横に振った。

「生き返らせるな！　潰すんだ！」

澤田村長が怒鳴る。村の消防団員たちが、バラバラになったピアノや虹蟻魚の破片を、鍬《くわ》やシャベルで滅多打ちにする。

新津は焦げくさい拳銃を握ったまま、西田原に言った。「これをしばらくお借りします」

西田原はうなずくばかりだった。

新津は、私に言う。「青塚先生、いっしょに来てくださいませんか」

境内を駆けまわっていた澤田村長が、目ざとく新津と私を見つけた。「新津さん、一視君をどうするつもりだね。工場を継いでもらわんと」

「工場は助けがあれば他の人にも出来ます。青塚さんの名前が必要ならば久視さんに新しく養子をとってもらっても良い。三信観光開発がいくらでも援助しましょう。ちょっと、こちらの一視君でなければ駄目なことがあります」

「はあ、まあ頼みます」

澤田村長は消防団の指揮に戻った。

私は手錠をはめられ、与田弘美の瓶を持っている。

「さあ、行きましょう」

新津は私のワイシャツの袖を引っぱり、拝殿の階を昇る。ピアノが崩壊し、幔幕がはずれ、清酒の樽がひっくりかえり、滅茶苦茶になった拝殿の中へと連れて行く。

「ちょっと待ってください。この瓶を調べさせてくれ」

私は、与田弘美の瓶を抱えたまま、拝殿にしゃがんだ。新津が射ち抜いてバラバラになった瓶のラベルを見つける。

《Mariko Aotsuka　C品質—24》

背後では暴れたピアノによって怪我をした人たちのすすり泣きや叫びが聞こえる。

「月姫様が」「忍中納言女月姫さまの依代《よりしろ》が屑だったんだ」「どこの馬の骨ともわからん、芸者あがりの女なんかを使うからだ」「東吉様」

拝殿の金べりの畳で、青塚鞠子の脳が萎《しな》びていく。私は母の脳のかたわらに座り、大きく息を吐く。

遺された母の体を拾い、供養したかった。だが手錠を嵌められた手で、床に落ちた瓶の中身をすくい取ろうとすると、今度は与田弘美の瓶を落としそうになる。

だから、母の脳のかけらを拾うこともできないのだった。

六章　油鹿塔山の屋形

一

境内では騒ぎが続いている。

新津明雄が、私のワイシャツの背中をひっぱり、立ちあがらせる。「お母様の脳はもう助かりません。諦めて、私と来てください」

「母はなんで脳の瓶詰めになんかなっているんです。母は、旅商人と駆け落ちしたんじゃないのですか」

「さあ、私はこの村の人間ではないからわかりかねますが、月姫の依代にするために村の人たちがやったんじゃないでしょうか。豊作を祈るために生贄《いけにえ》を捧げる。よくある迷信ですよ」

新津は私に駐在の警官から取りあげた拳銃を見せる。私の背中に銃口を食いこませながら、言う。「さあ、行きましょう。拝殿の奥に進んでください。しばらく一本道です」

言葉遣いだけはあいかわらず丁寧だった。

私たちは、ひっくりかえった味噌や清酒の樽を通り抜けた。良いにおいが無駄に立ち昇っていた。

拝殿のいちばん奥にある棚には虹蟻魚の剥製《はくせい》が何体も置かれている。魚には赤い着物が着せてある。

棚をどかせると、本殿に向かう渡り廊下が現れた。新津が背後で、黒い鞄から懐中電灯を取りだしている。

新津が懐中電灯で私の前方を照らす。そのとおり進めという意味なのだろう。

本殿にはけばけばしい絵が掛けられている。江戸時代後期か明治初期くらいのものであろうか？

色とりどりの木版で刷られた浮世絵だ。油鹿塔山を背景に、立派な屋形にいる炭焼き東吉と月姫が描かれている。白い馬に乗った若武者は牛若丸だろう。ふたつの頂がある油鹿塔山から、編隊を組んで備後天狗が飛んでくる。絵の中の東吉は、長身痩躯《そうく》で、焼いた炭の煙で顔が黒く汚れている。膝下にタールを塗ったゲートルを巻いている。見得を切る歌舞伎役者のようなポーズをとっている。

本殿の突き当たりには、押せばバタンと開く観音開きの扉があった。

その先は岩穴になっていた。雨がぱらつく外より湿気がひどい。私は新津の懐中電灯に行き先を命じられている。手錠にこすれて手首が痛い。私は汗と雨と湿気で濡れた掌で、与田弘美の脳が入った五リットルの瓶詰めを持っている。瓶は重い。手を滑らせないようにしなければならない。

せめて与田のご両親に、この瓶を送り届けることができれば、と思う。それとも見ないほうが良いのだろうか。

本殿の岩穴は地中深くまで延びているようだ。岩穴というよりトンネルである。自然にできたのか人工なのか、私には判断できない。天然の洞窟にあわせて、神社を建てた可能性もある。

「水羊歯谷の地下は虫食い状態に穴が開いているようですね」新津が言った。

そのために、村の入り口にあった東吉桜が、青塚食品工場を襲った鉄砲水からしばらく遅れて、増水で倒れたりする。

トンネルはゆるやかな下り坂になり、だんだん幅が広がっていく。

正面から、備後天狗が三匹、体を横向きにして並んでやってくる。胴の真ん中には編んだ竹籠が入っているから、分厚い。胴は真ん中から離れるにつれ厚みが減っていき、腕へと繋がっている。真上から見れば紡錘型《ぼうすい》であろう。

三匹とも紡錘型の細いほうを前後にして、湿度の高い空気をかきわけ進んでくる。虹蟻魚の鱗で出来た硬い鋏にはさんでいるのは、黒い鉱石だ。

彼らは私と新津に気づかないのか、どうでもいいのか、まっすぐ通りすぎていった。私の頬を、頭の位置にある羊歯がこする。濡れて、冷たく、ぺたりとくっつきそうだった。羊歯は、細かく枝分かれした葉柄、葉軸の一本一本が別々に、震え動いている。

鱗に覆われた胴には哺乳類のような機敏さが感じられない。もっと不器用な、大きな海棲《かいせい》生物が通りすぎた感覚だった。

トンネルの先からは、得体の知れない音がたえず低く響いてくる。何か大きなものが軋《きし》むぎーっという音である。

「足元に気をつけてください」

新津が言い、懐中電灯で地面を照らした。トンネルの内側の壁は、水羊歯の茶色い土が固まったものだが、補強するように白い生臭い素材が塗りたくられている。

地面には赤・白・青の導線が何本もとぐろを巻いていた。トンネルのはじに、ぽつぽつと油鹿羊歯の油漬けの瓶が置いてある。

ここには電気が通じているのだろうか。壁の一部が凹み、凹んだ先が空洞になった場所を通った。取りつけられた裸電球が寂しく光る下で、業務用らしい大型機械が動いていた。分厚いロール紙が高速で回転しながら白く光る。ロール紙は少しずつ機械に引き込まれていく。輪転《りんてん》印刷機である。

機械は本の大きさに裁断された紙を吐きだす。湿気を吸って紙は波打っている。

言葉が印刷されていた。「たすけて」

輪転印刷機の横には大小のテレビやラジオが並ぶ。

私の抱えた瓶から延びた導線が勝手に動き、テレビの端子に刺さる。テレビが言う。「……先生、青塚先生……」

私はしゃがみ、手錠をかけられた手で、テレビから導線を引っこ抜く。

二

トンネルは曲がりくねり、地上ではどのあたりにあたる場所にいるのか見当もつかなくなっていった。

裸電球がところどころに点る、開けた場所にたどりついた。やはりトンネル内部のままである。まったく窓のない四、五階建てのビルの内側が完全に空洞であったならば、似た印象を受けるだろうか。ただし、壁全体が白色で生臭く、虹色に光る鱗や、円錐型の魚の頭が混じっている。

十数メートル先に、その地下の広場を突然切断し、真っ黒な岩の塊が垂直に立ちあがっていた。今までの内壁とは明らかに違う物質から成りたっている。

「何ですか、これは」

私は思わず新津に訊く。

「水羊歯でいちばん貴重なものでございますよ。炭焼き東吉が扱っていた《炭》は、この黒い岩を削った鉱物でしょう。

青塚先生、東吉の伝説を聞いておかしいと思いませんでしたか？」

「単なるおとぎ話におかしいも何もないでしょう」

「東吉は炭焼きですが、羊歯ばかり育つ水羊歯村では、良質の木炭など焼けないじゃありませんか」

新津は東吉が実在の人物であるかのように話す。祖父母の知り合いの消息でも話すみたいだった。

黒い岩塊《がんかい》は岩というより、山か崖だった。コールタールが干涸《ひか》らび、もろくなったら、かくのごときだろうか。この物質は、村人が備後天狗の羊歯の頭にはさみこんだ、黒い鉱石と同じものだ。

黒い岩塊にへばりつき、備後天狗が岩を掘っている。備後天狗は二対の鋏の下のほうを岩塊に突き刺して体を支え、上の鋏で岩を採集する。

備後天狗をつくるための鉱石を備後天狗が採掘《さいくつ》している。

おそらく長年にわたって岩を削り取られたためであろう、黒い岩塊には深い虚《うつ》ろな穴がそこかしこに開いていた。

備後天狗の一匹が宙に飛び上がった。崖に登ろうとしたのだろうか。飛び上がった備後天狗は、別の備後天狗に羽をぶつけて墜落した。さらにもう一匹の備後天狗が、落ちた備後天狗の体を鋏でバラバラにし、トンネルの壁に塗りこんだ。もともと虹蟻魚だった体は、トンネルの壁にべったりと吸いこまれていく。

私は新津に連れられ、黒い岩塊へと近づいていった。岩塊はトンネルの行く手をふさぎきっているわけではなかった。

切り立った黒い岩塊は上下左右に延々と広がっているのがわかった。しかし地表に出てはいない。岩塊を包み込む壁が、トンネルの内壁と繋がり、やはりこちらも上下左右に延びているのだった。

黒い岩塊と、それを包み込む壁のあいだには数メートルの隙間がある。隙間ははるか上まで広がっており、また、隙間の下のほうからは、大量の水が滔々と流れる音が聞こえてくる。

新津が言った。「油鹿塔山の内側です」

トンネルに入ったときから聞こえていた、ぎーっと軋む音が激しくなる。

油鹿塔山の内部にある大岩は、縦に溝が入り、一見、ふたつに割れている。溝の幅は小川くらい、三メートルほどであろう。

その溝が垂直にどこまでも岩塊を削っているのにあわせて、あたかも、細い運河に果てしなく長い切れ目のない舟か筏《いかだ》が浮いているかのごとく、幅およそ二メートルの厚い鉄板が嵌まりこんでいるのである。

鉄板はゆっくり上昇している。どう見ても、これは自然にできたものではない。

私は鉄板を横から覗く。鉄板は、黒い岩塊の表面より、やや手前に張り出している。溝の奥からは何十本もの鉄の棒が突き出て、鉄板の裏側に溶接されていた。どうやら、このたくさんの鉄の棒が、黒い岩塊の内部から鉄板を支えているらしかった。

新津が拳銃で岩塊を指し、言う。「この黒い岩の塊は縦にふたつに割れています。鉄の板は、輪っかと言いましょうか、車輪と申しましょうか、岩の割れ目にすっぽり嵌まりこんで、岩を、縦にぐるりと取り囲んでおります。まあ言わば、非常に大きな車輪の形をしているのですなあ」

つまり、鉄板に溶接された棒は、車輪の輻《や》、英語でいえばスポークにあたるらしい。遠くまで響くぎーっという軋みは、この輪が回転している音だった。

私は新津に訊く。「動力は何なんです」

「いや、私には正確なところはわかりかねますが、水羊歯の地下にはずいぶん水が流れておりますね。この岩塊の下にもさらに流れがあるようでございましょう。この輪は」新津は少し考えるようだった。

「いわば《水車》なのではないでしょうか」

「こんなところに《水車》？　誰がそんなものをつくったんです」

「つくったのは備後天狗でしょう。黒い鉱石を掘るために必要なものを調《ととの》えるのも、彼らの仕事です」

「直径はどれくらいあるんです」

「油鹿塔山の標高から、水羊歯谷の標高を引いたくらいでございましょう」

直径およそ八百メートルの《水車》ということになる。

《水車》には、小さな板の両端を鉄鎖で留めた、吊り足場がいくつも設置されている。吊り足場はどうやら備後天狗たちが運搬に使っているらしい。掘り出した黒い鉱石や備後天狗そのものが乗っている。

新津が言った。「上に行きましょう。青塚先生にお会いしたいという御方がいらっしゃるのです」

「上って、あのブランコみたいな足場に乗って行くんですか？　直径八百メートルの？」

「遊園地の観覧車と思えば楽しゅうございますよ。天文部の教え子さんたちを連れていらしたら大喜びでしょう」

天文部の教え子のうち二人を抹殺《まっさつ》しておいて、平気でこのようなことを言うのだった。

私は新津に背中を銃口で押されるまま、重たい瓶を抱え直し、吊り足場に乗った。《水車》が動きだして、ふわりと私たちを上方へと運んでいく。

微妙に揺れる吊り足場から、切り立った黒い岩塊を見まわすと、各所に白っぽい備後天狗が張りついて、鉱石を採掘している。巨大な黒い蟻塚に取りつく大量の白い蟻のようだ。頭部の羊歯をアンテナにして岩塊を這わせ、鉱石を探っているようでもある。

干涸らびた岩塊のあちこちに開いた穴には、崩れて沈みこんだものもあった。

黒い岩塊から数メートル離れたところに、岩塊を取り囲む壁がある。突き固めた茶色い土に、白い虹蟻魚の肉がまだらに塗られている。

新津の話が正しいならば、油鹿塔山の裏側である。黒い岩塊を包む殻《から》のようだ。胡桃《くるみ》の殻、ゆで卵の殻、何かそのようなものだ。

油鹿塔山の裏側の壁からは、こちらに向かって、アットランダムに、コンクリートでできた直方体の塊が延びている。コンクリートのつけ根にはたいてい扉や門があり、どうも空中の桟橋《さんばし》とでもいうべきものに見える。備後天狗がよたよた飛んで、桟橋に飛び移っていた。もっとも彼らは激しいベシャリという音をたてて、しばしば墜落した。下を見ると、何匹もの備後天狗がコンクリートの直方体に叩きつけられ潰れている。

しばらく上昇していくと、今度は黒い岩塊のあたり一面を、植物の根が這いうねっているのだった。

岩塊の表面で芽を出しているものもある。羽状複葉をくりかえす黒みがかった葉は、黒油鹿羊歯だ。大部分の黒油鹿羊歯は金色の鱗片に覆われた太い葉柄を伸ばし、山の内壁を突き破っていた。

つまり、黒油鹿羊歯はこの黒い岩塊を苗床《なえどこ》にして生えている。だから、水羊歯の油鹿塔山以外の地では育たない。

内壁まで届かず、早く芽を開きすぎた黒油鹿羊歯が私たちの行く手をばさりとさえぎる。ところどころで黒い液体が流れ出て滝になっている。

もっと下では黒い岩塊は干涸らびていたのだが、今は何百メートル昇ったのだろう。

岩塊は、黒油鹿羊歯の根によって黒い成分を抜き取られたとでもいうように、白っぽく変わっていった。同時に、私たちのいる岩塊と山の内壁とのあいまも、薄明るくなっていった。

かなりの時間をかけて、《水車》の軌道は、ほぼ垂直の昇りから、斜め上への進行になり、やがて水平に変わった。

水平に広がる岩塊は白い岩の平原であり、私たちを運んできた鉄の《水車》の嵌まった溝が、中央をまっすぐに走っていた。

地下では黒く干涸らびていた岩塊がすっかり白く、妙にみずみずしくなっている。白い岩塊の表層をとろりとした黒い液体が流れているが、あまりにも岩塊が白いので、液面からも白い岩が透けて見える。黒い液体は脚首くらいまでの深さだ。

私は新津に言われるまま、《水車》の足場から降りた。

その場所はとても広い。野球場がいくつも入るであろう広さだ。あたりには異様なほど光が溢れている。

上を見あげる。白くなった岩塊は、ドーム型の天井に覆われていた。天井は、お椀を伏せた形のドームがふたつ連なった状態である。

これが本当に油鹿塔山の内側であるのならば、頂がふたつある、あの山容と一致する。

ふたつのドームが交わる、天井の低くなった直線部分は、ちょうど、溝の真上にあたっていた。

ドームをつくりあげているのは硝子、あるいはそれに類する物体だ。地上の光を通しているのか、光は白昼という言葉にふさわしい明るさで、あたかも極地の真昼で陽光が雪に乱反射しているかのごとく、硝子はきらきら輝いている。

深夜ではなかったのか？　夏至を過ぎたばかりだから早く夜が明けるにしても、朝の光ではない。光源は不明である。

ドームは硝子のようだが、板硝子ではない。硝子煉瓦というのだろうか、立体になった硝子がドームのもっとも高い頂点までびっしり積まれている。

「硝子煉瓦？」思わず私が口に出すと、「よくご覧なさい」と新津が言った。私は新津の銃口に押され、黒い液体が流れる白い岩の広場を延々と、硝子煉瓦のあるところまで歩く。

黒い液体の下の岩塊は、真珠みたいに輝いていた。貝の肉がへばりついた歪んだ真珠である。流れはゆっくりだとはいえ、とろりとした液体の中を歩くには力がいる。黒い液体の下には導線が沈んでいた。赤・白・青の導線だ。私は嫌な気分になる。

虹蟻魚が長い体を左右に大きくくねらせ泳いでいく。

硝子煉瓦に近づいて目をこらすと、それらはひとつひとつが脳髄入りの瓶詰めだった。青塚食品のラベルが貼られたものも多少あったが、外国語のラベルのもの、国内有名酒造店のものもある。

瓶と瓶の隙間をゴムかコンクリートか、あるいは虹蟻魚の潰した肉でふさぎ、瓶は本物の煉瓦と同じくきっちりと組みあげられていた。割れて、中身が飛び出した瓶もあった。ドームのふたつの頂点まで、高さは数十メートルはありそうである。厚みはわからない。

「新津どの、青塚一視どの」

八、九歳の童女が遠くから呼びかけた。胸の下高くで帯を結んだ緋の袴《はかま》に、白い小袖という巫女の服装である。

「東吉様がお待ちでございます」

「行きましょう」

新津が言った。

真珠のような岩塊を真ふたつに割る《水車》に、ちょうど橋を架けるように、古風な日本建築が建っていた。

黒い液体の流れを妨げないためなのか、杭状の堀立柱《ほりたてばしら》を規則正しく立て、その上に、京都の神社仏閣にでもありそうな屋形が乗っている。小ぶりではあるが、寝殿づくりの母屋《もや》とはこのようなものなのだろうか。入母屋檜皮葺《いりもやひわだぶ》きの屋根が優雅な曲線を描きながら長く伸び、屋根の下には「廂《ひさし》の間」とそれを取り巻く縁側がある。

廂の間と縁側には、絹や紗《しゃ》の御簾《みす》や几帳《きちょう》がひらひらしている。

三

私は新津に連れられ、屋形に向かった。古めかしいつくりだが、建物自体は真新しい。

「東吉屋形というのは、まさかこれなのか?」

新津が答える。「そうです。伝説には多少の真実が含まれているものですよ」

「新しすぎるじゃないですか」

「ですから、多少、なのでございますな」

巫女姿の童女が縁側に、錦《にしき》をまるめた円座《わろうだ》をふたつ出して手招きしている。私は持っていた重い瓶詰めを縁側に置き、階を昇って円座に座った。

板張りの縁側は清潔で、削りたての木のにおいがした。縁側の、建物側に並んだ柱と柱のあいだに御簾をかけて、そこから先が廂の間である。硝子瓶のドームの明るさも、廂の間にまでは差しこまない。

目が慣れると、廂の間に置かれた豪華な唐櫃《からびつ》や文机《ふづくえ》が浮かびあがってきた。贅《ぜい》を尽くした古い琴が見える。これが伝説にいう、京の名門貴族である忍中納言が、息女・月姫と炭焼き東吉の婚礼にあたって、都でいちばんの工人に作らせたという琴なのか？

それが嘘でも本当でも、今はどうでも良かった。私はろくに寝ていない。ただ、静かで清潔なところで落ち着いて眠りたかった。

廂の間のもっとも奥には、金箔《きんぱく》を貼った屏風《びょうぶ》を背に、斑《まだら》の鹿の毛が敷かれている。毛皮に、床机《しょうぎ》というのか、折り畳み式の腰かけを置き、炭焼き東吉が座っていた。彼は膝から下にタールを塗ったゲートルを巻いている。

彼の顔は炭を焼いた煙で黒い。

東吉は、私の記憶にある旅商人の顔であった。顔の彫りが深く、ハンサムなインド人のように見えた。

長身である。私は五、六歳のころ、常に彼を見あげていた。そのころと旅商人は大きさが変わらない気がするのだ。

当時の私の背が百十センチメートルで、彼が百八十センチだったとすれば、私が百七十センチになった現在、旅商人の身長は約二百七十八センチになる。体のすべての部分が、比率は変わらずにそのまま大きくなっているようだ。眼球は馬の目よりも大きかった。

豪華な屋形を建てても、東吉の服装は粗末だ。くしゃくしゃの揉み烏帽子をかぶり、火傷《やけど》の跡だらけの手には手甲《てこう》をし、藁の色の帷子《かたびら》、膝でくくった袴という姿だ。帷子の布は、信じられないほど粗い。麻なのか苧《からむし》なのか、莫蓙のような素材である。

「やあ、あの青塚屋敷の土間で、いつも母上の後ろに隠れていた小さな子か。青塚のもっとも近い代の子供か」

東吉の声は割れんばかりに大きく、朗々として、微妙に節があり、歌舞伎の口上触《こうじょうぶ》れのようであった。

東吉は、水羊歯の伝説によると、牛若《うしわか》と呼ばれていた少年の義経を奥州平泉の藤原秀衡《ひでひら》のところに送っていった。事実かといえば怪しいが、およそ八百年前の人物である。

八百年間、ずっと生きているのか、と一瞬思う。明らかなのは、今、目にしている東吉には非常に不自然な感じがあることだ。身長だけではない。屏風を背に腰をかけた東吉は、膝頭《ひざがしら》に手を置き、笑みを含みながらまっすぐ前を見つめている。

そのポーズからまったく動かないのだ。馬の眼球のような大きな目は瞬《まばた》きもしない。床机の後ろに赤・白・青の導線が垂れていた。この旅商人、あるいは炭焼き東吉は蝋人形《ろうにんぎょう》だった。

私は人形を見る。頭と首、腕と足だけが蝋でできている。おそらく衣類に隠れた部分に、喋る機械が仕込まれている。

さらによく見ると、琴や琵琶、漆塗りの燭台や唐櫃といった、年月を経た豪華な道具や調度のあいまに、ブラウン管のテレビが置かれている。

どうなっているんだ、と私は思う。馬鹿馬鹿しすぎるのではないだろうか。

私は乱暴に訊く。「貴方は炭焼き東吉なのですか」

「東吉は我が名だ。それ以外にも一千もの名前を持っておる」

「本当に義経に会ったのですか」

「ふむ、牛若殿か、遮那王《しゃなおう》殿か。我が案内したときには元服前であった。あのお方は、偉大なる……

里蛭子様に忠誠を誓い、平家との戦に勝てたのよ」

蝋人形の中のスピーカーが喋り続ける。どこかに脳の瓶詰めがあるのだろう。

「だが遮那王殿は供物《くもつ》が足りなかった。そのために運が尽きた。

それになあ、あのころの人間はまだあまり賢くない。遮那王殿はな、驚くなかれ、分数の計算もおできにならなかったのだぞ！　書物はあっても、まだラジオもない。当時としては賢いお方だったが、偉大なる……里蛭子様には役に立たぬ」


「客人に馳走をしよう」

高らかに東吉が言う。

新津はいつの間にか、白い岩塊の平原の遠くにいて、硝子瓶のドームを眺めながら煙草を吸っている。

高坏《たかつき》を持った童女が何人も、つぎつぎにやってくる。皆、白い小袖に緋の袴という巫女の装束である。

彼女たちの顔は白い。顔は蝋で出来た面である。

小柄な備後天狗が、女の面をかぶり、着物を着ているのだ。きれいな黒髪は後ろできっちり束ねた鬘《かつら》だが、鬘と面の隙間は針金で繋いである。繋いだ境目から、羊歯であったものがはみだし、膨らんだり萎《しぼ》んだりして、鼓動している。

私は呆れるとともに、不気味さを覚える。ばれないと思っているのであろうか。それともそんなことはどうでも良いのか。だとしたらいったい何のために童女の格好をしているのか。

童女のふりをした備後天狗たちがさらに何人も、海棲生物のようにドームを横切ってくる。関節や筋肉が、人間よりかなり少ないのだろう。動きはなめらかさや俊敏さに欠ける。薄い外骨格に包まれた肉塊が、むやみに突き進んでくるようでもある。ただ、頭部にあたる、羊歯であった脳のようなものだけが盛んに動く。

童女の手は、男のごつい手である。東吉の手をつくった同じ石膏型を使いまわし、蝋を流しこんだもののようだ。型どりをされた元の手が誰のものかはわからない。

蝋細工の男の手は表面と裏面にふたつに割られ、針金でぐるぐる巻きにして、備後天狗の鋏にかぶせられていた。

童女たちはその手で高坏を運ぶ。

高坏に載った漆塗りの皿には、黒い鉱石が盛られていた。大根おろしみたいに細かくなっている。青塚食品の工場で、虎視が電動研磨機で削っていた鉱石はこれであろう。

「備後天狗が、屋形の奥で掘っている鉱石だ。召し上がりたまえ」東吉はぴくりとも動かずに、喋る。

「この鉱石を食べると、頭が良くなる」

「頭が良くなる……?」私は訊き返す。

「頭が良い」という言葉を、水羊歯に帰ったわずかのあいだに、何度も聞いたように思う。その言葉はさまざまな意味を持つが、常に皮相《ひそう》に使われた。義経の業績や後世への影響、英雄であることなどは無視し、テレビを見ている現代人のほうが「頭が良い」と言ったとき、その「頭が良い」はいったい何を意味するのか。

東吉が言う。

「言葉どおりよ、頭が良くなるのだ。人間が猿より賢くなり、備後天狗どもがあの鈍重な肉体を動かす程度の知能を持てたのは、皆、あの黒い鉱石のためであり、鉱石の成分を取りこんだ黒油鹿羊歯のおかげ。油鹿塔山の奥に蓄えられた黒い鉱石には、さまざまな生物の脳を活性化させる働きがあるのよ」

縁側のすぐそばには桜が植えられている。桜の幹は風情あるふうにうねうねと曲がり、枝分かれし、花は満開である。

それは木質羊歯に針金をかけて曲げ、桜のように見せたものであった。桜の花々の姿を取っているのは、掌の形をした羊歯の葉で、鱗片が毛羽《けば》だっていた。

四

廂の間の奥にかけられた御簾が巻きあげられる。召使いの童女たちが巫女装束の緋袴をひるがえし、私の父の青塚久視と異母弟の虎視を連れてくる。東吉のいる廂の間に入り、父と虎視は、錦の円座にぽつねんと座った。

童女＝備後天狗は父と虎視にも、漆椀に盛った黒い鉱石を勧める。

東吉が言う。「さあ召しあがりたまえ」

虎視が箸を取り、一口食べ、吐きだした。

父は、黄色い襟巻きをぐるぐる巻きにし、六月にもかかわらず、綿入りの半纏を羽織っている。

私は手錠をはめられた両手で、屋形の外のドームを指さし、父に訊く。「お父さんはここを知っていたのですか？　知っていて工場をやっていたのですか」

「鞠子が生き返るならば脳だけでも構わん……だが窪田家や村長たちが、備後天狗や油鹿羊歯をどんどん作りたがった。アメリカやソ連に売るんだと。窪田の要助が勝手に工場を動かして……だから私は工場を閉めた……」

「備後天狗のつくり方は誰が考えたんです」

父は首を横に振る。

東吉が答えた。

「あれは他の星から来たのよ。ユゴスという星だ。その星ではヌ＝ガァ＝クトフンという種族が、都を築いて暮らしておった。

連中は特にバイオテクノロジー、ああ、この時代の、敷島の日の本の国では、まだこの言葉は使われていないであろうか。いや、ヌ＝ガァ＝クトフンたちの外科手術や生物改造能力はたいそう進歩していたのだよ。備後天狗は彼らがつくりだしたのだ。鉱石を掘る道具としてな。彼らは備後天狗のことを《羊歯の蟻たち》と呼んでいた。

さあ、一視君も召しあがりたまえ」

「手錠をはずしてくれ」

また別の童女がやってきた。小さな装置を持っている。幅は五センチほどで長さはおよそ二十センチ、ふたつのローラーのあいだに平べったいゴムを架け渡した、モーターのついた器具だった。先端には金属の「へら」がついている。

童女は私の口に、金属のへらを差しこみ、装置の平たいゴムの上に黒い鉱石を載せる。持ち手についたスウィッチをいれた。うなりとともにローラーが回転し、もういっぽうも連られてまわる。がっちゃんがっちゃんと音を立てながら、平たいゴムが私に向かって進みだした。

その装置はミニチュアのベルトコンベアのように、誰かの口に食べものを送りこむためにつくられたらしい。大根おろしみたいに削られた黒い鉱石が私の口内にもぐる。

ぬるぬるした鉱石は、意外なことに非常に美味である。黒油鹿羊歯の油漬けの味が、さらに濃密になったものだ。

童女の顔は、与田弘美から型を取ったらしい。塗装がいい加減なため、すぐには気づかなかった。薄い唇に朱を点じ、小ぶりな顔は単に真っ白に塗られている。が、間違いなく与田弘美の顔かたちである。

与田弘美の脳入り瓶から導線が延びて、唐櫃に載ったテレビの端子に嵌まった。テレビが喋りだす。

「青塚先生、何を召しあがってるんです？　美味しそうですね……先生はどんな料理がお好きですか。今、お母さんにお料理を習っているんです。この前、カレーを焦げつかせちゃって……お母さんは、弘美のお婿《むこ》さんになる人は可哀相ねって」

黙れ、と怒鳴りたかったが、口にはつぎつぎと鉱石が運ばれてくる。

与田弘美のテレビは楽しげに喋り続ける。

「来年の万国博、先生と行けたらどんなに良いでしょう……佐々木君が言ってたんですけど、ソ連館には本物のソユーズ宇宙船が来るんです……いっしょに大阪の万国博見学なんて新婚旅行みたい……」

私の唇にはめられた「食べさせ装置」は、あたかもラインの速度が急すぎる組み立て工場のようだった。噛んで飲みこむ速さより速く、私はこのまま腹が破裂するまで食べさせられるのかと思った。童女のふりをした備後天狗に貼りついた、与田弘美の面は笑っている。

それでもこのぬるぬるした黒い鉱物は美味いのだ。油鹿羊歯の油漬けの旨味がチーズみたいに凝縮《ぎょうしゅく》されている。

私はおそらく子供のころからこれを食べていた。本当に「頭が良くなる」というのならば、……虎視の場合は合わなかったのだろう。

不意に「食べさせ装置」が停まった。東吉がほがらかに声をあげる。

「さて、黒い石を召し上がったところで貴方がたにうかがいたい。青塚家の皆よ」

東吉が虎視に訊いている。「六三四七×九万〇二三八はいくつか」

虎視はきょとんとしているだけで答えない。九九も知らず掛け算の意味もわからないのに、こんな質問をしても仕方がない。東吉は、今度は父を見る。「六三四七×九万〇二三八は、答えよ」

父はぼうっと座っている。

東吉が私に訊く。「六三四七×九万〇二三八はいくつか」

童女がぎこちない仕草で、私の口から金属のへらを抜いた。唇が切れた。口のまわりは黒い鉱石の削りカスと血で濡れている。

「……五億七二七四万〇五八六」

答える気はなかったのに、口をついて数字が出る。ぬるぬるした黒い鉱石が、あたかも私の口を滑らせているようだった。

「先生、すごいですね！」テレビを通して、与田弘美の脳が言った。

五

私は逃げようとした。彼らが私に何をしようとしているのか察しがついた。

手錠を嵌められたまま、体を前のめりにし、立ちあがる。大股で廂の間に歩いていった。東吉はもちろん動かない。私は東吉の蝋人形を蹴った。腰かけごと倒れ、空っぽの帷子に導線が繋がったラジオが入っている。

「お父さん、虎視、逃げてください。虎視、逃げろ！」

二人はぼうっと座っているだけだ。

私は縁側から飛び降りる。童女＝備後天狗たちの動きは遅い。廂の間でうろうろし、互いにぶつかったり几帳を倒したりしている。飛び降りた先にはコールタールめいた黒い液体が流れ、足を取られそうになる。

黒い液体の下は柔らかい。真珠のように光る岩塊は随所で盛りあがり、黒い液体の上に突き出し、テレビやラジオが載っていた。

先生、先生、と与田弘美らしい声が、いや声は単なるテレビの音であるのだが、聞こえる。

どこに逃げよう。東吉神社に戻るか。新津の言うとおり岩塊の真ん中を通る鉄の板が《水車》であるならば、つまり輪になっているのならば、下る場所もあるはずである。そこを人間が通れるのかは不明だが。

しかしそのあとはどこに行けば良いのだろう。勤め先の愛知の高校にも、水羊歯村にも戻れない。伝説では、困窮《こんきゅう》した人や追放された人、村に居たたまれなかった人たちは油鹿塔山に逃げたが、山がこれではどうしようもないではないか。

私は岩塊の溝に嵌まった《水車》に沿って、来た方角と反対へ向かう。ふたつのドームにあふれる光が眩しい。

とてつもなく太い赤・白・青の導線が、ふたつのドームの中央から垂れ下がり、黒い液面でのたうっているのが見えた。導線はやたらにあるがこんなに太いものは初めて見た。新津がのんきに手漕ぎボートに座り、スポーツ新聞を読んでいる。

私は、その太い導線を抱えた。導線の先のプラグは普通の大きさである。

私は赤・白・青のプラグを、岩塊の高みに載ったテレビ受信器に差しこんだ。

ざーっとテレビからノイズが聞こえる。

そしていつものあの声がする。声はわかりやすい日本語で喋った。

「……信じては駄目……東吉はわれらをそそのかして、備後天狗をつくらせ、われら種族の脳を奪った……」

新津が私の背後にいた。

「素晴らしいでしょう。油鹿塔山の中身はこうなっているのですよ。ある遠い星、名前はユゴスと呼ばれています。そこにヌ＝ガァ＝クトフンという種族が住んでいました。ほとんどが滅んでしまったのですが、ここに一体だけ生き残っています。これが生き残った最後のヌ＝ガァ＝クトフンの脳です。人間よりずっと頭が良かった。ですから、脳もとても大きい」

「とても大きいって、まさか、この岩塊が脳……」

「ドームは頭蓋骨にあたります。頭蓋骨の天井と、岩のこの頂にずいぶん距離が開いてしまったのは、下のほうで備後天狗が掘っているからでしょう」

岩塊が溝で二分割され、その溝に鉄板が嵌まっているのだが、その溝は、人間の脳でいえば大脳《だいのう》縦裂《じゅうれつ》にあたる部分なのではないだろうか。

異星の種族だから人間と脳の構造はまったく違うのだろうが、右脳と左脳に分かれている点は同じなのだ。

新津が言う。「私たち人類もだんだん賢くなりますよ。宇宙に行きたい、テレビで色々なものを見たい、そういった好奇心は文明を進歩させます。『何でも見てやろう』という流行語が今のお若い方の精神でございましょうから、さらに期待が持てるというものです」

巫女装束の童女＝備後天狗たちが追いついてくる。

新津が私に、なだめるように言った。「それほどお辛くはありませんから……」

私は走りだそうとする。童女＝備後天狗の群れは、巨大な海棲動物が鼻先で突くように、緩慢に腕の鋏を伸ばし、私を押す。

集団で私を押しては突き、《水車》の足場に載せる。

「やめろ」

《水車》は岩塊、異星人の脳の裂け目にぴったり嵌まり、ゆっくりと動いている。

童女たちに貼りついた蝋の面には、与田弘美の小ぶりな顔型、華やかで美しい青塚鞠子の顔型が混ざっている。信州水羊歯あたりにはいない顔だちの、目鼻立ちのはっきりした二重まぶたの若い婦人の面は、九州の大迫小夜のものだろうか。

鉄板の《水車》はやがて下りに差しかかり、岩塊は崖になる。

備後天狗たちは私をはさんでスクラムを組み、いっせいにぴょんと跳んだ。岩塊から数メートル離れた、油鹿塔山の内側に突き出た直方体のコンクリート台へと飛んだのである。直方体のコンクリートは備後天狗たちにとって、空中の桟橋の役割をしている。

桟橋の奥には以前は扉が取りつけられていたようだが、今はもうない。すさまじい力がかかったらしく、蝶番がひん曲がっている。すさまじい力というのはたとえば鉄砲水である。

扉をくぐり、コンクリートと虹蟻魚の肉に固められた四角い通路を歩いて行く。通路は遙か彼方まで延々と続いているようで、どこに繋がっているのかわからない。

通路の途中に、石がバラバラ落ちていた。壁の向こう側から、鶴嘴《つるはし》か何かで崩したらしい。穴は真新しいコンクリートでふさがれていた。

与田弘美の面を貼りつけた備後天狗が、腕の鋏をふりあげ、無造作にコンクリートを叩き破った。

童女＝備後天狗は私を押して、ふさいであった穴をくぐらせる。前後左右上下、基本的にすべてが石を積んだ壁でできた、狭い押し入れめいた空間に出た。対面には頑丈そうな鉄扉がある。石壁から外れて、ただ戸口の枠に立てかけてある。

窪田要助が勝手に掘り、怒った父が猟銃を持って要助を追いまわす原因になった穴というのは、これではなかろうか。

二畳ほどの狭い中に、薪や炭や灰が散らばっていた。炭は、いったん火がついたものの、途中で水をかけられ一部だけが灰になっていたりする。

上を見ると、煤《すす》けた兎が何羽も吊るされているのだった。

どうも燻製窯の内部である。

立てかけられた鉄扉をどけ、燻製窯から出た。

ガランとした部屋に、水色のタイルがびっしり敷かれている。流し台の上には「衛生第一。手洗いをしっかり」というポスターが貼ってあった。父の筆跡である。青塚食品工場の厨房だった。破れた硝子窓の外では雨が降っていて時刻はわからないが、昼間ではあるようだ。

童女たちのふりをした備後天狗たちが私を作業台に乗せた。いつの間にか麻酔をかけるか、神経でも破壊したようだ。切れた唇の痛みがなくなっている。備後天狗たちは私の血管やら気道やらを取りだし、人工心肺につなぐ。それから脳を取りだした。

終章

私の肉体はばらばらにされ、兎といっしょに燻製にされた。鰹節の削り器で削られ、出汁を取られ油鹿羊歯の油漬けの樽に入った。

それは昭和四十四年六月末のことだった。私の脳はテレビに接続された。テレビは《見る》《聞く》《話す》を代行するとともに、スウィッチを切っているときには番組を受信した。

アポロ十一号が月に到達し、宇宙飛行士がゆらゆらと漂うように月面を歩くのを見た。本当に備後天狗が月まで運んだのだろうか？

番組が流れるのを、脳だけの私は視聴せざるを得ない。

番組では、スタジオでアナウンサーが喋っている。「さて、今夜の放送大学は、『解説ネクロノミコン』第二回です。解説は、三河鶏肉《みかわとりにく》大学人文学部宗教学科教授の瓜松有人《うりまつありひと》先生です。瓜松先生、よろしくお願いいたします」

瓜松有人先生が言う。

「テレビはたくさんの知識を皆さんに与えます。テレビによって、誰もが賢くなるのです。里蛭子神は、まったく知恵も考えもない、暴虐だけが退屈を晴らす唯一の方法と心得る、怖ろしい神ですが、テレビによって皆さんが賢くなれば、……姫神は一千台のテレビを孕み、……」

私の脳の入った瓶は、油鹿塔山ではなく、青塚食品工場の倉庫にずっと置かれていた。工場はだんだん大きくなっているようだ。

異物が混入しないよう、白衣で全身を覆った人々がぼんやりと労働している。備後天狗が、よたよたと、油鹿塔山の地下からエレベーターで黒い鉱石、要するにヌ＝ガァ＝クトフンの脳の破片を運んでくる。虎視が嬉しそうに受け取り、ありがとうと笑う。

暑くも寒くもない。

「さて、放送大学『解説ネクロノミコン』第六八七回です。三河鶏肉大学邪神学部混沌宗教学科教授の瓜松有人先生です」

「……隠された名前はアザトホート、使者は黒瑪瑙の松明を焚くナイアルラトホテップ。使者はアザトホートがあまりにも暗愚《あんぐ》なことに失望し、知的生命体の脳を取りだし、かの神を賢くさせたまう望みを抱きました……」

テレビ受信器は勢いをつけて進歩した。私の視界に映る画面は明るく鮮やかになり、装置は薄型になった。タブレットコンピューターやスマートフォンと呼ばれる機械によって、人々はもっと賢くなった。

「君のために、なんでもしちゃうよ？」と漫画の絵の、やたらに瞳の大きい半裸の女の子が、画面で光っている。コマーシャルである。テレビ漫画はこんなに進歩したのか、と、私は思う。それにしても女児向けのかわいい絵の漫画ばかりなのが解せない。

私は「グーグル」で検索することを覚えた。南信州水羊歯村の青塚食品は青塚虎視が代表取締役で、他の役員は知らない名前だった。先代の専務取締役が新津明雄だ。

窪田稔はテレビ局勤務から映画監督に転身し、カンヌ映画祭で賞を取った。そしてそのあと、児童買春と麻薬取引でロサンジェルスで逮捕された。ビバリーヒルズの自宅に、養子にした小さな男の子を何十人も集め、怪しげな儀式を執り行っていたという。

はるか昔の愛知県の高校生、与田弘美と佐々木伸之の駆け落ち失踪事件については何も情報がない。

備後天狗たちが、飛んできている。

時期が来たらしかった。

備後天狗は私の脳が入った青塚食品謹製油鹿羊歯の油漬け特大瓶を持ち、宇宙空間の《隙間》を越えた。私の天文学と数学の知識では理解できない《隙間》である。

知っている星座はもちろんない。とてつもなく広くがらんとした宇宙空間である。

《見る》《聞く》《話す》携帯機器に搭載された「ご近所探索アプリケーション」が、周囲二光年の空間には小さな岩塊しかないと伝えていた。

私は岩塊の様子を拡大する。

岩塊にへばりつくように機械が延びている。その機械は、長い筒と、筒に物体を押し入れる機構から成りたっていた。物体を押し入れる機構は巨大な漏斗《じょうご》で、そこに備後天狗が脳髄瓶詰めを投げ入れていく。砂時計の砂同様に、脳髄瓶詰めは少しずつ、長い筒へと押し込まれていく。

筒は数万キロの長さがある。ガントリークレーンや砲台に似ている。この機械は、脳髄を射出する装置である。そんなものがいくつも、この宇宙空間にひっそりと散らばっていた。

タブレットコンピューターはもっと小さくなり、ネクタイピンくらいのサイズになっていた。それを通して東吉が言う。「君の担当は『五〇万二三八六×七六八四＝』だ、偉大なる……里蛭子様が『五〇万二三八六×七六八四＝』を考える必要に迫られたとき、素早く答えを与える。重要な役割だ」

「そんな計算なら電子頭脳か電子計算機がやればいいじゃないか」と、私はカメラとマイクとスピーカーのついた極小コンピューターを通じて言う。

「いやいや、計算だけじゃない、森羅万象に関する知識を、ひとつの脳につきひとつずつだ」

「それじゃあいくつ脳があっても足りない」

「いくつでも使えばいい。けちけちしてはいけない」と東吉は笑いながら言う。「時間も、脳を取りだす生物もたっぷりあるのだから」

新津の声がする。「今、射出された瓶はアポロ計画で宇宙飛行士を務められたS氏の脳髄ですよ」

脳髄射出装置に込められた脳髄たちがつぎつぎに発射されていた。

東吉が言う。「くだらないだろう。こういうくだらなくて残酷なことが、偉大なる、……里蛭子様をお慰めする方法なんだよ。ほんのちょっとずつ賢くおなりだしねえ」

ご近所探索アプリケーションの探索範囲は半径二万光年まで広がった。そのうち一万光年ほどの範囲にエラーが出る。このアプリケーションでは解析できない物質があるのだ。

その物質が、東吉が仕える里蛭子神である。神は虹色に光り、膨れたりへこんだりする。あまりにも巨大なので星雲にも見える。

脳髄射出装置に込められた脳髄瓶詰めが飛び出していくと、見えない串に貫かれた串団子みたいに、虹色の神に刺さる。串団子といっても団子が何万個も連なった串団子である。

「賢くなるって、こんな方法じゃいつ賢くなるのか」

「人類がテレビを見て、今では何か別のメディアか……飛躍的に賢くなっているから、神が賢くなられる速度は少しずつ速くなるだろうよ。ヌ＝ガァ＝クトフンの七兆四千億の民の脳味噌がすでに使われたし、備後天狗もどんどん脳を運んでくれている。人類の次に脳を取りだす予定の種族も現在、徐々に進化している最中だ」

私の脳髄入り瓶を運んで来た備後天狗が、瓶を脳髄射出装置の漏斗に落とし、飛び去っていった。私の瓶も射出される。

炭焼き東吉がフルートを吹き、忍中納言女月姫が琴を奏している。誰かがグランドピアノを弾いている。面白可笑しい楽の音だった。

見渡す限り脳髄円筒が並んでいた。私の脳は、じっと、「五〇万二三八六×七六八四＝」の問いがくるのを待ちつづけている。

この神を賢くするためには、地球の海に一粒一粒砂を入れて埋め立てようという以上に、怖ろしいほどの時間がかかる。永劫と言っても良い。そしてヌ＝ガァ＝クトフンと人間がそのために脳を取られ、テレビを見せられ、賢くされ、食いつぶされていく。

時々、神はひどい冒瀆《ぼうとく》的な言葉を吐いた。

参考文献

＊『園原長者の炭焼き吉次』

著者　古橋和夫　発行者　園原古蹟保存会

＊文中の万葉集の歌は次の本を参考にしました。

『折口信夫全集　第五巻　口譯萬葉集（下）』中公文庫

巻第十四　3399

信濃路《シナヌヂ》は新《イマ》の墾《ハ》り路《ミチ》。かりばねに足蹈ますな。履《クツ》はけ。吾が兄《セ》

信濃街道は、新規に開通した道よ。木や草の切り株に、足を蹈みつけなさるな。履をはいていらつしやい。あなたよ。

巻第二十　4402

ちはやぶる神のみ坂に、幣奉《ヌサマツ》り齋《イハ》ふ命は、母父《オモチ》、がため

右一首、主帳埴科《ハニシナ》ノ郡神人部《カムナギベ》ノ子忍男《コオシヲ》。

神の入らつしやる峠道に、幣をさしあげて、謹み身を淨め、わが命の無事を祈るのも、唯一向《ヒタスラ》に、國に居られるお母さんお父さんの爲だ。

蓮多村なずき鬼異聞

《山田　剛毅》
一九八〇年生まれ。インターネット上やイベントでは
goking で活動。キャラクターグッズメーカーで商品開発を経験後、現在はＤＴＰデザイナーとして活躍。同人サークル「ギルマンハウス」を主催、「浮世絵クトゥルフ冊子」を製作し人気を博す。クトゥルフやゾンビなどのＴシャツやグッズを作成している。本作は妻との共作である。

プロローグ

田園風景を走る閑散とした列車の中、場違いな背広姿の男がいた。

男は使い込まれたスクラップブックを片手に、ボイスレコーダーに向かって何かを吹き込んでいる。

「今日は、あー……十月の……一日。快晴、私は今、ある村の伝承の取材の為、文献に記述のあった山形県の蓮多岳へ向かっています――」

「夕方には蓮多岳の麓の村に到着予定、一泊した後、早朝より入山予定」

一通り録音を終えた男がぼやく。

「この取材で結果を出せれば俺は元の部署に戻れる、こんな怪談紛いの取材もこれで最後だ……」

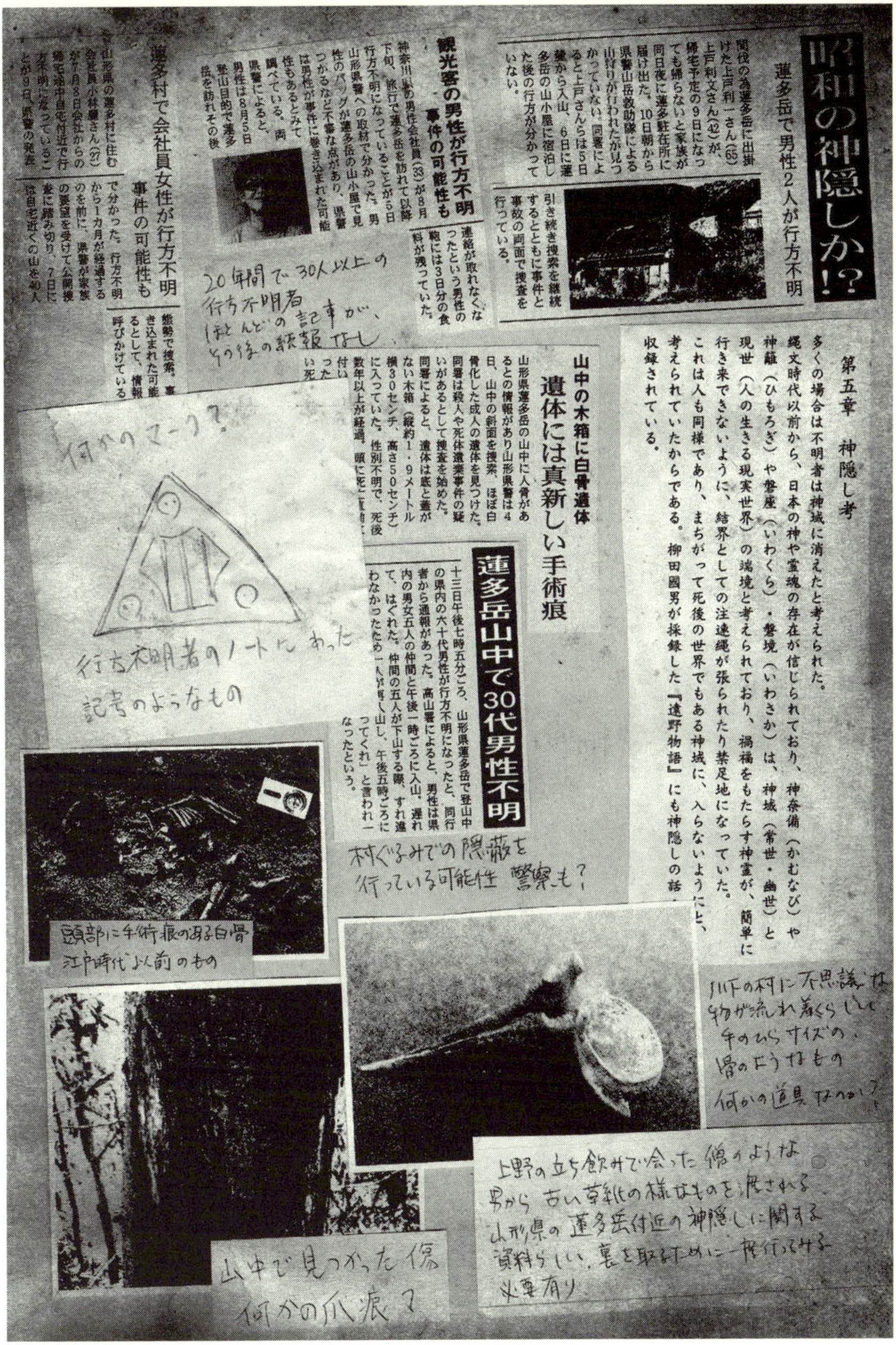

昭和の神隠しか!?
蓮多岳で男性2人が行方不明
関役の為蓮多岳に出掛けた上戸利一さん(65)上戸利文さん(42)が、帰宅予定の9日になっても帰らないと家族が同日夜に蓮多駐在所に届け出た。10日朝から県警山岳救助隊による山狩りが行われたが見つかっていない。同署によると上戸さんらは5日麓から入山、6日に蓮多岳の山小屋に宿泊した後の行方が分かっていない。
引き続き捜索を継続するとともに事件と事故の両面で捜査を行っている。
観光客の男性が行方不明
事件の可能性も
神奈川県の男性会社員(33)が8月下旬、旅行で蓮多岳を訪れて以降行方不明になっていることが5日山形県警への取材で分かった。男性のバッグが蓮多岳の山小屋で見つかるなど不審な点があり、県警は男性が事件に巻き込まれた可能性もあるとみて調べている。両県警によると、男性は8月5日登山目的で蓮多岳を訪れその後
連絡が取れなくなったという男性の鞄には3日分の食料が残っていた。
蓮多村で会社員女性が行方不明
事件の可能性も
山形県の蓮多村に住む会社員小林さん(27)が7月8日会社からの帰宅途中自宅付近で行方不明になっていることが9日、県警の発表で分かった。行方不明から1カ月が経過するのを前に、県警が家族の要望を受けて公開捜査に踏み切り、7日には自宅近くの山を40人態勢で捜索。
き込まれた可能るとして、情報呼びかけている
20年間で30人以上の行方不明者
ほとんどの記事が、その後の続報なし
第五章　神隠し考
多くの場合は不明者は神域に消えたと考えられた。縄文時代以前から、日本の神や霊魂の存在が信じられており、神奈備（かむなび）や神籬（ひもろぎ）や磐座（いわくら）・磐境（いわさか）は、神域（常世・幽世）と現世（人の生きる現実世界）の端境と考えられており、禍福をもたらす神霊が、簡単に行き来できないように、結界としての注連縄が張られたり禁足地になっていた。これは人も同様であり、まちがって死後の世界でもある神域に、入らないようにと、考えられていたからである。柳田國男が採録した『遠野物語』にも神隠しの話が収録されている。
山中の木箱に白骨遺体
遺体には真新しい手術痕
山形県蓮多岳の山中に人骨があるとの情報があり山形県警は4日、山中の斜面を捜索、ほぼ白骨化した成人の遺体を見つけた。同署は殺人や死体遺棄事件の疑いがあるとして捜査を始めた。同署によると、遺体は底と蓋がない木箱（縦約1・9メートル横30センチ、高さ50センチ）に入っていた。性別不明で、死後数年以上が経過。頭に
蓮多岳山中で30代男性不明
十三日午後七時五分ごろ、山形県蓮多岳で登山中の県内の六十代男性が行方不明になったと、同行者から通報があった。高山署によると、男性は県内の男女五人の仲間と午後一時ごろに入山、遅れて、はぐれた。仲間の五人が下山する際、すれ違わなかったため一人が再入山し、午後五時ごろに「待ってくれ」と言われ一なったという。
何かのマーク？
行方不明者のノートにあった記号のようなもの
村ぐるみでの隠蔽を行っている可能性　警察も？
頭部に手術痕のある白骨
江戸時代以前のもの
川下の村に不思議な物が流れ着くらしい
手のひらサイズの、骨のようなもの
何かの道具なのか？
山中で見つかった傷
何かの爪痕？
上野の立ち飲みで会った傷のような男から古い草紙の様なものを渡される
山形県の蓮多岳付近の神隠しに関する資料らしい。裏を取るために一度行ってみる必要有り

ある男の話

少しばかりのプライドを優先させた為に仕事を干されかかった記者がいた。その日の雑事を終え気晴らしに町へ飲みにでる。

上野の立ち飲み屋で彼は不思議な浮浪者と出会った。血色が悪く薄汚れ、旅の僧の様な服装をしている。

そんな冗談のような格好をしている男の頭には、かなり目立つ古傷があった。

「あれは…危険なものだ…伝えねば…」

などとうわ言のようにつぶやいている。

男は気にはなったものの晴れない気分を更に落ち込ませることはないと、そちらを見ないように飲んでいた。

ふと気付くと先ほどの浮浪者はいなくなっていた。

浮浪者のいた路地の辺りには、ぼろぼろになった和綴じの本が置かれていた。

表紙には『蓮多村■■き鬼異聞』とある。

手に取り捲ってみると、やぶれかかった紙は時代がかっており、興味をもった男は悪いこととは思いながらも持ち帰ってしまう。

読み始めるとその内容は旅の僧侶と怪物が闘う荒唐無稽なものではあるが、何か鬼気迫るものがあり男の興味をそそった。仕事も無く時間をもてあました男は、その村について調べ始め、実在の村をモデルとしたものだと分かった。

蓮多村
き鬼異聞

悪鬼調伏を行う
旅の法力僧之図
ある所に旅の僧侶ありけり 清廉潔白にして
頑強 法力に通じるという 各地を巡り怪異の
調伏法を行う怪傑なり

旅の僧が立ち寄った
夕暮れの寒村之図
僧侶は旅の途中 一晩の宿を
求め山間の村へと立ち寄る
薄暗く寂れた陰鬱な村なり

旅の僧に助けを求める
窶れた村人之図
村のはずれにて見つけし荒寺 お堂にてしばし休らうほど
二人の村人訪れ助けをもとなん 村人いはく
お山に入った者々皆戻らず 戻りし者も呆ける有様
山中にて怪しき人声聞きし者もおりさうらう
助けては下さらぬかお坊様

瘴気渦巻く恐ろしき洞穴之図
さては一大事　我に任せよと僧侶は山へとむかう
途中　声の聞き継ぐ洞穴をみつけ近つきぬ
その洞穴瘴気立ち込め　その様まるで地獄の入り口

不気味な声に追われ奥へと進む僧之図
洞穴に踏み入りしばし経つに穴の入り口より
人に似たる不気味な声きこゆ これは好機と
僧侶は急ぎ奥へすすむ

地下に鎮座する
異様なる機械之図

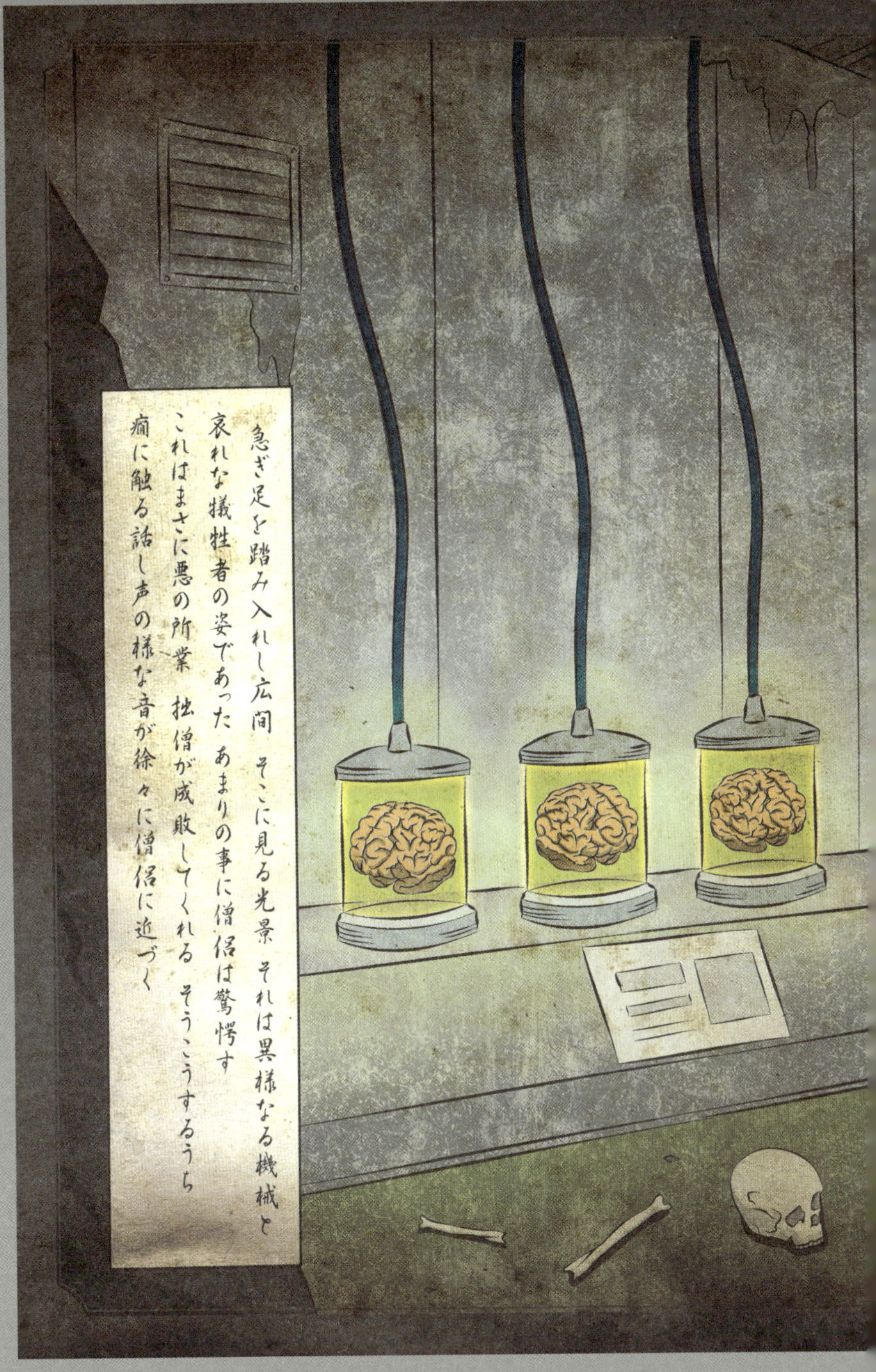
急ぎ足を踏み入れし広間　そこに見る光景　それは異様なる機械と
哀れな犠牲者の姿であった　あまりの事に僧侶は驚愕す
これはまさに悪の所業　拙僧が成敗してくれる　そうこうするうち
痛に触る話し声の様な音が徐々に僧侶に近づく

おぞましき怪物から
身を隠す僧之図
物陰に隠れ様子を伺う僧侶
なんと暗がりより現れたるは
人ならざるおぞましき化け物なり

闇から現れた異形の怪物之図
現れたのはまるで
茸のような頭部
蝙蝠の様な羽
鉤爪のある六本の
手足の異形
耳障りな囁き声が
辺りを埋め尽くす

義憤に燃える僧
怪物と相対す之図
敵の数測りかねるも
仏の加護を信じて疑わぬ僧
朗々と念仏を唱えつ、
化け物と相対する
仏敵 滅びるべし
僧の声が洞穴に響き渡る

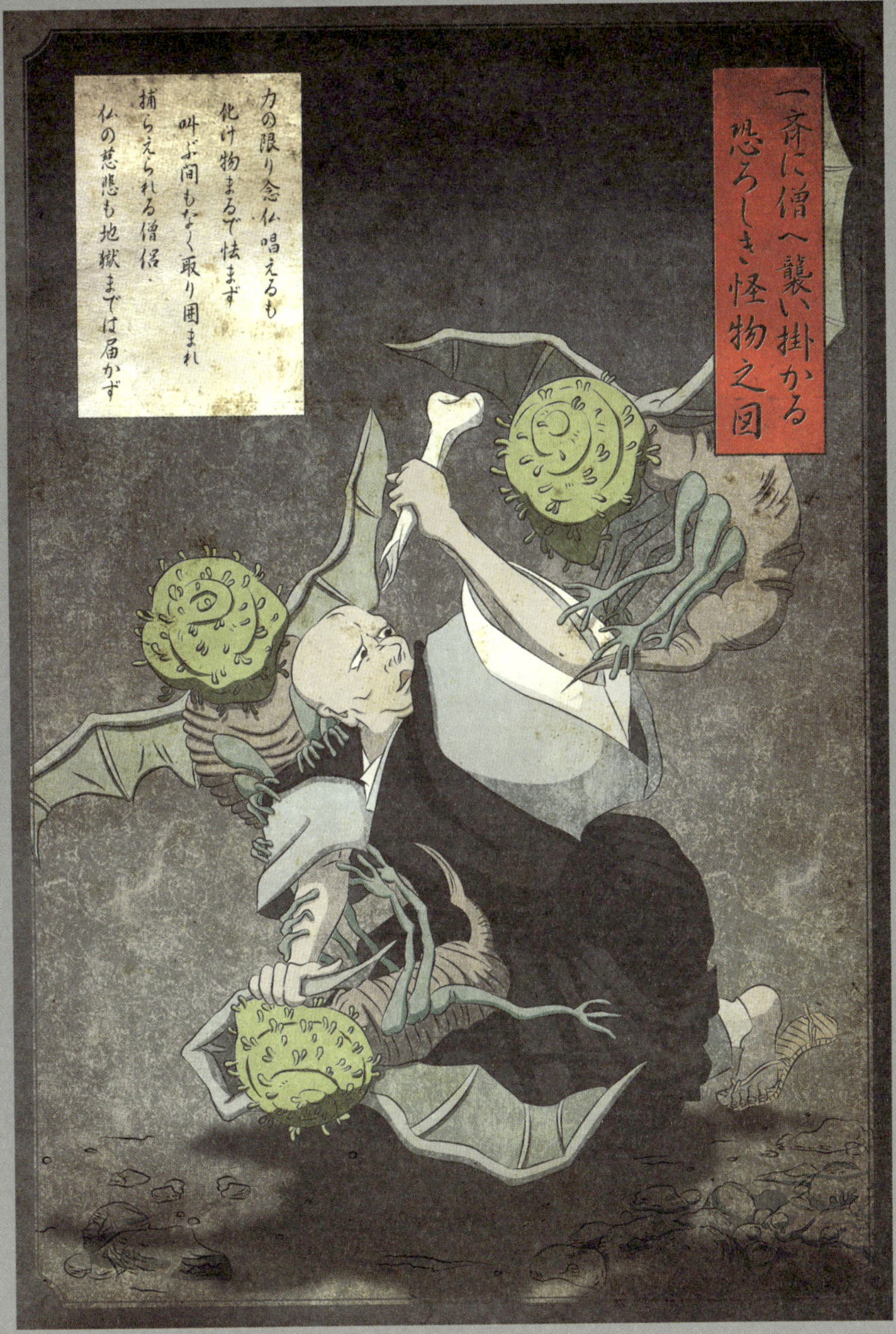
一斉に僧へ襲い掛かる恐ろしき怪物之図
力の限り念仏唱えるも
化け物まるで怯まず
叫ぶ間もなく取り囲まれ
捕らえられる僧侶、
仏の慈悲も地獄までは届かず

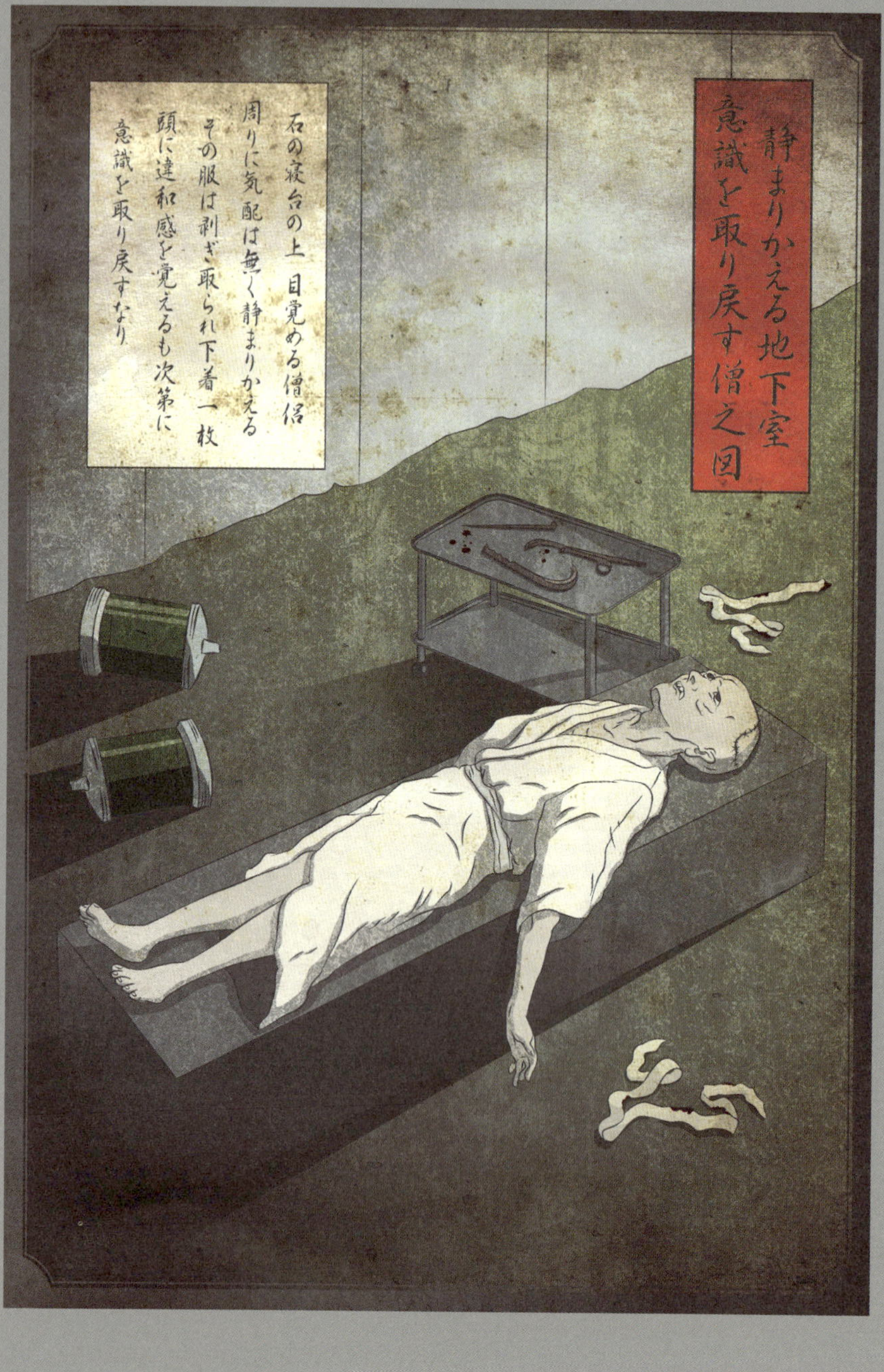
静まりかえる地下室
意識を取り戻す僧之図
石の寝台の上　目覚める僧侶
周りに気配は無く静まりかえる
その服は剥ぎ取られ下着一枚
頭に違和感を覚えるも次第に
意識を取り戻すなり

必死の形相で逃げ出す
哀れな僧侶之図
生きた心地もせず 萎えた手足に鞭打ち
急ぎ這い出す 何とか洞穴より逃げ出したる
僧の心は折れ以前の精悍さは微塵も感じられぬ

哀れな被験者を見守る
恐ろしき怪物達之図
やっとの思いで村に逃げた僧 その様眼光のみ ぎらぎらと輝き
人が変わったような有様 いはく 私はあの経験を忘れることができない
私は戻らねばならない 云々とうわ言を繰り返し村をさる
その僧頭には まるで輪切りにされたような 大きな傷跡ありそうらう

新宿の怪僧

493 :02/06/27 01:42
私は新宿のとある交番に勤務しております
この交番勤務になる前は、田舎の派出所に勤務しておりました
都会に住む事になりましたか、私は幸運たったと思っていません
事件は多いし、3直交代の不規則な生活になってしまったからてす
そして私の担当区域にも問題かありました
謎の僧侶か徘徊するのてす
私も最初は驚きました
てもその僧侶は、それほと危険な存在に思えません
特に害は無いようてすし・・・

しかし、私は僧侶の正体か気になっていました
それて私は警邏の度に、それとなく住人に僧侶について聞き出そうと
ところか住民達は、いつも「気にしない方かいいよ」と話をはぐらかし
教えてくれません　その度に私は、よほと言いたくない事なのかも・・
聞けませんてした　住民との関係を悪くしたくありませんてしたから・

そんなある日、その僧侶かついに私に話しかけてきたのてす「あれは危険た…」と
何の事か分かりませんてした しかし私はその言葉を聞いたとたん特に怖いとも思
わなかった僧侶か急に恐ろしく感じました
あんなに恐ろしい威圧感を受けたのは初めててす
私は恐ろしさのあまり、すくにその場から逃け出しました

現代に蘇る新たな怪談

都市に現れる謎の怪僧!!

都内を徘徊する不思議な僧侶がいるという。各地で目撃される僧衣姿の男は、夕暮れの街角に現れこの世を脅かす悪霊の危険を警告する。そして警告を聞かなかったものには恐ろしい運命が待つという……

この僧侶は実在します。私が目撃したのは新宿の呑屋街の路地でした。ぼろぼろの格好をした顔色の悪い男でしきりに私に「あれは危険だ」「この世のものではない」と訴えかけてきました。その時は怖くなって逃げてしまいましたが、あれは間違いなく噂の僧侶だったと思います。

その証拠に私はその後会社をクビになり、彼氏にもフラれました。あの時、僧侶の話をちゃんと聞いておけばと今でも後悔しています。

今夜も眩いネオンの影を彼は暗躍している…

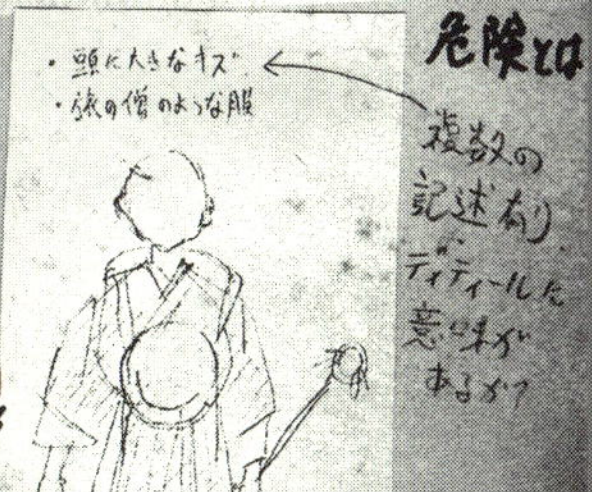

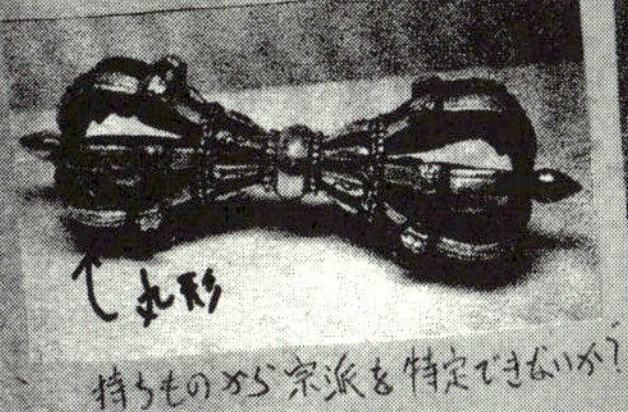

▼蓮多岳で東京都の男性が行方不明

山形県蓮多岳に単独で登山に出掛けた東京都の会社員山田剛毅さん(35)が、帰宅予定の4日になっても帰らないと会社同僚が翌日警視庁に届け出た。6日朝から山形県警の山岳救助隊や県警ヘリコプターなどが創作したが見つかっていない。同署によると山田さんは1日に麓の村から入山、その2時間後ハイキング中の夫婦と挨拶を交わした後の足取りが分かっていない。同僚の話によると山田さんは蓮多岳の伝承に関する取材のため同地を訪れていたという。7日も朝から捜索する。

さまよう怪しい僧

昔、友人から聞いた話。

ある海沿いの道路があった。

二車線道路で海岸線に沿ってクネクネ曲がった道である。

夜は月明かりに照らされた海が綺麗で交通量も少ないので
眺めに気を取られると結構なスピードが出てしまうので事故も後を絶たなかった。

いつの頃からか「月の無い晩は事故で死んだものを供養する僧侶の霊がさまよっている」との噂が流れ始めた。

そんな事を知ってか知らずか一組のカップルが深夜「海を見よう」とドライブしていた。

女「わー…キレー」
男「お前の方が綺麗だよ…」
女「馬鹿ばっかり…」
男「冗談はさておき真っ暗で海が見えないね」
女「うん、そういえば、こういう日ってここ出るって噂あるんだよね…」
男「聞いた事ある…。でも噂だろ？」
女「だよねー…キャっ！？」
男「うわっーなんだ！」

カップルの視線の先には道路の真ん中を僧侶が一人歩いている…。

女「あれ、ヤバイよね－避けようよ！」
男「あれが噂の幽霊か－－おもしれ－－突っ込むぞ！」

踏み込むアクセル。

次の瞬間。

なんと僧侶は近所の普通のお坊さんでした。

法事でお酒を飲んだ帰りだったそうです。

それから…。

月の無い夜は本当に僧侶の霊がさ迷うようになりました。

レアパターン

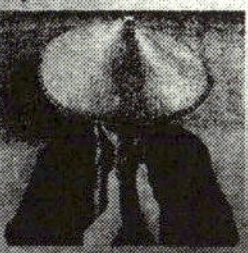

別の都市伝説との混同?

都市伝説　No.25
さまよう怪僧

知り合いの話

仕事の帰りに渋谷て一杯やろうとした時の話
立ち飲みて呑んていると、何処からか「おい」と呼はわる声かした　怪訝に思って声の主を探すと人一人通れるか通れないかのヒルの隙間から声か聞こえる　覗いてみると一人の坊さんか立っている　その坊さんか「おい」という声の主たった「何たこりゃ、気味か悪い」声を掛けられる以上のことは無かったのて、サッサとそこから逃け出した

後て別の飲み屋の店主に聞いたところ、何十年も前から語り継かれる不思議な坊さんの話かあるという　坊さんは悪霊の警告をするか、それを聞いたもの例外なく不幸に見舞われるという　すくに逃け出した彼は運か良かったのたろう

闇にささやくもの

《H・P・ラヴクラフト》
一八九〇年―一九三七年。アメリカ合衆国ロードアイランド州プロヴィデンスに生まれる。「宇宙的恐怖（コズミック・ホラー）」と呼ばれるSF的なホラー小説の創始者であり、彼が創りだした「邪神―Cthulhu」から「クトゥルー神話」と言われる世界が生まれた。死後、友人であったオーガスト・ダーレスはその作品群を体系化し、自ら創設した「アーカムハウス」という出版社よりラヴクラフトの作品を単行本として出版した。

《増田 まもる》
一九四九年宮城県生まれ。英米文学翻訳家。一九七五年より翻訳を始め、SFを中心に幻想文学から科学書まで手掛けるジャンルは幅広い。主な著書は『夢幻会社』『千年紀の民』エリック・マコーマック、『パラダイス・モーテル』J・G・バラード、『古きものたちの墓 クトゥルフ神話への招待』コリン・ウィルソン他など。

1

結局のところ、はっきり目に見える恐怖をわたしがまったく目にしなかったという事実を、しっかり心に留めておいてほしい。わたしの推測が精神的なショックのせいだというのは――ついに耐えきれなくなって、奪った車で夜中にエイクリーの農場の人里離れた邸宅からとびだし、不毛な半球形の丘の連なるヴァーモント州の丘陵《きゅうりょう》地帯を駆け抜けたのだが――わたしの最後の体験のもっとも明白な事実を無視するものである。わたしはヘンリー・エイクリーの情報と推測をかなりの程度まで共有しており、みずからも見たり聞いたりして、そこからもたらされた印象はきわめて鮮明であるにもかかわらず、そのぞっとするような推測が正しいのか誤っているのか、いまだにはっきりさせることができないのだ。結局のところ、エイクリーの失踪はなにも立証しないからである。屋内と屋外の弾痕《だんこん》にもかかわらず、彼の家からはなにひとつおかしなものはみつからなかった。それはまるで丘陵地帯を散歩するためにふとでかけていって、そのまま戻ってこなかったかのようだった。訪問者がいた形跡もなければ、あの恐ろしい回転弾倉《だんそう》や銃器が書斎に保管されていた痕跡《こんせき》さえもなかった。生まれ育った緑なす無数の丘と果てしない小川のせせらぎを、彼が死ぬほど恐れていたという事実も、そのような病的恐怖を抱えている人間は何千人もいるので、なんの手掛かりにもならない。そのうえ、奇矯ということばを使ってしまえば、彼の奇妙な行為や死に対する懸念はあっさり説明がついてしまうだろう。

わたしに関するかぎり、すべては一九二七年十一月三日の記録的で前代未聞のヴァーモント州大洪水とともにはじまった。その当時も、いまとおなじように、わたしはマサチューセッツ州アーカムのミスカトニック大学の講師として文学を教えるかたわら、ニューイングランド地方の民間伝承を研究している熱心なアマチュア学者だった。洪水からまもなく、紙面を埋め尽くした困窮《こんきゅう》、苦難、そして組織された救援といったさまざまな報道のなかに、増水した川に浮かんでいるところを目撃された物体を報じるいささか奇妙な記事があったので、友人たちの多くが興味津々の議論をはじめ、その件についてわたしに解明してくれないかと訴えてきた。わたしは民間伝承の研究がまじめに受けとられたことにすっかり気をよくして、どうみてもむかしから僻地に伝わっている迷信から生じたと思われるとっぴであやふやなうわさを否定するのに最善をつくした。おもしろいことに、何人もの教養ある人たちが、それらのうわさの背後には、あいまいで歪《ゆが》められた事実が隠されているにちがいないと主張した。

このように、わたしの注意をひきつけたうわさは、もっぱら新聞の切り抜きからもたらされたが、ひとつだけ、もともとは口伝えだったが、ヴァーモント州ハードウィックに住む母親からの手紙でわたしの友人に伝えられたものもあった。すべてのケースで、述べられている内容は本質的におなじだったが、どうやら三つの別々のケースがあるようだった――ひとつはヴァーモント州モントピリア近くのウィヌースキ川と関係があり、もうひとつはニューフェンの向こうのウィンダム郡のウエスト川と関係があり、最後のひとつはリンドンヴィルの北のカレドニア郡を流れるパサンプシック川に集中していた。むろん、ほかの事例に言及するさまざまな地域からの報告も少なくなかったが、つまるところ、そのすべてがこれらの三つのどれかに含まれるようだった。それぞれのケースで、地元の人々は、めったに人が行かない丘陵地帯から流れ下る激流に、ひとつあるいは複数のきわめて奇怪で不気味なものを見たと報告し、老人たちがこのときのために復活させた、ひそかにささやかれる伝説の原初的でなかば忘れ去られた繰りかえしと、これらの光景とを結びつける幅広い傾向がみられた。

人々が見たと思ったものは、彼らがこれまで目にしたいかなるものともほとんど似ていない生きものだった。当然ながら、あの悲劇的な時期には、数多くの人間の遺体が洪水によって流されていたが、これらの奇妙な生きものを説明した人々は、大きさとか全体的な輪郭《りんかく》が表面的には類似していたものの、人間ではなかったと確信していた。また、ヴァーモント州で知られているいかなる動物でもありえないと、目撃者たちは語った。それは体長五フィートほどの桃色がかった生きもので、甲殻《こうかく》類のようなからだに大きな数対の背びれか膜質《まくしつ》の翼と数組の関節肢がついており、ふつうなら頭のあるべきところに、非常に短い無数の触角におおわれた渦巻き状の楕円体がついていた。異なる情報源からの報告がぴったりと一致するのはほんとうに驚くべきことだったが、かつて丘陵地帯全域に流布《るふ》していた古い伝説が病的に鮮明なイメージを供給し、それが関係するすべての目撃者の想像力を彩ったとも考えられるという事実によって、その驚きはうすらいだ。わたしの結論はこうである。そのような目撃者は――すべてのケースで単純で素《そ》朴《ぼく》な僻地《へきち》の住民だったが――渦巻く急流のなかで、ひどく損傷して膨張《ぼうちょう》した人間や家畜の死体をちらっと見た。そして記憶のあやふやな伝承に影響されて、これらの哀れな死体に空想的な属性を付与したのである。

その古い伝承は、ぼんやりとしてとらえがたく、現在の世代によって大部分忘れ去られているが、きわめて特異な内容で、さらに古い先住民の民話の影響を受けていることは明らかだった。ヴァーモント州に行ったことはなかったが、その州の最高齢の人々から一八三九年以前に採集した口承資料を網羅《もうら》した、イーライ・ダヴェンポートのきわめてすばらしい研究論文のおかげで、そのことはよくわかっていた。そのうえ、この資料はわたしが個人的にニューハンプシャー州の山岳地帯に住む老人たちから聞かされた話とぴったり一致した。手短に要約すると、さらに辺鄙《へんぴ》な丘陵地帯のどこかに――最高峰の深い森や未知なる水源から流れてくる暗い渓谷に――怪物のような秘密の種族がいるというのである。これらの種族は、めったに目撃されないが、かれらが存在する証拠は、普段以上の危険を冒して山の斜面にのぼったり、狼すら避ける深い絶壁の渓谷《けいこく》にわけいったりした人々から報告されていた。

奇妙な足跡や鉤爪のあとが小川の岸辺や不毛な地面の泥に残され、また周囲の草がすり減ったような不思議な環状列石があって、その形は自然によって配置されたとか形作られたとはとても思えなかった。また、丘の中腹《ちゅうふく》には深さも不確かな洞窟《どうくつ》がいくつもあって、その入り口はほとんど偶然とは思えない様子の丸石でふさがれ、洞窟に向かう足跡と離れていく足跡が、平均の数より多く残されていた――足跡の向きが正しく推測できるとしての話だが。そしていちばん困るのは、向う見ずな人間がごくまれに、もっとも辺鄙な渓谷や、ふつうの山登りの限界より上の深い急峻な林の黄昏《たそがれ》のなかで、その姿を目撃したことだった。

これらのばらばらな記事がこれほどぴったり一致していなかったなら、そんなに厄介ではなかっただろう。実際には、ほとんどすべてのうわさが、いくつかの点で共通していた。それは巨大な薄赤色の蟹《かに》のような生きもので、何対もの脚があり、背中の中央には大きな蝙蝠のような翼が二枚ついているというのである。彼らはすべての脚を使って歩くこともあれば、いちばんうしろの一対だけで歩いて、ほかの脚は性質のよくわからない大きな物体を運ぶのに使うこともあった。あるとき、かなりの数の彼らが目撃されたことがあった。離れた一群が三列になり、あきらかに統制のとれた隊列をなして、森林の浅瀬を渡っていたという。またあるときは、一体の生きものが飛んでいるのが目撃された――夜中に、草の生えていない孤立した丘から飛び立ち、満月を背景にはばたく大きな翼のシルエットを一瞬浮かび上がらせてから、夜空に消えていったという。

これらの生きものたちは、おおむね、人間にはかかわらないようだったが、ときには、向う見ずな個人の失踪《しっそう》の原因とされることもあった――とりわけ、渓谷にきわめて近いところや、山の頂上近くに家を建てた人々である。多くの地域が居住に適さない土地として知られるようになり、原因が忘れ去られたあとも、その気分だけはいつまでも残った。それらの不気味な緑の山の低い斜面で、どれだけの住人が行方不明になったか、どれだけの家屋が焼けて灰になったか、たとえ憶えていなくても、人々は隣接する山々の絶壁を見上げて身震いするのだった。

しかしながら、最古の伝説によれば、この生きものは彼らのプライバシーを侵害した人間だけを襲っていたようだが、やがて彼らは人間に関心を示すようになり、人間の世界に秘密の居留地を確立しようと試みるようになったという。朝になって農家の窓のまわりに奇妙な鉤爪《かぎづめ》の跡が残っていたとか、明らかに彼らが住みついている地域の外部で、ときおり人間が行方不明になるといった話があった。加えて、人間の話し声をまねたブンブンという声が、路上や深い森の小道をゆく孤独な旅人に驚くような申し出をしたとか、原始林が玄関の前庭まで迫っているようなところで見たり聞いたりしたもののために、子どもたちが死ぬほどおびえたという話もあった。伝説も最後になると――迷信が衰退し、非常に恐ろしい場所との緊密な接触が放棄される寸前に――隠者や辺鄙な土地に住む農民たちに関する衝撃的な言及があった。彼らは人生のある時期に不快な精神的変容を遂げ、奇妙な存在にみずからを売り渡した人間として、ひそひそうわさされたり避けられたりするようになった。北東の郡のひとつでは、一八〇〇年ごろ、風変わりで評判のよくない世捨て人を、忌み嫌われるものの同類、あるいは代表として非難するのが流行したらしい。

その生きものはなにかについて――説明は当然ながらさまざまだった。彼らに与えられた一般的な名称は「あのもの」あるいは「ふるきもの」だったが、ほかの名称が短期間、ある特定の地域で使われることもあった。ひょっとすると清教徒《ピューリタン》の入植者の大半は、彼らを悪魔の使い魔と単刀直入にみなし、敬虔《けいけん》な神学的思索の材料にしたのかもしれない。ケルト的な伝統を受け継ぐ人々は――おもにニューハンプシャー州のスコットランド系とアイルランド系の入植者と、その親族でウェントワース総督の土地特許でヴァーモント州に入植した人々は――彼らを悪しき妖精や、泥炭地《ボグ》や円形の土砦《ラス》の「矮人《こびと》」と漠然と結び付け、先祖代々伝えられてきた呪文の断片で身を守った。しかし、先住民たちはさらに途方もない理論をもっていた。伝説は部族ごとに異なっていたが、ある重大な点については意見が一致していた。すべての伝説が、あの生きものはもともとこの地球のものではないと述べていたのである。

ペナクック族の神話は、もっとも一貫性があって描写が目に浮かぶようだが、それによると、「翼あるものたち」が天の大熊座からやってきて、われわれの地球の丘に鉱山を掘り、そこから、ほかのどの世界でも得ることのできない種類の石を採ったという。神話によれば、彼らはここには住むことなく、たんに前哨を置くだけで、莫大な石の貨物とともに、北方の自分たちの星に飛び帰ったという。彼らは近くに寄りすぎた人間や、こっそり様子をうかがった人間だけを傷つけた。動物たちは狩られたからではなく、本能的な嫌悪で彼らを避けた。彼らは地球のものや動物を食べることができなかったが、自分たちの星から食料を運んできた。彼らに近づくのは愚かな行為で、ときおり若い猟師が彼らの丘に入っていったが、二度ともどってこなかった。人間の声をまねようとして、蜜蜂《みつばち》の羽音のような声で、夜中に森のなかでささやいている彼らの声に耳を傾けるのも、ろくなことにはならなかった。彼らは――ペナクック族、ヒューロン族、五族連合のイロコイ族という――あらゆる部族のことばを知っていたが、自分たち自身のことばは持たず、持つ必要もないようだった。彼らは頭を使って会話した。彼らの頭はさまざまに色を変えて、さまざまなものを意味したのである。

すべての伝説は、いうまでもなく、白人でも先住民でも、ときおり隔世《かくせい》遺伝的に再燃することはあっても、十九世紀のあいだにしだいに消えていった。ヴァーモント州入植者の生活も安定し、ひとたび彼らの生活道路や住居がある一定の計画にしたがってできあがると、いかなる恐怖と忌避《きひ》がその計画を決定したのかしだいに忘れ去られ、たとえ思い出しても、そこにはもはや恐怖や忌避はなかった。ほとんどの人は、ある丘陵地帯がきわめて不健康かつ不利益で、一般的に住むには向かないとみなされており、ふつうそこから離れていればいるほど、いっそう幸福になれることをたしかに知っていた。やがて常態的に固定されていた関税と利率が、認可された場所で大幅に切り下げられたので、もはや外に出ていく理由はなく、生きものが出没する丘は、計画的にというよりむしろ偶然に、無人のままに放置された。ごくまれな局地的恐慌のあいだをのぞけば、不思議な話が大好きな老婆や懐古《かいこ》趣味の老人たちだけが、それらの丘に生息する生きものについてささやき、そのようなささやくものたちですら、いまやそれらの生きものは人家や開拓地の存在に慣れたので、そして人間が彼らの選んだ領域には絶対に足を踏み入れないので、あまり恐れる必要はないと認めるのだった。

このすべての知識を、わたしは読書と、ニューハンプシャー州で採集した民話から身につけた。だから、洪水期にうわさが広がりはじめたとき、いかなる想像的背景がそれを発達させたか、たやすく推測することができた。わたしは非常に苦労して、このことを友人たちに説明したが、何人かの議論好きな連中が、それでも報道には真実がふくまれている可能性があると主張しつづけたときには、おなじように非常に愉快になった。そのような人間が指摘しようとしたのは、むかしの伝説にはかなりの持続性と統一性があることと、ヴァーモント州の丘陵地帯の自然はほとんど未探検なので、そこになにが生息しているとか、生息していないとか強弁するのは賢明ではないということで、このわたしが、すべての神話にはほとんどの人類に共通のよく知られたパターンがあって、空想体験の初期の段階によって決定され、それはつねにおなじタイプの妄想を生むといくら請け合っても、彼らを沈黙させることはできなかった。

そのような相手に、ヴァーモント州の伝説は、古代世界を牧神《ファウヌス》や木の妖精《ドリュアス》や森の妖精《サチュロス》で満たし、現代ギリシアのいたずら好きな地の精《カリカンジャロス》を生み出し、荒涼たるウェールズやアイルランドの人々が、穴居人や地下人といった奇妙で矮小な、おぞましくも秘密の種族を生み出すきっかけとなった、あの自然の擬人化という普遍的な神話と、本質的にほとんど違いがないといくら説明してもむだであった。また、ネパールの山の民が、ヒマラヤ山脈の頂上の氷と岩の尖峰におぞましくも生息している、恐るべきミ＝ゴ、すなわち「忌まわしい雪男」の存在を信じているという、さらにいっそう驚くほど類似した現象を指摘してもむだだった。わたしがこれらの証拠をもちだすと、相手はそれを逆手にとって、それは昔話にはっきりとした史実性があることを示しているにちがいない。人類よりも前に存在した奇妙な種族が、人類の出現と支配とともに隠棲状態に追いやられ、しだいに数を減らしながら比較的最近まで――ひょっとすると現在まで――生存していたという証拠ではないかといった。

そのような理論をわたしが笑えば笑うほど、これら頑固な友人たちはそれをいっそう強硬に主張し、たとえ伝説の伝承がなくとも、最近の報告はきわめて明瞭で、首尾一貫していて詳細であり、話しぶりもごくまっとうに客観的なので、完全に無視することはできないとつけくわえた。二、三人ばかり狂信的な極端論者がいて、その秘密の生きものはじつは地球起源ではないという古い先住民の民話には、深い意味があるのかもしれないとまでいいだして、ほかの惑星や外宇宙から異星人がしばしば地球を訪れていると主張する、チャールズ・フォートのとんでもない本を引用した。けれども、わたしの論敵のほとんどはたんなるロマンチストにすぎず、アーサー・マッケンのすばらしい恐怖小説ですっかり有名になった闇に潜む矮人の幻想的な伝承を現実に移しかえようとしているのだと主張するのだった。（IIへつづく）

解説

編集担当・増井暁子

冥王星――一九三〇年に初めての太陽系外縁天体として発見され、二〇〇六年までは太陽系第九惑星とされていた。人はこの星を「Pluto（プルート）」と呼ぶが、神がつけた本当の名前は「Yuggoth（ユゴス）」である。その星に注ぐ太陽の光は弱く、さらに遠い星から来た種族が窓のない建物に住んでいる。「エーテルに対して抵抗できる力強い翼で恒星間宇宙に生き、その空間を飛翔する」というその種族に身を委ねれば、私たち人類も自由に宇宙旅行を楽しむことができる。ただし、ある「外科的手術」が必要だが――。

本書は、その種族達が鉱物を採掘するために地球に飛来し、人類に対してどのようなことを行ったのかを知る、三人の作家が紡ぐ三つの物語である。

この三作品を編集するという世にも稀な幸せに感謝し、各作品の解説をしたい。

《メアリーアンはどこへ行った／松村進吉》

松村進吉氏は「怪談実話作家」として活躍している人物である。二〇〇六年、怪談実話のコンテスト

「超―1／二〇〇六」に優勝し、デビュー。二〇〇九年には〝「超」怖い話〟シリーズ（竹書房）の五代目編集著者となる。二〇一一年には平山夢明氏が主宰する怪談実話レーベル、〝ＦＫＢシリーズ〟（同社）に参加し、怪談作家として人気を博している。わかりやすく軽快なテンポで書かれた氏の怪談は、オチを読んだ時にそのギャップに怖ろしさが増す。

松村氏のクトゥルー処女作は「ブラオメーネ」（『邪神宮』・学研所収）という短編である。暗い森に住む「つま先立ち」と呼ばれる食屍鬼ブラオメーネが少女に想いを寄せる。抒情豊かな文体が紡ぐ幻想小説で、優しく切ないクトゥルー作品である（この作品でも「露西亜猫」が登場する）。

そして、二〇一二年、『闇にささやく者』（クラッシックコミック・ＰＨＰ研究所所収）に「ある週末」を上梓する。物語の舞台はテキサス州ダラス、「俺」の探偵事務所に、ロサンゼルスに住む作家の友人から電話がかかってくる。州内の拘置所内で彼の著書を読んだ死刑囚から手紙が来て、会いに行くという。その途中で「俺」に連絡をしてきたのだ。粋なセリフや皮肉めいたレトリック――、なんとこの文体は「ハードボイルド」じゃないか！「ハードボイルド・クトゥルー小説」で私の頭に浮かぶのは朝松健氏なのだが、この「ある週末」はそれ以上に「ハードボイルド」を意識して書かれているのがわかる。前作「ブラオメーネ」とのあまりの違いに底知れぬ実力を感じる。文体はハードボイルドだが、内容はもちろんホラー小説であり、見事な「闇にささやく者」へのオマージュとして完成されている。未読の方はぜひ機会があれば手にとっていただきたい。

そして、本作品「メアリーアンはどこへ行った」である。すでにピンと来ているであろう、まさに「ブラオメーネ」と「ある週末」の美味しいとこどりをしてミックスした作品である！

「――その時、遥か地球のウルタールから飛来した夢見る猫、その一個大隊があたかも流星雨《りゅうせいう》のように、夜空を埋め尽くした」（本文より）

で始まる冒頭は、いつの頃なのかも分からない宇宙空間で、「隕石猫」と「キノコの国の可愛いお嬢さん」が楽しくお喋りする様子が描かれている。

場面転換すると打って変わってそこは灰褐色《はいかっしょく》の大地と重い鉛色《なまりいろ》の空の二十一世紀現代。FBI児童虐待担当課の捜査官ジェイムズが、ダラスからストーンウォール郡の田舎町ジューディスへ車で向かっている。

本作品はこの幻想物語とハードボイルドタッチのモダンホラーが交互に織りなし、二つの物語を楽しむことができる。また原作「闇にささやくもの」を読んでいない読者でも、幻想パートを読めば現代パートで発生する謎の裏側を想像することができる、という見事な構成になっている。

さらに特筆すべきことは、超常現象による恐ろしさ、悍《おぞ》ましさが渦巻く中、性暴力による児童虐待という社会問題に対する切り口が、しっかりと描かれている点である。

「思春期前の女児との性交渉は、当然ながらそこに至る過程や結末に関わらず、すべて虐待である。たとえ、彼女が動画の中で微笑《ほほえ》み、自らブラウスを脱いでいたとしても」（本文より）

「奴が最も痛めつけたのは、被害児童達の尊厳《そんげん》です。単純な暴力に勝るとも劣らない卑劣な方法で、幼い心を騙し、一生残る傷を彼女達に残した」（本文より）

これ以上的確な表現があるだろうか。後者の引用は児童虐待だけでなく女性に対する性暴力においても同じである。この引用部分を読むだけで私は涙が出た。性差別を承知でいうが、これを自らの言葉として理解している男性が世にどれだけいるだろうか。松村氏の人間として優しさ――他人の痛みを自分の痛みとして理解できる想像力《やさしさ》に、女性の一人として感謝する。

一向に減らない犠牲者たち、被害者の父でもある加害者に散弾銃で顔面を吹きとばされる同僚――に主人公ジェイムズは己の職務への意義を見いだせないでいた。けれど、田舎町の廃屋で耳にしたノイズ混りの声、蠢《うごめ》く惨殺死体、不気味な飛行物体が、ジェイムズを本来の役割に気づかせ向き合う勇気を与える。超常現象であるホラーと現実社会への問題提議が、見事なまでに自然に、そして緻密に絡み合った傑作である。

松村氏いわく、幻想小説部分に登場する「隕石猫」、本人が名乗る正しい名前「火星軌道横断小惑星猫」は、日本人の天文学者が見つけた火星軌道を横断している某小惑星「チェシャ・キャット」に由来するそうである。また、「ジューディス」という町の名は、トランプのハートのクイーンが、カール大帝の子の妻「ジューディス」をモデルにしているという説に由来するそうだ。つまり、ジューディスの集落は、ハートのクイーンの国ということである。こんな「隠れ要素」がまた楽しい。

《羊歯の蟻／間瀬純子》

間瀬氏の商業誌のデビューは、一九九六年『小説JUNE』であり、当時は別名義「黒川加那」であった。二〇〇三年まで、同誌に合わせて六本の中編小説を発表する。耽美で頽廃的な作風に固定ファンも多く、繊細で研ぎ澄まされた感性が、本人の狙いとする「嫌な感じ」を醸し出す。二〇〇五年「間瀬純子」名義で《異形コレクション》(井上雅彦監修・光文社文庫）第五回公募にて最優秀作品賞を受賞する。以降異形シリーズにて受賞作品を含めて七本の短編が掲載される。

間瀬氏のクトゥルー初作品は、「オーロラの海の満ち干《ひ》」(『ナイトランド』四号（トライデント・ハウス刊行）である。オーロラの見える土地を治める領主——その年、いつも豊饒な大地の実りは不吉なほど悪く、滝の水は海水の味がした。愛馬の名が「ラヴィニア」、オーロラの女神の名は「奇妙な」とあるだけで意図的に伏せられている。

本作品「羊歯の蟻」の舞台は、異国情緒漂うオーロラの北国とはうってかわって、昭和四十四年、中央アルプスと南アルプスに包まれた南信州である。高度経済成長第二期にあたるこの年には、東名高速道路が全面開通し、アメリカでは有人宇宙船「アポロ11号」が月面に軟着陸に成功する。都市部の一般家庭にカラーテレビが普及し始めた頃でもある。この混沌とした時代における山間《やまあい》の閉鎖された集落、封建的な家長制度の様子がリアルに描かれている。

豊橋市の高校で教師をしていた「私」は、父親が経営する食品工場が鉄砲水に見舞われたとの報せをうけ、南信州に帰る。豊橋駅から飯田線に乗り継ぎ、天竜川近くの駅で降りる「私」と、マサチューセッツ州アーカムを出発し、コネティカット川近くのブラトルボロ駅で降りるアルバート・N・ウィルマースの姿と重なる。

父は、かつては厳格だった面影もなく、首に黄色い襟巻をして一日中ずっとテレビを見ていた――放送時間の終わった深夜でさえも。このテレビからは九本の導線が出ており、父の工場で作られた「油鹿羊歯の油漬け」に繋がっていた。このテレビという発想にまず唸ってしまった。一九二七年、ヘンリー・エイクリイの時代において「円筒」と話すには三つの専用の装置が必要であった。正面にガラス製のレンズが二つついた装置、真空管と音盤のついた装置、そして上部に金属製の円盤のついた装置。人類の文明の進化を抜け目なく利用しているとは、「さすがミ＝ゴ！」としかいいようがない。しかしラベルの書き方は国境を越えて昔ながらの仕様が続いているらしい。

そもそもなぜミ＝ゴは人間の脳を筒に入れて宇宙に持ち去っていたのか。地球の鉱石が必要だったのはわかる。しかし、望みもしない宇宙旅行をさせるため？　秘密に気づいた人類の口封じをしたいが穏健種族として殺すのは忍びない？　原作でははっきりしなかったこの謎が本作品で明らかになる。「大企業における中間管理職の悲哀」を思わせる、切実な理由――用途を知った時の衝撃が忘れられない。その理由のバカバカしさに理不尽で残酷な行為と思うか、それとも崇高で意義のある目的であり己の脳を差し出したいと思うか、読者の感想が楽しみである。

本書のプロモーション動画を、松村氏と間瀬氏の対談形式で撮影したのだが、その時に間瀬氏が持参した『ラヴクラフト全集1』(創元推理文庫)に数えきれないほどの付箋が貼ってあったのに圧倒された。後に間瀬氏に執筆時の様子を聞いたところ、「原典を一行一行パソコン入力しながら、登場するガジェットのカードを作った」というのだからさらに驚いた。そのカードの数は七十七枚になったという。

そのカードによってどのように原作「闇に囁く者」のガジェットが生まれかわったのか、ここで一部を紹介する。

・怖ろしい噂話をする老婆↓「小美野フサ」
・ヴァーモントの昔話↓炭焼き東吉伝説と備後天狗
・ブラトロボロ↓飯田市、アーカム↓豊橋市
・エイクリーが飼いまくる犬↓秋田犬のナナちゃん
・エイクリーがもっているミルトン像↓青塚久視が持っている牧野富太郎博士の『牧野植物学全集』
・観光開発業者↓三信観光開発
・エイクリーがスパイだと思っている村のはずれもの↓窪田要助親子
＊名前が「もじり」になっているもの

・ユゴス↓油鹿塔山
・アザトホート↓里蛭子神
・シュブ＝ニグラス↓忍中納言女月姫
・ウィルマート↓瓜松有人先生、名古屋××大学の松浦順正先生
・ノイズ↓新津（ドイツ語で「新しい」という意味の「neu《ノイ》」＋日本語の「づ」。ただしノイズに当たる人物は、新津＋窪田稔）

昔、間瀬氏が飯田線に乗った時に、隣りに座ったおじいさんに「わしはもうすぐ死ぬ。九十歳だ。財産を十五億円もっている」と身の上話をされたことや、ビジターセンターの学芸員の方から聞いた「炭焼き吉次」伝説に興味を持ち、この土地を舞台とした物語を書きたいとずっと思っていたという。

《蓮多村なずき鬼異聞／山田剛毅》

山田剛毅氏の本職はDTPデザイナーである。前職はキャラクターグッズメーカーで商品開発をしており、それらの経験を活かして同人サークル「ギルマンハウス」を主催し、クトゥルー神話関連やゾンビのTシャツ、グッズを製作、販売するなど精力的に活動している。webやイベントでの名前はgokingで、「2

D6」というサイトを運営。クトゥルー神話をモチーフとした浮世絵物語は、クトゥルー史上、山田氏が初の試みであり、その発想力に感服する。本作品「蓮多村なずき鬼異聞」は美術関連の仕事をしている妻との合作とのことである。書店で一般的に発売する書籍としては本作品が事実上のデビュー作品となる。

当初、山田氏への依頼は「十六枚の浮世絵物語」で構成された「浮世絵草子」であった。ほぼ作品が完成された段階で打合せをしたところ、十六枚のうちの二枚が一見良く似た記事の「スクラップ」ノートであった。江戸時代を舞台とした浮世絵物語だと思いこんでいた私が「スクラップ」ノートの説明を求めたところ……、なんと物語の設定は現代、主人公はライターであり、「浮世絵物語」は重要なアイテムである——という、聞くだけでワクワクするようなストーリーのプロットであった。二枚の「スクラップ」ノートがそのプロットの説明の代わりになっている、というのだが、それで分かると思えるような単純な内容ではなかった。「そのプロット、埋もれてしまってはもったいないです！　小説部分を少しでも足して『小説』＋『浮世絵草子』という構成にぜひしましょう！」と即座に提案した。山田氏自身も一度はそう思ったとのことだが、なにぶん小説を書いた経験は短編どころかエッセイすらない。自信がないので諦めたとのことだった。「その部分だけ誰か他の……作家に依頼するか？　いや、それでは駄目だ、この作品は山田氏自身が完成させないと——」と頭の中でめまぐるしく考え、「とりあえず書いてみましょうよ！　書けばなんとかなりますよ！　箇条書きでもなんでもいいですから！」と、躊躇する山田氏に、まるで違法なねずみ講の販売グループに勧誘するがごとくに必死に説得した。本当に箇条書きでもなんでもいいから掲載したいと思えるほど、そのプロットは面白く、私は一瞬で惹きこまれた。そして出来あがった作品が本作品である。仕事を干されかかった記者が、上野の立ち飲み屋で怪僧に出会う。立ち去った後に残された和綴じの本を手にした時、記者の運命の歯車が狂いだす――。浮世絵草子だけでなく、この物語全体をぜひ楽しんでもらいたい。

といいつつ、やはりメインは浮世絵草子なのでそちらの解説も少ししたい。浮世絵は江戸時代に発達した絵画で、木版画と肉筆画の二種類がある。描かれる題材や画風は、時代とともに多岐にわたり、庶民の間の風俗として楽しまれる。明治初期には「錦絵新聞」と呼ばれるメディアの一つとして用いられたりもした。本作品の浮世絵草子は、ある僧の怖ろしい体験の記録である。「絵のタイトル」、「絵」、「物語（文章）」の三つで構成されている。「絵のタイトル」の縁飾りが二種類あり、場面によって使いわけているという、さりげない仕掛けもまた楽しい。もしあなたがどこかの立ち飲み屋で尋常ではない風情の記者と隣り合わせ……立ち去った後に奇妙な浮世絵草子が残されていたとしても、決して手に取ることも持ち帰ることもしてはいけない、と警告する。

本書『ユゴスの闇』に一番最初に参加が決まったのは松村進吉氏であった。「インスマスの影」のオマージュアンソロジーに参加が決まった黒史郎氏に、どなたか推薦される作家はいないかと訊ねたところ、強い推薦のもとにご紹介くださったのが松村進吉氏であった。松村氏の作品は「ある週末」しか読んだことがなかったのだが、ぜひ中編も読んでみたいと思っていた作家だったので、その推薦に飛びついたのは言うまでもない。企画書をメールでお送りしたところ、即ご参加いただける旨のお返事。翌日電話で話し、その場で「闇にささやく者」と希望をいただく。実はその日から翌日まで東京にいらっしゃるとのこと、四国にお住まいの松村氏とお会いできるチャンスはめったにない。電話の翌日、つまり初めてメールを出した二日後の二〇一二年十二月二日の午前中に、私は羽田空港のラウンジで松村氏とお会いした。

現在どんな風に怪談実話を書かれているのかということと、このアンソロジーについては「コズミックホラー」としての怖さ、面白さを大切にしたい、と語ってくださった。「闇に囁く者」のオマージュ作品は松村氏にとっては二作品目となるが、ボリュームがまったく違う。とにかく期待が高まるばかりであった。

最後に――いつも参加を決まった全ての方にお願することなのだが――、

「弊社のクトゥルー企画にご参加くださったことはどなたに話されても結構ですが、どの作品を希望されているかはどなたにもお話しないようにお願いします。今後私がお声をかける方が、予備情報のない状態で作品を選んでいただきたいので――」

すると松村氏が「それは素晴らしいスポーツマン精神ですね」と褒めてくださった。そんなつもりもなかったのだが、そんな風に言われた経験は一年たった今でも全くなく、本当に嬉しかった。その後このシリーズで色んな方にお声をかける際の、私の勇気の源の一つに今でもなっている。改めて松村氏に感謝の気持ちを伝えたい。

ところが早々に決まった松村氏のお相手が一向に決まらなかった。アンソロジーに参加される作家は順調に開拓していたが、「闇に囁く者」を希望する方がいなかった。しかたなく二月に入り、松村氏に第二希望以降をお聞きする。すると「第一希望よりさらに相手がいないかもしれないが」という前置きつきでこのようなお返事をいただいた。(左記原文まま)

クラーク・アシュトン・スミスの、『魔道士エイボン』『七つの呪い』『白蛆の襲来』等々ハイパーボリア(ヒュペルボレオス)を舞台にしたあの作品群、ファンタジー色濃厚な幻想作品群も実は、僕は大好きなのです。ご存じのとおり、あれらは舞台が現代社会ではありませんから、オマージュ作品もそういった非現実の世界になります。

いつか書こうと思っていたプロットとしては、「遥か昔の日本、縄文時代の邑にエジプトから魔術師がやって来て、富士山中に眠る邪神を復活させようと目論む」という話と、「遥か遠未来、超越した科学技術による世界大戦の末に、何故か突如、邪神としか思えない要因によって人類が滅ぶ、その終末の姿」という話を考えています。

このメールを読んで私は飛び上がった! なんとどれもこれも正気でいられないほど面白そうではないか! もうスポーツマン精神はかなぐり捨てて、こっそりクラーク・アシュトン・スミス希望の作家を探そうかとも思った。(しかし、「メアリーアンはどこへ行った」を読む今、その精神を捨てなくて良かったと胸を撫で下ろしている)

間瀬純子氏との出会いも、時期は松村氏とそうは変わらず、二〇一二年十二月に新宿で開催されたナイトランド主催の「クトゥルー・ミーティング」であった。終了後、司会の朝松健氏に挨拶に伺った際、紹介してくださったのが間瀬純子氏であった。正直に告白すると『異形コレクション』は二〇〇〇年くらいまで（廣済堂のものまで）しか買っておらず、間瀬氏の作品は読んだことがなかった。その後、間瀬氏よりご献本いただいたのが、『短篇ベストコレクション　現代の小説2012』（日本文藝家協会編・徳間文庫）である。こちらに収録されている間瀬氏の短編「揚羽蝶の島」を読み、一気に惹きこまれた。「初冬の鉄道倉庫で、切り刻んだアゲハチョウを使って、少女・佐塔黄翅に行われる残酷な儀式」（間瀬氏自身の作品紹介より）をテーマにした作品である。この短編を上司も読んだところ面白いとの感想で、間瀬氏にアンソロジー参加の依頼をすることが決まった。後はいつもと同じ——企画書を送り、電話で挨拶をする。間瀬氏の希望は「闇に囁く者」であり、二〇一三年二月中旬、この作品に参加する二人の作家が決まった。

そうなると急いで探さないとならないのが「三つ目のパート」である。できれば三つ目の部分も創作者本人の希望で作品を選んでもらいたいところなのだが、二人が決まるまでにこんなに時間がかかるのだから、三つ目のパートまで本人の希望に任せていたら、企画が成立するのに何年かかるかわからない。したがって、三つ目の部分は予めこちらで企画を検討し、作品も指定して依頼する。

山田剛毅氏の浮世絵物語は少し前から目に止まっており、依頼したいとずっと考えていた。これはカラー印刷でないと意味がない。しかしそれには今まで以上にコストがかかる。どうすれば社内で企画が通るか——ずっと思案していた。印刷会社から何回も見積を取り、予算のシュミレーションをし、稟議をあげる。渋る上司を説得し《まるめこみ》、とりあえず企画を通す。山田氏と連絡を取り、条件の提示をして参加の承諾をいただいた時は大変嬉しかった。二〇一三年五月中旬のことである。

実はこの山田氏についてもちょっとした偶然がある。五月三十日、菊地秀行氏と電話で打合せしていた際に、雑談の中で山田剛毅氏が浮世絵物語で「闇に囁く者」アンソロジーに参加が決まったと話した。その翌日、菊地氏は恒例の新宿でのトークライブであった。そしてさらに翌日の六月一日、打合せで私は菊地氏とお会いしたのだが、「昨日、ファンの人からこんなものをもらったんだけど」と、見せられたのが山田氏の浮世絵草子の冊子であった。「まさか増井さんから話を聞いた翌日に実物を見ると思わなかったよ」という菊地氏。私もネットの画像以外を見たことがなく、菊地氏に話した翌々日、実物が見られるとは思わなかった。

クトゥルー神話が好きな作家にオマージュ作品の依頼をするこのアンソロジー・シリーズは、とにかく偶然に満ちている。あまりに驚く偶然ばかりで、それを知っているのが私だけではもったいないと書いているのがこの解説だといっても過言ではない。

最後に、入手しにくいこのシリーズを買ってくださっている読者の方に、心よりお礼を申し上げる。本年はこの『ユゴスの囁き』が最後の入校となる。失敗も山のようにした一年であったが、来年も「次の本も読みたい」と思っていただけるよう、せいいっぱい頑張りたいと思う。

（了）

二〇一三年十二月十八日

〈収録作品〉

◆「大いなる種族」

◆「魔地読み」

◆「超時間の檻」（ゲームブック）

小林泰三
林 譲治
山本 弘

〈解説〉

1つのクトゥルー作品をテーマに小説、ゲームブック、漫画などの様々な形で競作するオマージュ・アンソロジー・シリーズ。第4弾は『超時間の影』に捧げる。
巻末には原作の冒頭を掲載（荒俣宏訳）。

本体価格：1700円＋税
ISBN：978-47988-3010-0

〈収録作品〉

◆「海底神宮」（絵巻物語）　夢枕 獏×寺田克也

◆「海からの視線」　樋口明雄

◆「変貌羨望」　黒 史郎

〈解説〉

1つのクトゥルー作品をテーマに小説、ゲームブック、漫画などの様々な形で競作するオマージュ・アンソロジー・シリーズ。第5弾は『インスマスの影』に捧げる。
巻末には原作冒頭の新訳(増田まもる)を掲載。

本体価格：1500円＋税
ISBN：978-47988-3011-7

クトゥルー・ミュトス・ファイルズ
The Cthulhu Mythos Files

ユゴスの囁き
The Hommage to Cthulhu

2014年2月1日　第1刷

著者

松村進吉　間瀬純子　山田剛毅

発行人

酒井 武史

カバーイラスト　小島 文美
本文中のイラスト　小島 文美　金魚の夢
帯デザイン　山田 剛毅

発行所　株式会社　創土社
〒165-0031 東京都中野区上鷺宮 5-18-3
電話 03-3970-2669　FAX 03-3825-8714
http://www.soudosha.jp

印刷　株式会社シナノ
ISBN978-4-7988-3012-4　C0093
定価はカバーに印刷してあります。